OETINGER TASCHENBUCH

Enid Blyton, 1897 in Südlondon geboren, wollte schon als Kind Schriftstellerin werden. Zunächst aber wurde sie Kindergärtnerin, gab diesen Beruf jedoch bald auf, um sich ganz dem Schreiben zu widmen. Ihr erstes Kinderbuch erschien 1922. Es folgten zahlreiche Bücher, die sie schon zu Lebzeiten zur erfolgreichsten Kinderbuchautorin der Welt machten. Blyton starb 1968 nach einem erfüllten Leben in London. In 30 Sprachen übersetzt und millionenfach verbreitet, ist Enid Blyton auch heute noch die erfolgreichste und beliebteste Kinderbuchautorin der Welt.

Enid Blyton

Die Insel der Abenteuer

Oetinger Taschenbuch

Sonderausgabe 2018
© Oetinger Taschenbuch in der Verlag Friedrich Oetinger GmbH,
Poppenbütteler Chaussee 53, 22397 Hamburg
Juni 2018

Titel der englischen Originalausgabe: The Island of Adventure
Macmillan, London 1944

Aus dem Englischen von Yvonne Hergane
Titelbild: Dieter Wiesmüller
Druck: GGP Media GmbH, Karl-Marx-Straße 24,
07381 Pößneck, Deutschland
ISBN 978-3-8415-0539-2

www.oetinger-taschenbuch.de

Inhalt

1. Kapitel

Wie alles begann

Es war wirklich eine unglaubliche Geschichte. Philip Mannering quälte sich gerade mit schwierigen Mathematikaufgaben ab und lag dabei mutterseelenallein unter einem Baum auf einem Hügel, als er plötzlich ganz deutlich eine Stimme hörte.

»Kannst du nicht die Tür zumachen, du Trottel?«, sagte die Stimme höchst ungeduldig. »Und wie oft hab ich dir schon gesagt, dass du dir die Schuhe abputzen sollst?«

Philip richtete sich auf und sah sich nun schon zum dritten Mal um – aber auf dem Hügel war kein Mensch zu sehen.

Das ist doch albern, dachte Philip. Es gibt hier gar keine Tür, die man zumachen könnte, und keine Matte, auf der man sich die Schuhe abputzen könnte. Wer spricht denn da? Wer auch immer es ist – er muss völlig übergeschnappt sein. Die Sache gefällt mir nicht. Eine Stimme ohne dazugehörigen Körper ist doch verrückt!

Auf einmal schob sich eine kleine braune Schnauze aus Philips Pulloverausschnitt hervor. Sie gehörte zu einer braunen Maus, die eines von Philips vielen Tieren war. Er strich dem kleinen Wesen sanft über das Köpfchen. Die Maus zog entzückt die Nase kraus.

»Tür zu, du Trottel!«, dröhnte wieder die Stimme aus dem Nichts. »Und hör auf zu schniefen! Wo ist dein Taschentuch?«

Das war zu viel für Philip.

»Klappe halten!«, brüllte er zurück. »Ich schniefe nicht. Und wer bist du überhaupt?«

Keine Antwort. Philip runzelte verwirrt die Stirn. Wo kam diese Stimme mitsamt ihren herrischen Befehlen bloß her, an diesem strahlend sonnigen Tag, hier inmitten der menschenleeren Hügel?

»Ich muss arbeiten«, rief Philip. »Wenn du was zu sagen hast, komm raus und zeig dich.«

»Ja, Onkel«, antwortete die Stimme, die plötzlich völlig anders klang, ganz kleinlaut und verschämt.

Mann, das wird ja immer besser!, dachte Philip. Ich halte das nicht mehr aus. Ich muss das Rätsel lösen. Wenn ich herausfinden kann, woher die Stimme kommt, entdecke ich bestimmt auch den Kerl, zu dem sie gehört. »Wo bist du?«, rief er. »Komm raus, ich will dich sehen.«

»Ich hab dir bestimmt schon hundertmal gesagt, dass du nicht pfeifen sollst«, polterte die Stimme wieder, und Philip schwieg verdattert. Er hatte doch überhaupt nicht gepfiffen! Dieser Typ musste ja total plemplem sein. Auf einmal hatte Philip gar keine große Lust mehr darauf, ihn kennen zu lernen. Am besten ging er auf der Stelle nach Hause.

Aufmerksam schaute er sich um. Irgendwie war ihm so, als käme die Stimme von links. Dann würde er also den Hügel ganz langsam nach rechts runtergehen und sich dabei nach Möglichkeit im Schutz der Bäume halten.

Er packte seine Bücher, steckte den Stift in die Tasche und stand vorsichtig auf – und erschrak beinah zu Tode, als die Stimme auf einmal zu lachen anfing! Philip vergaß seinen Vorsatz, möglichst langsam zu gehen, und stürzte den Hügel hinunter und zu einer kleinen Baumgruppe. Das Gelächter verstummte genauso plötzlich, wie es begonnen hatte.

Unter einem ausladenden Baum blieb Philip stehen und lauschte. Sein Herz raste und er wünschte sich nichts sehnlicher, als dass er im Haus wäre. Dann ertönte die Stimme wieder, diesmal direkt über seinem Kopf.

»Wie oft hab ich dir schon gesagt, dass du dir die Schuhe abputzen sollst?«

Worauf ein so markerschütterndes Kreischen folgte, dass Philip vor Entsetzen seine Bücher fallen ließ. Aber was erblickte er, als er in die Baumkrone hinaufspähte? Einen hübschen weißen Papagei mit einer ständig auf und ab wippenden gelben Federhaube auf dem Kopf. Mit seinen großen schwarzen Augen sah er zu Philip herunter, den Kopf zur Seite geneigt, den geschwungenen Schnabel zu einem Krächzen halb geöffnet.

Philip starrte den Papagei an, der Papagei starrte Philip an. Dann hob der Vogel ein Bein und kratzte sich nachdenklich und mit immer noch wippender Federhaube am Kopf. Schließlich begann er zu sprechen.

»Schnief nicht«, sagte er wie beiläufig. »Kannst du nicht die Tür zumachen, du Trottel? Wo sind deine Manieren?«

»Wow!«, stieß Philip erstaunt hervor. »*Du* warst das also! Mann, hast du mir einen Schrecken eingejagt!«

Der Papagei gab ein höchst glaubwürdiges menschliches Niesen zum Besten. »Wo ist dein Taschentuch?«, sagte er.

Philip lachte. »Was für ein unglaublicher Vogel! Der schlaueste, den ich je gesehen hab. Wo bist du denn entflogen?«

»Schuhe abputzen«, antwortete der Papagei streng und Philip musste schon wieder lachen.

Auf einmal hörte er vom Fuß des Hügels eine Jungenstimme.

»Kiki! Kiki! Kiki! Wo steckst du?«

Der Papagei breitete die Flügel aus, kreischte durchdringend, flog auf und segelte dann den Hang hinunter.

Philip sah ihm nach. Der Vogel gehört bestimmt dem Jungen, der nach ihm gerufen hat, dachte er. Klang so, als wäre die Stimme aus dem Garten des Hügelhauses gekommen, wo ich wohne. Ob der Junge auch zum Lernen hergekommen ist? Na hoffentlich – wäre echt lustig, einen Papagei im Haus zu haben. Schlimm genug, dass man in den Ferien pauken muss, da würde ein Papagei wenigstens ein bisschen Stimmung in die Bude bringen.

Philip hatte Scharlach gehabt, sodass er ziemlich lange in der Schule gefehlt hatte. Sein Klassenlehrer hatte daraufhin an seine Tante und seinen Onkel geschrieben und ihnen vorgeschlagen, Philip solle eine Weile bei einem seiner Lehrer wohnen. Dort könne er all das nachholen, was er versäumt hatte. Zu Philips Pech hatte sein Onkel sofort eingewilligt. Und so saß er nun in den Sommerferien hier fest und musste sich mit Mathematik und Erdkunde und Geschichte herumschlagen, statt sich mit seiner Schwester Dina zu Hause in Felseneck, am Meer, eine schöne Zeit machen zu können.

Seinen Lehrer, Mr Roy, mochte Philip, aber die beiden anderen Jungen, die wie er wegen langer Fehlzeiten zum »Nachsitzen« in den Ferien verdonnert worden waren, fand er ziemlich langweilig. Der eine war viel älter als Philip und der andere ein magerer, weinerlicher Schlappschwanz. Der hatte Angst vor den vielen Insekten und anderen Tieren, die Philip ständig irgendwo einsammelte oder rettete. Philip war nämlich ganz verrückt nach allen Tieren und hatte ein besonderes Händchen dafür, sie zutraulich zu machen.

Er rannte den Hügel hinunter, neugierig zu sehen, ob wirklich ein neuer Junge zu der kleinen Gruppe der Feriennachsitzer gestoßen war. Wenn der Papagei dem neuen Jungen gehörte, konnten die Ferien vielleicht doch noch ganz interessant werden – jedenfalls wesentlich interessanter als mit dem großen Rüpel Sam und dem wehleidigen Oliver.

Er öffnete die Gartenpforte – und blieb wie angewurzelt stehen. Da stand ein Mädchen im Garten. Es war vielleicht elf Jahre alt, hatte rote Locken, grüne Augen, eine ganz helle Haut und unzählige Sommersprossen. Überrascht starrten sich die beiden an.

»Hallo«, sagte Philip schließlich, dem das Mädchen in kurzen Hosen und T-Shirt auf Anhieb sympathisch war. »Du bist auch hier?«

»Sieht so aus«, antwortete das Mädchen grinsend. »Aber ich bin nicht zum Lernen gekommen, sondern damit Jack nicht allein ist.«

»Wer ist Jack?«

»Mein Bruder. Er muss in den Ferien nachsitzen. Du hättest mal sein Zeugnis vom letzten Halbjahr sehen sollen. Er war in fast allen Fächern der Schlechteste in der Klasse. Eigentlich ist er ein ganz Schlauer, aber er gibt sich einfach keine Mühe. Er sagt, er wird sowieso Ornithologe, also wozu soll er sich ständig mit irgendwelchen Jahreszahlen und Gebirgsnamen und Gedichten herumschlagen?«

»Was ist ein ... ein ... Orni... was du gerade gesagt hast?«, hakte Philip nach und fragte sich, wie ein Mensch nur so viele Sommersprossen haben konnte.

»Ein Ornithologe? Ach, das ist jemand, der Vögel liebt und studiert«, antwortete das Mädchen. »Wusstest du das nicht? Jack ist ganz verrückt nach Vögeln.«

»Dann sollte er mich mal zu Hause besuchen«, sagte Philip sofort. »Ich wohne am Meer, an einem ganz abgelegenen, zerklüfteten Stück Küste, und da gibt's scharenweise seltene Seevögel. Ich mag Vögel auch, aber ich kenne mich nicht besonders gut mit ihnen aus. Dann gehört der Papagei wohl Jack?«

»Ja. Er hat ihn seit vier Jahren. Das ist übrigens eine Sie und heißt Kiki.«

»Hat er ihr die ganzen Sprüche beigebracht?«, fragte Philip. Jack mochte ja in den meisten Fächern der Schlechteste in der Klasse sein, aber wenn es ein Fach namens »Papageien das Sprechen beibringen« gäbe, wäre er darin bestimmt der Beste!

»O nein«, antwortete das Mädchen lachend. »Kiki hat die Sachen selber aufgeschnappt, und zwar von unserem alten Onkel, der so ziemlich der komischste Mensch auf der Welt ist. Unsere Eltern sind tot, deswegen wohnen wir in den Ferien bei Onkel Geoffrey, und das passt dem überhaupt nicht! Seine Haushälterin kann uns auch nicht leiden, also ist es da nicht besonders lustig, aber solange ich Jack hab und solange Jack seine geliebten Vögel hat, geht's uns trotzdem bestens!«

»Dann ist Jack also genau wie ich hierher geschickt worden um zu lernen«, sagte Philip. »Du Glückliche – du kannst spielen und spazieren gehen und alles tun, was du willst, während wir über den Büchern brüten.«

»Nein«, widersprach das Mädchen. »Ich bleibe die ganze Zeit bei Jack. Wenn wir schon während der Schulzeit nicht zusammen sein können, bin ich froh, ihn wenigstens in den Ferien zu haben. Ich finde Jack prima.«

»Tja, das würde meine Schwester Dina von mir bestimmt nie behaupten«, sagte Philip. »Wir streiten uns ständig. Oh, hallo, ist das Jack?«

Ein Junge kam über den Gartenpfad auf Philip zu. Auf seiner linken Schulter thronte die Papageiendame Kiki, rieb den Schnabel sanft an Jacks Kopf und flüsterte ihm etwas ins Ohr. Der Junge strich dem Vogel über die Federn und schaute dann Philip mit den gleichen grünen Augen an, wie sie auch seine Schwester hatte. Seine Haare waren sogar noch rötlicher, und sein Gesicht war so mit Sommersprossen übersät, dass man nirgends ein freies Fleckchen Haut finden konnte.

»Hallo, Sprossel«, begrüßte ihn Philip und grinste.

»Hallo, Büschel«, antwortete Jack, ebenfalls grinsend.

Philip griff sich mit einer Hand in das Haarbüschel vorne an der Stirn, das immer nach oben abstand. Und wenn er noch so viel Wasser drauftat und es bürstete – es wollte einfach nicht lange glatt liegen bleiben.

»Schuhe abputzen«, sagte Kiki streng.

»Ein Glück, dass du Kiki gefunden hast«, sagte das Mädchen. »Hat ihr wohl nicht gefallen, hierher zu kommen, wo sie sich nicht auskennt, deswegen ist sie wahrscheinlich ausgebüxt.«

»Sie war gar nicht weit weg, Lucy«, sagte Jack. »Ich wette, unser guter Büschel hat einen schönen Schrecken gekriegt, als er sie da oben auf dem Hügel gehört hat.«

»Das kann man wohl sagen«, gestand Philip und erzählte ihnen dann, was er mit dem Papagei erlebt hatte. Das brachte alle zum Lachen, und Kiki kicherte ebenfalls mit Menschenstimme.

»Super, dass ihr beiden hier seid«, sagte Philip zu Jack. Jetzt, wo die zwei netten Geschwister mit den roten Haaren und den grünen Augen um ihn waren, ging es ihm schon viel besser. Sie würden sich bestimmt schnell anfreunden. Er würde ihnen seine Tiere zeigen. Sie würden zusammen umherstreifen. Jack war ein paar Jahre älter als Lucy, wahrscheinlich so um die vierzehn, nahm Philip an, also gerade mal ein bisschen älter als er selbst. Schade, dass

Dina nicht auch hier sein konnte, dann wären sie zu viert. Dina war zwölf und würde prima zu der restlichen Truppe passen – auch wenn sie einen mit ihrer Ungeduld und ihrem ständigen Gemecker schon mal auf die Palme brachte!

Lucy und Jack sind ganz anders als Dina und ich, dachte Philip. Lucy liebte ihren Bruder sichtlich heiß und innig, hing an seinen Lippen und tat ihm nur zu gern jeden Gefallen – das konnte sich Philip bei seiner eigenen Schwester beim besten Willen nicht vorstellen.

Tja, die Menschen sind eben nicht alle gleich, überlegte er. Dina ist schon eine ganz Liebe, auch wenn wir uns oft kabbeln. Ohne mich geht es ihr bestimmt nicht gut in Felseneck. Tante Polly nimmt sie sicher ganz schön hart ran.

Beim Teetrinken an diesem Tag hatte Philip seinen Spaß daran, dem Papagei auf Jacks Schulter zuzuhören, wie er ab und zu eine seiner komischen Bemerkungen losließ. Und wie Lucy mit ihren blitzenden grünen Augen den behäbigen Sam ärgerte und den dünnen, weinerlichen Oliver zurechtwies, fand er klasse. Endlich war hier mal was los!

Und in der Tat – mit Jack und Lucy sah die ganze Ferienlernerei auf einmal gar nicht mehr so schrecklich aus.

2. Kapitel

Neue Freunde

Mr Roy, der Ferienlehrer, verlangte den Kindern, wie es seine Aufgabe war, ziemlich viel ab. Den ganzen Vormittag über ging er geduldig immer und immer wieder den Stoff durch, bis er sicher sein konnte, dass ihn auch alle verstanden hatten und aufmerksam zuhörten.

Alle – bis auf Jack. Der interessierte sich nämlich für gar nichts – es sei denn, es hatte Federn.

»Wenn du dich mit dem Geometriebuch genauso intensiv beschäftigen würdest wie mit deinem Vogelbuch, wärst du ruck, zuck Klassenbester«, sagte Mr Roy. »Du machst mir das Leben wirklich nicht leicht, Jack Trent. Irgendwann bringst du mich noch um den Verstand.«

»Benutz dein Taschentuch«, krächzte der Papagei.

Mr Roy schnalzte ärgerlich mit der Zunge. »Aah, diesem Vogel würde ich am liebsten den Hals umdrehen. Du behauptest, du könntest nur lernen, wenn Kiki auf deiner Schulter sitzt, Philip versammelt alle möglichen grässlichen Viecher um sich herum – dieser Ferienunterricht wird langsam unerträglich! Die Einzige, die hier ernsthaft lernt, ist Lucy, dabei ist sie gar nicht zum Lernen hierher gekommen!«

Lucy mochte die Ferienschule aber gern. Sie fand es super, neben Jack zu sitzen. Während er Löcher in die Luft starrte und an die Tölpel und Kormorane in seinem Buch dachte, versuchte Lucy sich an den Aufgaben, die eigentlich ihr Bruder hätte lösen sollen. Ihr machte es auch Spaß, Philip zu beobachten, denn man wusste nie, was für ein Tier ihm im nächsten Augenblick aus dem Ärmel oder unter dem Kragen oder aus der Tasche krabbeln würde. Erst gestern war eine riesige bunte Raupe – sehr zum Verdruss von Mr Roy – aus seinem Ärmelausschnitt gekrochen. Und heute Morgen war eine kleine Maus aus Philips Ärmel geschlüpft und hatte voller Entschlossenheit eine Erkundungstour an Mr Roys Hosenbein hinauf gestartet.

Zehn Minuten lang hatte in der Klasse ein heilloses Durcheinander geherrscht, während Mr Roy versucht hatte, die Maus abzuschütteln. Kein Wunder, dass der Lehrer jetzt mies gelaunt war. Eigentlich war er von Natur aus ein geduldiger, liebenswürdiger Mensch, aber zwei Jungen wie Jack und Philip waren einfach zu viel für ihn.

Die Vormittage verbrachten die Kinder mit Unterricht. Nachmittags mussten sie ihre Hausaufgaben machen und sich auf den nächsten Schultag vorbereiten. Abends konnten sie machen, was sie wollten. Da die Klasse nur aus vier Jungen bestand, konnte sich Mr Roy um jeden einzelnen intensiv kümmern und versuchen, die Wissenslücken zu füllen. Normalerweise war er ein sehr erfolgreicher Lehrer, aber in diesen Ferien machten die Jungen nicht ganz so gute Fortschritte wie erhofft.

Sam war langsam und etwas schwer von Begriff. Oliver jammerte ständig und jede noch so kleine Anstrengung schien ihm zu widerstreben. Jack war so unaufmerksam, dass es Mr Roy wie Zeitverschwendung vorkam, sich um einen Jungen zu bemühen, der sich sowieso nur für Vögel interessierte. Wenn mir auf einmal Flügel wachsen würden, würde er wahrscheinlich alles tun, was ich von ihm verlange, überlegte der Lehrer. Ich hab noch nie jemanden gesehen, der so verrückt nach Vögeln ist. Ich glaube, er würde die Eier von jedem einzelnen Vogel auf der ganzen Welt erkennen. Er ist ein kluger Kopf – wenn er ihn doch bloß für etwas anderes verwenden würde!

Philip war der Einzige, der schnell Fortschritte machte, obwohl er mit seinen merkwürdigen Tieren auch nicht gerade ein einfacher Fall war. Diese Maus neulich! Mr Roy schauderte, als er sich daran erinnerte, wie sie sich auf seinem Bein angefühlt hatte. Lucy war wirklich die Einzige, die fleißig lernte, obwohl sie es gar nicht nötig gehabt hätte.

Jack, Philip und Lucy wurden bald dicke Freunde. Die Liebe zu den Tieren verband die Jungen ganz automatisch. Jack hatte noch nie einen richtig guten Freund gehabt, und er hatte Spaß an Philips Witzen und Streichen. Auch Lucy mochte Philip, obwohl sie manchmal ein bisschen eifersüchtig war, wenn ihr Bruder sich mehr mit seinem neuen Freund beschäftigte als mit ihr. Und selbst Kiki liebte Philip – wenn er sie am Kopf kraulte, stieß sie komische Krächzlaute aus.

Am Anfang war Kiki dem Ferienlehrer ein Dorn im Auge gewesen, weil sie seinen Unterricht ständig mit ihren Bemerkungen gestört hatte. Blöder Zufall, dass Mr Roy gerade einen Schnupfen hatte, denn immer wenn er schniefte, krächzte Kiki missbilligend: »Nicht schniefen!«, woraufhin alle Kinder zu kichern anfingen. Also beschloss Mr Roy schließlich, Kiki aus dem Klassenzimmer zu verbannen.

Aber das machte die Sache nur schlimmer. Denn Kiki, die es nicht leiden konnte, dass man sie in den Garten ausgesperrt hatte und sie nicht bei Jack auf der Schulter sitzen durfte, hockte von nun an vor dem Fenster im Gebüsch und schrie immer wieder ihre Sprüche, die sich direkt auf Mr Roy zu beziehen schienen.

»Red keinen Unsinn«, krächzte der Papagei, als Mr Roy gerade dabei war, irgendwelche geschichtlichen Zusammenhänge zu erklären.

Mr Roy schnaubte empört.

»Wo ist dein Taschentuch?«, krähte Kiki sofort.

Mr Roy ging ans Fenster und versuchte den Papagei mit lauten Schreien und wilden Handbewegungen zu verscheuchen.

»Böser Junge«, krächzte Kiki, ohne sich auch nur einen Millimeter von der Stelle zu bewegen. »Du gehst gleich ins Bett, wenn du so frech bist!«

Unter diesen Umständen war es unmöglich, einen ernst zu nehmenden Unterricht abzuhalten. Also gab Mr Roy am Ende auf und erlaubte, dass der Vogel wieder auf Jacks Schulter saß. Jack arbeitete besser mit, wenn er Kiki in der Nähe hatte, und Kiki erwies sich drinnen als weniger störend als draußen. Trotzdem freute sich der geplagte Lehrer schon auf die Zeit, wenn die Ferien vorbei sein und die Kinder mitsamt dem Papagei und Philips merkwürdigem Viehzeug wieder verschwunden sein würden.

Philip, Jack und Lucy überließen Sam und Oliver am späten Nachmittag meist sich selbst und machten sich zu dritt auf den Weg. Die Jungen redeten über Vögel und andere interessante Tiere, während Lucy zuhörte und sich Mühe gab, mit den Jungen Schritt zu halten.

Manchmal fand Philip Lucy schon ein bisschen nervig. Bin ich froh, dass Dina nicht ständig so hinter mir her ist wie Lucy hinter Jack, dachte er. Ich verstehe gar nicht, dass Jack das nicht auf die Nerven geht. Jack aber schien genauso an seiner Schwester zu hängen wie sie an ihm, und die beiden stritten sich nie.

Nach und nach erzählten sich die neuen Freunde alles aus ihrem Leben. »Unsere Eltern sind beide tot«, sagte

Jack. »Sie sind bei einem Flugzeugabsturz umgekommen. Wir waren damals noch so klein, dass wir uns gar nicht mehr an sie erinnern können. Danach sind wir zu Onkel Geoffrey gekommen. Er ist uralt und ständig schlecht gelaunt und er meckert immer an uns herum. Seiner Haushälterin, Mrs Miggles, passt es überhaupt nicht, dass wir bei ihm die Ferien verbringen müssen. Du brauchst nur Kiki zuzuhören, dann weißt du schon, wie unser Leben da aussieht: Schuhe abputzen! Nicht schniefen! Schuhe ausziehen, sofort! Wo ist dein Taschentuch? Wie oft hab ich dir schon gesagt, dass du nicht pfeifen sollst? Kannst du nicht die Tür zumachen, du Trottel?«

Philip lachte. »O Mann, bei euch zu Hause geht es ja wirklich nicht sehr nett zu«, sagte er. »Dina und mir geht es zwar auch nicht besonders gut, aber anscheinend immer noch besser als euch beiden.«

»Sind eure Eltern auch gestorben?«, fragte Lucy und starrte Philip wie eine Katze mit ihren grünen Augen an.

»Unser Vater ist gestorben – und er hat uns nichts hinterlassen«, berichtete Philip. »Mum lebt noch. Aber wir wohnen nicht bei ihr.«

»Warum nicht?«, fragte Lucy verwundert.

»Sie hat einen sehr anstrengenden Job«, antwortete Philip. »Sie muss viel Geld verdienen, damit wir aufs Internat gehen können und auch in den Ferien versorgt sind. Sie hat eine Art Kunstagentur – das heißt, sie nimmt Bestellungen für Bilder und Plakate und so was entgegen, lässt sie von Künstlern ausführen und verlangt eine Vermittlungsgebühr beim Verkauf. Sie ist eine sehr erfolgreiche Geschäftsfrau, aber leider sehen wir sie viel zu selten.«

»Ist sie nett?«, fragte Jack. Da er sich an seine eigene Mutter nicht erinnern konnte, war er immer sehr neugierig, wie anderer Leute Mütter waren.

Philip nickte. »Ja, sehr nett.« Er liebte seine hübsche, erfolgreiche Mutter sehr, aber er war auch sehr traurig, wenn er daran dachte, wie abgehetzt und müde sie wirkte, wenn sie ihre Kinder mal kurz besuchen kam. Eines Tages, dachte Philip, werde ich selber erfolgreich sein, viel Geld verdienen und dafür sorgen, dass Mum nicht mehr so schwer arbeiten muss.

»Dann wohnt ihr also auch bei eurem Onkel, genau wie wir?«, fragte Lucy und strich einem winzigen grauen Eichhörnchen, das gerade den Kopf aus Philips Tasche gesteckt hatte, über das Fell.

»Ja, Dina und ich sind in den Ferien immer bei Onkel Jocelyn und Tante Polly«, erzählte Philip. »Onkel Jocelyn ist ein komischer Kauz. Ständig kauft er irgendwelche alten Urkunden und Dokumente und Bücher, die er dann studieren und katalogisieren muss. Er sagt, es ist sein Lebenswerk, die Geschichte unseres Küstenabschnitts festzuhalten – da hat es nämlich früher jede Menge Schlachten gegeben und Raubzüge und tödliche Kämpfe. Er will ein Buch darüber schreiben, aber er braucht schon ein ganzes Jahr, um auch nur eine einzige Schlacht genau zu studieren. Wahrscheinlich muss er fünfhundert Jahre alt werden, wenn er auch nur ein Viertel von seinem Buch fertig kriegen will.«

Die anderen lachten, als sie sich den griesgrämigen alten Mann vorstellten, wie er über seinen vergilbten Papieren brütete.

»Und wie ist eure Tante?«, fragte Lucy.

Philip rümpfte die Nase. »Irgendwie säuerlich. Na ja, eigentlich ist sie gar nicht so schlimm. Sie arbeitet sehr viel, hat wenig Geld und keine Hilfe im Haus außer vom alten Joe, der ist ihr ›Mädchen für alles‹. Sie versucht uns auch ständig einzuspannen, wenn wir da sind.«

»Und wie sieht euer Haus aus?«, wollte Lucy weiter wissen.

»Es ist uralt, bestimmt ein paar hundert Jahre alt, heruntergekommen, riesig und total unübersichtlich. Es liegt ganz oben auf einer steilen Klippe, und bei jedem Sturm denke ich, gleich bricht es auseinander. Aber ich hab es sehr gern. Wir wohnen sehr abgelegen und den ganzen Tag hat man die Schreie der Seevögel im Ohr. Dir würde es da bestimmt auch gefallen, Sprossel.«

Das dachte Jack auch. Für ihn klangen Philips Beschreibungen furchtbar aufregend. Wie stumpfsinnig war dagegen das Haus seines Onkels, dieses todlangweilige kleine Reihenhaus in einer todlangweiligen Kleinstadt! Ach, wenn er bloß den Wind in den Haaren spüren und die Schreie der Seemöwen hören könnte! Als er die Augen schloss, konnte er sich beinahe vorstellen, in Felseneck zu sein.

»Aufwachen, Schlafmütze!«, krächzte Kiki und pickte Jack sanft ins Ohr. Er öffnete die Augen und lachte.

»Ich wünschte, ich könnte euer Haus mal sehen«, sagte er zu Philip. »Klingt nach echt aufregenden Abenteuern. In Lippinton, wo wir wohnen, passiert nie etwas.«

»Na ja, in Felseneck ehrlich gesagt auch nicht.« Philip steckte das Eichhörnchen wieder in die Tasche und holte einen kleinen Igel aus einer anderen. Es war ein winziger Babyigel, dessen Stacheln noch ganz weich und anliegend waren. In Philips Tasche – und in Gesellschaft einer riesigen Schnecke, die vorsichtshalber meistens in ihrem Haus blieb – schien er sich richtig wohl zu fühlen.

»Ich wünschte, wir könnten alle zusammen nach Felseneck fahren«, sagte Jack. »Ich würde Dina, deine Wildkatze von Schwester, gern kennen lernen. Und ich würde mir so gern all die seltenen Seevögel auf den Klippen ansehen!

Auf euer ramponiertes Haus bin ich auch gespannt. Ach, das ist bestimmt aufregend, in einer halben Ruine zu wohnen. Du hast ja keine Ahnung, was du für ein Glückspilz bist!«

»Na, ich weiß nicht … Wenn man das heiße Wasser meilenweit zum einzigen Badezimmer im Haus schleppen muss …«, sagte Philip und stand vom Gras auf, wo er mit den anderen gelegen hatte. »Es ist spät, kommt, wir müssen zurück. Ich fürchte, ihr werdet Felseneck nie zu Gesicht bekommen. Und selbst wenn – es würde euch bestimmt nicht besonders gefallen. Also hat es gar keinen Sinn, weiter darüber zu reden.«

3. Kapitel

Zwei Briefe und ein Plan

Am nächsten Tag bekam Philip einen Brief von Dina. Sofort lief er damit zu Jack und Lucy.

»Die arme Dina hat's gerade nicht leicht«, sagte er. »Gut, dass ich nicht mehr lange hier bleiben muss. Es ist für sie besser, wenn ich wieder bei ihr bin.«

Lieber Phil, (schrieb Dina in ihrem Brief)
wann kommst du endlich zurück? Nicht dass ich unser ewiges Gekabbel besonders vermisse, aber ohne dich ist es hier furchtbar langweilig, allein mit Onkel Jocelyn und Tante Polly und Joe. Der ist jetzt noch seltsamer als früher. Gestern hat er mir eingebläut, bloß nicht auf die Klippen rauszugehen, weil da irgendwelche »merkwürdigen Gestalten« herumgeistern würden. So ein Quatsch! Die einzigen »Gestalten«, die da außer mir herumgeistern, sind die Seevögel. In diesem Jahr gibt es Tausende davon.

Bitte bring diesmal bloß keine Tiere mit! Du weißt doch, dass ich sie nicht leiden kann. Ich sterbe auf der Stelle, wenn du wieder mit einer Fledermaus aufkreuzt, und wenn du versuchst, Ohrwürmer zu dressieren wie letztes Jahr, schmeiß ich dir einen Stuhl an den Kopf!

Ich muss Tante Polly dauernd helfen. Wir waschen und putzen und schrubben den ganzen Tag – keine Ahnung wozu, wir kriegen doch sowieso nie Besuch. Ich bin froh, wenn ich wieder in die Schule gehen kann. Wann kommst du zurück? Wenn wir bloß ein bisschen Geld verdienen könnten. Tante Polly macht sich Sorgen, weil sie irgendeine Rechnung nicht bezahlen kann, und Onkel Jocelyn schwört, er hätte auch kein Geld, und selbst wenn er's hätte, würde er ihr keins geben. Mum würde uns bestimmt etwas schicken, wenn wir sie darum bitten würden, aber ich finde es so schon schlimm genug, wie sie sich abrackern muss. Erzähl mir noch mehr von Sprossel und Lucy, die scheinen ja richtig nett zu sein.

Viele Grüße von deiner Schwester
Dina

Dina würde mir wahrscheinlich auch gefallen, dachte Jack, nachdem er den Brief gelesen und Philip zurückgegeben hatte. »Hört sich so an, als wäre sie ganz schön einsam, Büschel«, sagte er. »Oh, Mr Roy ruft nach mir. Mal hören, was er will. Wahrscheinlich soll ich mich beim Lernen mehr anstrengen.«

Aber es stellte sich heraus, dass Mr Roy an diesem Tag auch einen Brief bekommen hatte, und zwar von der Frau, die Jacks Onkel Geoffrey den Haushalt führte. Der Brief war kurz und kam gleich zur Sache. Mr Roy hatte ihn entsetzt gelesen und sofort beschlossen, Jack den Brief zu zeigen. Als Jack ihn las, war er auch entsetzt.

Sehr geehrter Mr Roy, (stand da)
Mr Trent hat sich ein Bein gebrochen und möchte nicht, dass die Kinder in diesen Ferien noch mal nach Hause kommen. Er bittet Sie, die Kinder während der ganzen Zeit zu behalten, und fügt hiermit einen Scheck bei, der alle Kosten abdecken dürfte. Jack und Lucy können dann zwei

Tage vor Schulbeginn herkommen, damit sie mir beim Sortieren ihrer Kleider helfen.

Mit freundlichen Grüßen,

Elspeth Miggles

»Oh, Mr Roy!«, stöhnte Jack. So wenig ihm sein Leben bei seinem Onkel gefiel – die Aussicht, die ganzen Ferien mit Mr Roy und dem weinerlichen Oliver (der auch die ganze Zeit über dableiben musste) zu verbringen, gefiel ihm noch viel weniger. »Ich versteh nicht, warum Lucy und ich nicht nach Hause dürfen. Wir stören Onkel Geoffrey doch überhaupt nicht.«

Mr Roy passte es genauso wenig, dass Jack so lange bei ihm bleiben sollte. Bei dem Gedanken, Jacks lästigen Papagei auch nur einen Tag länger als nötig ertragen zu müssen, wurde ihm angst und bange. Kiki war das grässlichste Lebewesen, das ihm je begegnet war. Mit ungehorsamen Kindern wurde er ja fertig, aber ungehorsame Papageien – nein, das ging über seine Kräfte.

»Hm«, brummte Mr Roy und sah Kiki ärgerlich an, »hm ... Ich persönlich würde dich ganz sicher auch keine Minute länger hier behalten wollen – es ist sowieso Zeitverschwendung, du lernst ja kein bisschen dazu –, aber ich sehe keine andere Möglichkeit. Euer Onkel will euch offensichtlich nicht haben und sein großzügiger Scheck würde wirklich alle anfallenden Kosten decken. Aber ich hatte eigentlich andere Pläne. Solange ich mich nur um Oliver kümmern muss, könnte ich ein paar Freunde besuchen. Wenn wir bloß einen anderen Platz für dich und Lucy finden könnten!«

Jack guckte so niedergeschlagen, als er zu Lucy und Philip zurücktrottete, dass seine Schwester sofort fragte:

»Was ist los?«

»Onkel Geoffrey will uns in den Ferien nicht zurückhaben«, sagte Jack und erzählte ihnen von dem Brief. »Und Mr Roy will uns auch nicht hier behalten. Tja, Lucy, sieht so aus, als würde uns im Moment überhaupt keiner haben wollen.«

Die drei starrten einander ratlos an. Aber dann hatte Philip eine seiner genialen Eingebungen. Er schlug Jack so heftig auf die Schulter, dass Kiki beinahe heruntergefallen wäre.

»He, Jack, ihr könntet doch mit nach Felseneck kommen, du und Lucy! Dina wäre sicher begeistert. Und du hättest bestimmt deinen Spaß an den Seevögeln. Na, wie klingt das?«

Jack und Lucy sahen sich aufgeregt an. Mit nach Felseneck gehen? In einem halb verfallenen Haus wohnen, bei einem gelehrten Onkel, einer ungeduldigen Tante, einem komischen Hausmeister und mit dem Rauschen der Wellen im Ohr? Wow, das hörte sich großartig an!

Aber dann schüttelte Jack seufzend den Kopf. Er wusste aus bitterer Erfahrung, was von den Plänen übrig blieb, die Kinder schmiedeten, sobald Erwachsene davon erfuhren.

»Das klappt nie im Leben«, sagte er. »Onkel Geoffrey ist bestimmt nicht einverstanden und Mr Roy auch nicht – und deine Tante und dein Onkel sind bestimmt auch nicht gerade scharf drauf, sich noch mehr Kinder ins Haus zu holen.«

»Tja, wer weiß ...«, sagte Philip. »Wenn du ihnen den Scheck geben würdest, den euer Onkel Mr Roy geschickt hat, wäre meine Tante hin und weg. Damit könnte sie die offene Rechnung bezahlen, von der Dina schreibt.«

»Oh, bitte, lasst uns alle nach Felseneck fahren!« Lucys Augen glänzten. »Das wäre das Schönste überhaupt. Mr Roy sind wir doch bloß lästig, Jack – am Ende dreht er

Kiki doch noch mal den Hals um, wenn sie ihn weiter so ärgert.«

Kiki stieß ein heiseres Kreischen hervor und drückte ihren Kopf gegen Jacks Hals. »Schon gut, Kiki«, sagte Jack. »Ich lass nicht zu, dass dir irgendjemand was antut. Lucy, ich glaube wirklich nicht, dass Mr Roy es uns erlauben würde. Er glaubt, es ist seine Pflicht, sich hier um uns zu kümmern.«

»Dann verschwinden wir eben, ohne ihn um Erlaubnis zu bitten«, entschied Lucy.

Die Jungen starrten sie wortlos an. Was für ein Gedanke – verschwinden, ohne jemanden zu fragen! Na ja ... warum eigentlich nicht?

»Ist bestimmt kein Problem, wenn wir alle auf einmal in Felseneck auftauchen«, sagte Philip, obwohl er sich da gar nicht so sicher war. »Wenn ihr schon mal da seid, können meine Tante und mein Onkel euch ja schlecht wieder rauswerfen. Tante Polly kann Mr Roy anrufen, ihm alles erklären und ihn bitten, ihr den Scheck von eurem Onkel Geoffrey zu schicken.«

»Mr Roy ist bestimmt froh, wenn wir weg sind«, fügte Lucy hinzu, die sich jetzt schon darauf freute, Dina kennen zu lernen. »Und Onkel Geoffrey ist sowieso alles egal, solange wir ihn nicht belästigen. Komm schon, Jack, lass uns fahren.«

»Also gut«, sagte Jack schließlich. »Wir verschwinden heimlich. Wann fährt dein Zug, Büschel? Wir sagen Mr Roy, dass wir dich zum Bahnhof bringen – und dann steigen wir einfach mit ein.«

»Jaaa!«, rief Lucy aufgeregt.

»Wo ist dein Taschentuch?«, krähte Kiki, der die Aufbruchsstimmung nicht entgangen war, und wippte auf Jacks Schulter vor und zurück. Aber niemand beachtete sie. »Arme alte Kiki«, sagte die Papageiendame mitleidig. »Arme alte Kiki.«

Jack kraulte den Vogel im Nacken, dachte dabei aber weiter an seinen Fluchtplan. »Wir könnten Lucys und mein Gepäck schon am Abend davor zum Bahnhof bringen, wenn deins hingebracht wird, Philip. Das fällt bestimmt niemandem auf. Und dann können wir auch gleich unsere Fahrkarten kaufen. Wie viel Geld haben wir eigentlich?«

Sie legten ihr ganzes Geld zusammen. Das würde wahrscheinlich gerade so für die Fahrkarten reichen.

Und tatsächlich verlief alles nach Plan. An dem Tag vor Philips Abfahrt wurde Philips Koffer vom Dachboden geholt, und Jack schaffte es, auch seinen Koffer heimlich nach unten zu schmuggeln und in einem Schrank zu verstecken. Als sie kurz darauf allein waren, packte er mit Lucys Hilfe hastig all ihre Sachen in den Koffer.

»Ich bring dann mein Gepäck mit dem Schubkarren zum Bahnhof«, sagte Philip zu Mr Roy. Da das von allen Ferienschülern immer so gemacht wurde, schöpfte der Lehrer keinen Verdacht, sondern nickte nur abwesend. Wenn er nur auch Jack und seinen leidigen Papagei loswerden könnte!

Die Jungs hievten beide Koffer unbemerkt auf den Schubkarren und machten sich fröhlich auf den Weg zum Bahnhof. Alles war auf einmal so einfach! Auch Sam und Oliver hatten offensichtlich nichts mitbekommen. Sam war viel zu aufgeregt, weil er selbst nach Hause sollte, und Oliver war zu traurig darüber, dass er die ganzen Ferien bei Mr Roy bleiben musste.

Am nächsten Morgen verabschiedete sich Philip höflich von Mr Roy. »Vielen Dank für Ihre Hilfe und Ihre Mühe, Sir«, sagte er. »Im nächsten Schuljahr komme ich bestimmt wieder viel besser zurecht. Auf Wiedersehen.«

»Auf Wiedersehen, Philip. Du hast dich wacker geschlagen«, antwortete Mr Roy.

Aber als Philip ihm die Hand schütteln wollte, zuckte der Lehrer zurück, weil aus Philips Ärmel schon wieder eine kleine Maus lugte.

»Wie kannst du es bloß ertragen, wenn dieses Viehzeug ständig auf dir herumkrabbelt?«, stieß Mr Roy hervor und schnaubte lautstark.

»Wo ist dein Taschentuch?«, krächzte Kiki sofort, die wie üblich auf Jacks Schulter saß, und Mr Roy warf ihr einen vernichtenden Blick zu.

»Dürfen Lucy und ich Philip zum Bahnhof begleiten?«, fragte Jack. Kiki fing leise an zu lachen und Jack tippte ihr auf den Schnabel. »Pst! Hier gibt's nichts zu lachen.«

»Böser Junge!«, krähte die Papageiendame, als wüsste sie genau, was Jack vorhatte.

»Ja, geht ruhig mit«, sagte Mr Roy, erleichtert darüber, dass er den Papagei dann wenigstens für ein Weilchen los war.

Also machten sie sich gemeinsam auf den Weg. Und Kiki musste natürlich das letzte Wort haben. »Kannst du nicht die Tür zumachen?«, polterte sie in Richtung Mr Roy.

Der Ferienlehrer seufzte und schlug die Tür kräftig hinter ihnen zu. Kikis Gekicher war noch lange zu hören. Wenn ich diesen Vogel bloß nie wieder sehen müsste, dachte Mr Roy, ohne zu ahnen, wie bald sein sehnlichster Wunsch in Erfüllung gehen würde.

Als sie am Bahnhof ankamen, war der Zug zwar schon da, aber bis zur Abfahrt würde es noch eine ganze Weile dauern. Sie holten ihre Koffer aus dem Schließfach und suchten sich ein leeres Abteil. Niemand hielt sie auf. Niemand hatte eine Ahnung, dass sie auf der Flucht waren.

Nervös und voller Vorfreude warteten sie darauf, dass der Zug endlich abfuhr.

»Hoffentlich schickt dein Onkel uns nicht gleich wieder zurück«, sagte Jack und streichelte Kiki, um sie zu beruhigen. Sie mochte den Lärm nicht, den die Lok verursachte, und krächzte ständig ihr »Nicht pfeifen!« vor sich hin. Eine alte Dame, die gerade im Abteil der Kinder Platz nehmen wollte, überlegte es sich anders, als Kiki ohrenbetäubend kreischte, und machte sich hastig auf die Suche nach einem anderen Abteil.

Und dann war es endlich so weit. Der Zug rollte aus dem Bahnhof. In der Ferne konnten Jack, Lucy und Philip das Hügelhaus von Mr Roy erkennen, in dem sie die vergangenen Wochen verbracht hatten.

»Wir sind unterwegs«, rief Philip fröhlich. »Es war so einfach, abzuhauen, findet ihr nicht auch? He, das wird ein Riesenspaß – wir alle vier in Felseneck! Dina flippt bestimmt aus, wenn sie uns sieht.«

»Felseneck, wir kommen!«, rief Lucy. »Meer und Wind und Wellen, wir kommen!«

Ja, sie waren unterwegs – nach Felseneck und zu einem aufregenden Abenteuer, das sie sich in ihren kühnsten Träumen nicht hätten ausmalen können!

4. Kapitel

Felseneck

Fast ohne anzuhalten brauste der Zug dahin. Immer weiter ging es der Küste entgegen, zwischen hoch aufragenden Bergen hindurch, über silbrig schimmernde Flüsse hinweg, quer durch große, pulsierende Städte.

Allmählich wurde die Landschaft zerklüfteter und ein würziger Seewind wehte zum Abteilfenster herein.

»Ich kann schon das Meer riechen«, sagte Jack, der nur als kleiner Junge einmal am Meer gewesen war und sich kaum mehr daran erinnern konnte.

Schließlich hielt der Zug in einem menschenleeren kleinen Bahnhof. »Wir sind da«, verkündete Philip. »Raus mit euch. Hallo, Joe! Ich bin hier.«

Jack und Lucy schauten dem sonderbaren Mann entgegen, der auf sie zukam. Er hatte unzählige Falten im Gesicht und strahlend weiße Zähne. Misstrauisch beäugte er die Kinder. Ein Mädchen kam aufgeregt hinter ihm hergerannt. Sie war nur ein bisschen älter als Lucy, aber für ihr Alter groß gewachsen, und sie hatte das gleiche braune, wehende Haar mit dem wilden Büschel auf der Stirn wie Philip.

Es war Dina. Als sie Jack und Lucy entdeckte, blieb sie wie angewurzelt stehen. Am meisten schien Dina von Kiki überrascht zu sein, die Joe sofort ein kräftiges »Schuhe abputzen!« entgegenschleuderte.

»Pass auf, wie du mit mir redest«, polterte Joe, als würde

er mit einem Menschen sprechen. Kikis Federhaube wippte auf und ab. Dann begann die Papageiendame wütend zu bellen.

Joe starrte sie verwundert an. »Ist das wirklich ein Vogel?«, fragte er.

»Na klar«, antwortete Philip. »Joe, den zweiten Koffer kriegen wir doch bestimmt auch noch ins Auto, oder? Der gehört meinen Freunden.«

»Sie kommen auch mit nach Felseneck?«, fragte Joe verständnislos. »Miss Polly hat aber nichts davon gesagt, dass du Freunde mitbringst.«

»Philip, wer sind denn die beiden?«, fragte Dina neugierig und stellte sich neben ihren Bruder.

»Zwei neue Freunde, ich hab dir doch von ihnen geschrieben«, antwortete Philip. »Ich erzähl dir später die ganze Geschichte.« Er zwinkerte seiner Schwester zu, um ihr zu verstehen zu geben, dass er ihr alles erklären würde, sobald Joe nicht mehr dabei war. »Das hier ist Jack, genannt Sprossel, und das ist Lucy.«

Mit ernsten Gesichtern schüttelten die Kinder sich die Hand. Dann quetschten sie sich alle in das klapprige alte Auto, das Gepäck wurde im Kofferraum verstaut und Joe fuhr los. Seine ruppige Fahrweise gefiel Lucy allerdings überhaupt nicht. Ängstlich klammerte sie sich am Türgriff fest.

Über steile, felsige Hügel ging es, bis sie schließlich zum ersten Mal in der Ferne das Meer erblickten. Nur an wenigen Stellen unterbrachen kleine Buchten die Kette hoher Klippen, die das Ufer säumten. Wirklich eine wilde, zerklüftete Küste! Schweigend sahen die Kinder zu den verfallenen Anwesen und Häuserruinen, an denen sie vorbeifuhren.

»Die sind bei den Schlachten abgebrannt, von denen ich

euch erzählt hab«, erklärte Philip. »Und seitdem hat sich keiner mehr die Mühe gemacht, sie wiederaufzubauen. Felseneck hatte Glück und ist ziemlich gut davongekommen.«

»Hinter der Klippe da vorne ist Felseneck«, fügte Dina mit ausgestrecktem Zeigefinger hinzu. Wenn sie den Hals reckten, konnten Jack und Lucy jenseits der nackten, steilen Felsen die Spitze eines Turms erkennen, der wohl zu Felseneck gehörte.

»Felseneck wurde so gebaut, dass die Wellen es nicht erreichen können«, sagte Philip, »aber in Sturmnächten schlägt die Gischt bis hinauf gegen die Fenster.«

Das hörte sich für die beiden Neuankömmlinge alles sehr aufregend an. Sie konnten es kaum erwarten, in einem Haus zu wohnen, wo die Gischt gegen die Fenster schlug. Hoffentlich gab es einen richtigen Sturm in der Zeit, die sie hier verbrachten!

»Weiß Miss Polly wirklich, dass ihr alle kommt?«, fragte Joe auf einmal, der es noch nicht ganz verdaut hatte, dass statt einem Kind plötzlich drei aufgetaucht waren. »Mir hat sie jedenfalls nichts davon gesagt.«

»Wirklich nicht? Das ist aber komisch«, antwortete Philip. Kiki kicherte lautstark und Joe verzog bei dem Geräusch das Gesicht. Sein besonderer Liebling würde der Papagei nicht werden, das stand schon mal fest. Jack gefiel die Art, wie der Mann den Vogel anstarrte, ganz und gar nicht.

Plötzlich stieß Dina einen Schrei aus und schubste Philip von sich weg. »Iiiih! Du hast eine Maus im Kragen! Ich hab ihre Schnauze gesehen. Tu sie weg, Philip! Du weißt doch, dass ich Mäuse nicht ausstehen kann.«

»Jetzt hab dich mal nicht so«, sagte ihr Bruder, woraufhin Dina ihn wütend zu schütteln begann. In null Komma nichts waren die beiden Geschwister in ein wüstes Handgemenge verwickelt. Jack und Lucy starrten einander erstaunt an.

»Du Ekel!«, schrie Dina. »Wärst du doch lieber gar nicht zurückgekommen! Nimm deine zwei blöden Freunde und verschwinde wieder zu Mr Roy!«

»Sie sind nicht blöd«, widersprach Philip. »Sie sind schwer in Ordnung.« Als er sah, dass Joe sich auf die Straße konzentrierte, flüsterte er seiner Schwester ins Ohr: »Sie sind aus der Ferienschule abgehauen. Ich wollte, dass sie mit zu uns kommen. Ihr Onkel wird Tante Polly Geld dafür geben, dass sie bleiben dürfen, und damit kann sie die Rechnung bezahlen, von der du mir geschrieben hast. Alles klar?«

Dinas Wutausbruch verflog genauso schnell, wie er gekommen war. Interessiert sah sie Jack und Lucy an. Was Tante Polly wohl dazu sagen würde? Wo würden die beiden schlafen? Das konnte ja heiter werden!

Joe brauste in einem rasanten Tempo die holprige, steinige Straße entlang. Jack wunderte sich, dass der alte Klapperkasten so eine Tortur überhaupt mitmachte. Erst fuhren sie einen steilen Hang hinauf, dann bogen sie in einen versteckten Weg ein, der sich nach Felseneck hinunterschlängelte.

Und da war es plötzlich, das Meer – und Felseneck thronte hoch über der Wasseroberfläche, auf halber Höhe der Klippen. Der Wagen hielt an und die Kinder stiegen aus. Jack sah zu dem merkwürdigen Haus hinüber, das vor ihnen aufragte. Einst musste es zwei Türme gehabt haben, aber einer davon war eingestürzt. Das Gebäude war aus dicken grauen Steinen errichtet und wirkte klobig und hässlich, aber irgendwie auch beeindruckend. Stolz und bärbeißig schien es aufs Meer hinauszustarren, als würde es die mächtigen Seewinde und den rastlosen Ozean verachten.

Jack schaute zum Meer hinab. Unzählige Seevögel kreisten über der Wasseroberfläche. Die Gegend war ein richtiges Vogelparadies. Zu Hunderten, wenn nicht zu Tausenden bevölkerten sie die Klippen, und Jack war vor Freude ganz aus dem Häuschen. Hier würde er seine Lieblingstiere nach Herzenslust studieren und fotografieren, sie vielleicht sogar bei der Brutpflege beobachten können. Ach, das würde eine herrliche Zeit werden!

Eine schmale Frau mit aschfahlem, wettergegerbtem Gesicht erschien auf der Türschwelle und starrte die vier Kinder überrascht an. Sie sah müde und abgekämpft aus.

»Hallo, Tante Polly!«, schrie Philip und rannte die Steinstufen hinauf. »Ich bin wieder da!«

»Das sehe ich«, antwortete seine Tante und gab ihm einen flüchtigen Kuss auf die Wange. »Aber wer sind die anderen beiden?«

»Freunde von mir«, erklärte Philip ernst. »Sie konnten nicht nach Hause fahren, weil ihr Onkel sich ein Bein gebrochen hat. Also hab ich sie mitgebracht. Ihr Onkel wird für ihren Aufenthalt hier bezahlen.«

»Philip, wie kannst du so etwas machen! Einfach Leute mitzubringen, ohne mir vorher etwas davon zu sagen!«, schimpfte Tante Polly. »Wo sollen sie denn schlafen? Wir haben doch sowieso schon so wenig Platz.«

»Sie könnten im Turmzimmer schlafen«, schlug Philip vor. Im Turmzimmer – wow! Jack und Lucy wurden bei dem Gedanken noch aufgeregter.

»Im Turmzimmer sind keine Betten«, sagte Tante Polly verärgert. »Nein, die beiden müssen wieder zurück. Sie können heute Nacht hier bleiben, aber morgen früh müssen sie wieder zurück.«

Lucy hätte vor Enttäuschung fast losgeheult. Da war ein scharfer Ton in Tante Pollys Stimme, den sie gar nicht vertragen konnte. Niedergeschlagen starrte sie auf ihre Füße. Jack legte ihr einen Arm um die Schultern und drückte sie.

Ich werde nicht zurückfahren!, dachte er. Der Anblick der über der Wasseroberfläche kreisenden, wie schwerelos schwebenden Vögel hatte ihn so begeistert, dass er fest entschlossen war, sich die Gelegenheit nicht entgehen zu lassen, auf den Klippen zu liegen und die Tiere zu beobachten. Nein, er würde auf keinen Fall zurückfahren!

Joe griff sich die Koffer und sie gingen alle zusammen ins Haus. Tante Polly warf Kiki einen finsteren Blick zu.

»Ein Papagei auch noch!«, sagte sie. »So ein grässlicher, krächzender lauter Vogel! Ich hab Papageien noch nie ausstehen können. Schlimm genug, dass du mir ständig irgendwelches Krabbelzeug ins Haus bringst, Philip. Ein Papagei hat mir da gerade noch gefehlt.«

»Arme Polly, arme alte Polly«, sagte Kiki plötzlich und Tante Polly starrte den Vogel verdutzt an.

»Woher weiß sie, wie ich heiße?«, fragte sie verwundert.

Aber Kiki wusste gar nicht, wie die Frau hieß. Sie selbst war früher oft Polly gerufen worden und seitdem wechselten sich »Arme alte Polly!« und »Arme alte Kiki!« immer wieder ab.

Aber Kiki war nicht entgangen, dass sie auf die alte Frau mit der strengen Stimme irgendwie Eindruck gemacht hatte, und wiederholte deswegen ganz weich, als würde sie gleich in Tränen ausbrechen: »Arme Polly! Liebe Polly! Arme alte liebe Polly!«

»Na so was …!«, flüsterte Tante Polly und sah den Papagei wesentlich milder an. Seit so vielen Jahren rackerte sie sich schon ab, war ständig müde und erschöpft, aber nie schien es jemandem aufzufallen, und erst recht wurde sie von niemandem dafür bedauert. Und plötzlich war da dieser Vogel, der ihr so viel Mitgefühl entgegenbrachte und so hübsch mit ihr redete wie seit Jahren keiner mehr! Irgendwie komisch war das schon, aber es tat Tante Polly richtig gut.

»Du kannst dir eine Matratze mit ins Turmzimmer nehmen und dort mit dem Jungen – wie heißt er überhaupt? – übernachten«, sagte sie zu Philip. »Das Mädchen kann bei Dina schlafen. Das Bett ist sehr schmal für zwei, aber mehr kann ich nicht tun. Wenn du mir unangekündigt Leute ins Haus schleppst, kann ich vorher auch nichts vorbereiten.«

Zufrieden setzten sich die Kinder an den Esstisch. Tante Polly war eine gute Köchin und alle ließen sich das Essen schmecken. Seit dem Frühstück hatten sie nichts anderes mehr gegessen als die zwei belegten Brote, die Mr Roy Philip mitgegeben hatte – und zwei belegte Brote machten drei hungrige Kinder nicht lange satt.

Als Dina nieste, stieß Kiki streng hervor: »Wo ist dein Taschentuch?«

Tante Polly sah den Vogel überrascht und bewundernd zugleich an. »Genau dasselbe sage ich auch immer zu Dina. Also, dieser Vogel scheint ein sehr vernünftiges Wesen zu sein.«

Kiki genoss die Bewunderung der alten Frau. »Arme Polly, liebe arme Polly«, krächzte sie, wackelte mit dem Kopf von einer Seite zur anderen und fixierte Tante Polly mit ihrem blitzenden Auge.

»Kiki mag Tante Polly lieber als dich«, flüsterte Philip Jack grinsend zu.

Nach dem Essen führte Tante Polly Philip ins Arbeitszimmer seines Onkels. Onkel Jocelyn saß gerade über einen Stapel vergilbter Papiere gebeugt und musterte sie durch ein Vergrößerungsglas.

»Hm«, brummte er Philip entgegen. »Du bist also wieder da. Benimm dich und bleib mir gefälligst von der Pelle. Ich hab sehr viel zu tun.«

»Jocelyn, Philip hat noch zwei andere Kinder mitgebracht – und einen Papagei«, berichtete Tante Polly.

»Einen Papagei?«, echote Onkel Jocelyn. »Wozu das denn?«

»Der Vogel gehört dem Jungen, den Philip mitgebracht hat. Philip meint, der Junge und seine Schwester sollen die Ferien über hier bleiben.«

»Ich kann sie jedenfalls nicht in meiner Nähe brauchen. Mit dem Papagei kannst du machen, was du willst«, antwortete Onkel Jocelyn. »Behalt ihn oder schick ihn wieder weg, mir egal. Ich hab zu tun.«

Damit beugte er sich wieder über seine Papiere. Tante Polly verließ mit Philip das Zimmer und schloss seufzend die Tür hinter sich. »Er ist so mit der Vergangenheit beschäftigt, dass er die Gegenwart vollkommen vergisst«, murmelte sie, mehr zu sich selbst. »Tja, dann muss ich wohl Mr Roy anrufen. Er macht sich bestimmt schon Sorgen wegen der Kinder.«

Sie ging zum Telefon. Philip, der unbedingt mitbekommen wollte, was Mr Roy sagte, folgte ihr auf den Fersen. Als Dina den Kopf aus dem Wohnzimmer streckte, deutete ihr Bruder stumm auf das Telefon. Hoffentlich war Mr Roy böse und wollte Jack und Lucy gar nicht zurückhaben! Und hoffentlich fand Tante Polly den Scheck üppig genug, um die unangemeldeten Gäste in Felseneck zu behalten!

5. Kapitel

Man richtet sich ein in Felseneck

Nach einer Weile, die den Kindern wie eine Ewigkeit vorkam, erreichte Tante Polly schließlich den Ferienlehrer. Mr Roy hatte sich in der Tat Sorgen gemacht. Als Lucy und Jack nicht vom Bahnhof zurückgekommen waren, hatte er erst angenommen, sie würden mal wieder eine Erkundungstour unternehmen und Jack habe beim Anblick irgendeines seltenen Vogels die Zeit vergessen.

Aber als die Kinder auch nach Stunden noch nicht zurückgekehrt waren, hatte er sich ernsthaft zu sorgen begonnen. Dass sie mit Philip gefahren sein könnten, wäre ihm allerdings nie im Leben eingefallen, sonst hätte er längst Philips Tante angerufen.

Und so war er sehr erleichtert, jetzt von Mrs Polly Sullivan zu hören, dass die Kinder in Felseneck und in Sicherheit waren.

»Philip hat sie mitgebracht«, berichtete Tante Polly leicht verärgert. »Ich verstehe nicht, wie Sie ihnen das erlauben konnten. Ich kann sie unmöglich hier behalten.«

Mr Roys anfängliche Freude verschwand augenblicklich. Eine Sekunde lang hatte er gehofft, sein Problem mit Jack und Lucy und dem lästigen Papagei wäre jetzt auf wundersame Weise gelöst, aber da hatte er sich anscheinend getäuscht.

»Es tut mir wirklich Leid, Mrs Sullivan«, antwortete er höflich, obwohl er innerlich beinahe kochte. »Die beiden haben Philip zum Bahnhof gebracht, und ich nehme an, er hat sie dann überredet mitzukommen. Wirklich schade, dass Sie sie nicht über die Ferien unterbringen können – bei Ihnen und Philip würde es den Kindern sicher gefallen. Sie haben Ihnen bestimmt schon erzählt, dass ihr eigener Onkel sie nicht aufnehmen kann. Er hat mir einen großzügigen Scheck geschickt in der Hoffnung, dass ich mich um die Kinder kümmere. Aber ich würde den Scheck gern an Sie weitergeben, wenn Sie sich bereit erklären, die Verantwortung zu übernehmen, und ich bin sicher, dass wir dafür auch Mr Trents Einwilligung bekommen könnten.«

Pause. »Wie hoch ist der Scheck?«, fragte Tante Polly dann.

Mr Roy nannte ihr die Summe, die wirklich sehr eindrucksvoll war. Wieder Pause. Tante Polly überlegte blitzschnell. Die Kinder würden sie mit Sicherheit nicht sehr viel kosten. Sie konnte dafür sorgen, dass sie Jocelyn nicht unter die Augen kamen, und bei der Hausarbeit konnten sie auch helfen. Mit dem Geld, das übrig blieb, würde sie ein paar offen stehende Rechnungen bezahlen, was eine große Erleichterung bedeuten würde.

Hoffnungsvoll wartete Mr Roy am anderen Ende der Leitung. Den Gedanken, den grässlichen Papagei wieder unter seinem Dach zu haben, fand er grauenhaft. Jack war erträglich, Lucy richtig nett – aber Kiki? Nein, auf keinen Fall.

»Also gut«, sagte Tante Polly schließlich. »Wenn ich's mir recht überlege … Es wird wohl ein bisschen schwierig, wir haben hier nämlich nur sehr wenig Platz. Das Haus ist zwar riesig, aber die Hälfte ist unbewohnbar. Aber irgendwie kriegen wir das schon hin. Ich könnte das Turmzimmer wieder herrichten …«

Die Kinder, die jedem Wort gespannt lauschten, sahen

einander glücklich an. »Tante Polly gibt nach«, flüsterte Philip Jack zu. »Und ich wette, du und ich können das Turmzimmer für uns allein haben. Ich wollte schon immer da schlafen, aber Tante Polly hat's mir nie erlaubt.«

»Mrs Sullivan, Sie würden mir damit einen großen Gefallen tun«, sagte Mr Roy mit ernster Stimme. »Ich rufe gleich Mr Trent an. Den Scheck schicke ich Ihnen auch sofort zu. Und lassen Sie es mich wissen, falls Sie mehr Geld brauchen. Ich kann Ihnen gar nicht genug dafür danken, dass Sie mir diese Sorge abnehmen. Die Kinder sollten eigentlich kein großes Problem sein. Lucy ist ein richtiger Sonnenschein. Nur dieser grässliche unhöfliche Papagei ... Aber vielleicht können Sie irgendwo einen Käfig für ihn auftreiben.«

»Ach, machen Sie sich um den Papagei keine Gedanken«, sagte Tante Polly, was den Ferienlehrer sehr verwunderte. Kiki krächzte dazu so laut, dass es bis zu Mr Roy zu hören war. Mrs Sullivan muss ja eine außergewöhnliche Frau sein, dachte er, wenn sie sogar diesen Vogel mag!

Damit war das Wichtigste geregelt. Tante Polly versprach an Jacks und Lucys Onkel zu schreiben, sobald Mr Roy sich wieder meldete, und im Übrigen würde sie sich für den Rest der Ferien um die Kinder kümmern.

Klick!, machte es, als sie schließlich den Hörer auflegte. Die Kinder seufzten erleichtert.

»Oh, danke, Tante Polly«, rief Philip. »Das werden tolle Ferien! Onkel Jocelyn stören wir ganz bestimmt nicht, versprochen, und wir helfen dir alle, so gut wir können.«

»Liebe Polly«, stieß Kiki liebevoll hervor – und hüpfte dann sogar von Jacks auf Tante Pollys Schulter hinüber! Gute Kiki! Sie wusste am besten, wie sie Tante Polly um den Finger – beziehungsweise die Kralle – wickeln konnte.

»Du dummer Vogel!«, sagte Tante Polly, die nicht zeigen wollte, wie sehr sie sich über die Zuneigung der Papageiendame freute.

»Lang lebe die Königin von England!«, rief Kiki und alle lachten.

»Philip und Jack bekommen das Turmzimmer«, entschied Tante Polly. »Komm mit, Philip, ich muss gleich mal nachsehen, wie wir das am besten machen. Dina, du kannst dir überlegen, ob du dir dein Zimmer mit Lucy teilen willst oder ob sie Philips Zimmer bekommen soll. Sie haben ja eine Verbindungstür, dann hätte jede von euch genug Platz und ihr wärt trotzdem zusammen.«

Glücklich stürzten die beiden Mädchen davon, um sich die Zimmer anzuschauen. Jack machte es sich mit Kiki auf dem Fenstersims bequem, von wo aus sie die draußen herumsegelnden Vögel beobachten konnten.

Währenddessen folgte Philip seiner Tante in den Turm. Er war ganz aus dem Häuschen vor Freude. Er mochte Lucy und Jack wirklich gern und freute sich schrecklich auf die Wochen, die sie zu viert verbringen würden.

Über einen kühlen Flur ging es zu einer schmalen, steilen Wendeltreppe, die aus Stein gehauen war. Immer weiter schraubten sich die Stufen in die Höhe, bis Philip und Tante Polly schließlich ganz oben das Turmzimmer erreichten, ein vollkommen rundes Zimmer mit dicken Mauern und drei schmalen Fenstern, von denen eines auf das Meer hinausblickte. In den Fenstern war kein Glas. Überall pfiff der Wind und erfüllte den Raum mit den Schreien der Seevögel und dem Rauschen der Wellen.

»Ich fürchte, hier ist es zu kalt für euch«, sagte Tante Polly, aber Philip schüttelte sofort den Kopf.

»Das macht uns nichts aus. Selbst wenn da Scheiben drin wären, würden wir die Fenster bestimmt immer ganz weit offen lassen. Schau mal, da ist eine alte Holztruhe, da können wir unsere Kleider reintun, und einen Stuhl gibt es auch. Wenn wir einen Teppich von unten raufbringen und dazu noch eine Matratze …«

»Na ja, ein Bett kriegen wir jedenfalls nie im Leben über die schmale Treppe hier rauf«, sagte Tante Polly. »Ihr werdet euch wirklich mit einer Matratze begnügen müssen. Ich hab da eine Doppelmatratze, das müsste gehen. Aber vorher müssen wir hier den Boden fegen und feucht wischen.«

»Tante Polly, danke noch mal, dass du das alles auf dich nimmst«, sagte Philip. Obwohl er in den Ferien immer in Felseneck war, kannte er seine schwer schuftende Tante nicht besonders gut, und manchmal war sie ihm ein bisschen unheimlich. »Ich hoffe, der Scheck von Mr Trent reicht für alles. Aber ich bin sicher, dass Lucy und Jack nicht viel kosten werden.«

»Tja, mein Lieber«, sagte seine Tante und schloss mit besorgtem Gesicht den Deckel der Holztruhe. »Du denkst wahrscheinlich, ich mache zu viel Aufhebens darum, aber die Sache ist die: Eure Mutter ist seit einiger Zeit ziemlich krank und konnte nicht so viel Geld schicken wie sonst … Und eure Schulgebühren sind kein Pappenstiel … Ich mache mir schon lange Sorgen, wie es weitergehen soll. Du bist alt genug um zu sehen, dass Onkel Jocelyn keine große Hilfe ist, wenn es um Haushaltsplanung geht. Und das bisschen Geld, das mir zur Verfügung steht, ist jeden Monat schneller weg, als mir lieb ist.«

Philip hörte ihr erschrocken zu. Seine Mutter war krank! Und Tante Polly hatte noch weniger Geld als sonst.

»Was hat Mum denn?«, fragte er ängstlich.

»Na ja, sie hat sich wahrscheinlich überarbeitet. Jetzt ist sie jedenfalls ziemlich dünn und hat einen scheußlichen

Husten, hat sie mir erzählt«, antwortete Tante Polly. »Der Arzt meinte, sie müsste sich eine Zeit lang schonen, am besten Ferien am Meer machen – aber sie kann doch ihre Arbeit nicht im Stich lassen.«

»Dann gehe ich nach den Ferien nicht mehr in die Schule«, beschloss Philip. »Ich suche mir einen Job. Ich kann nicht zulassen, dass Mum sich für uns totrackert.«

»Nein, unmöglich«, widersprach seine Tante. »Du bist doch noch nicht mal vierzehn. Nein – jetzt, wo ich von dem Onkel deiner neuen Freunde ein bisschen Geld bekomme, wird hoffentlich alles wieder besser werden.«

»Das Haus ist einfach zu groß für euch«, sagte Philip, dem auf einmal auffiel, wie erschöpft seine Tante aussah. »Wieso müssen wir überhaupt hier wohnen? Wieso können wir uns nicht woanders ein hübsches kleines Haus suchen, das nicht so abgelegen ist und in dem du nicht so schwer arbeiten musst?«

»Ach, schön wär's«, sagte Tante Polly seufzend. »Aber wer will schon so ein Haus wie das hier kaufen – halb verfallen und am Ende der Welt, wo dauernd Stürme toben? Außerdem würde dein Onkel nie im Leben von hier wegziehen. Er liebt das Haus, er liebt die ganze Küste, und er weiß mehr über diese Gegend als irgendjemand sonst. Nein, nein, es nützt nichts, sich darüber den Kopf zu zerbrechen. Wir müssen so weitermachen, bis du und Dina alt genug seid, um euch selbst zu versorgen.«

Ja, und dann kaufe ich uns ein Haus, wo Mum, Dina und ich sorglos und glücklich leben können, dachte Philip, während er seiner Tante die Treppe hinunterfolgte, um die Matratze zu holen. Kurze Zeit später bugsierten die beiden Jungen die sperrige Matratze unter viel Ächzen und Stöhnen die schmale Wendeltreppe hinauf. Kiki feuerte sie durch schrille Schreie an. Joe, der Hausmeister, runzelte verärgert die Stirn. Dieser Vogel wollte ihn wohl mit dem Gekreisch um den Verstand bringen!

Schwerfällig schleppte Joe einen kleinen Tisch und Jacks Koffer hinauf, stellte alles im Turmzimmer ab und schaute dann mit so finsterer Miene aus dem Fenster, dass Philip sich wunderte, warum er wohl so schlechte Laune hatte. Klar, Joe hatte nie besonders gute Laune, aber heute sah er noch griesgrämiger drein als sonst.

»Was ist los, Joe?«, fragte Philip, dem der grimmige Mann keine Angst einjagte. »Gibt's da draußen was Besonderes zu sehen?«

Die Kinder hatten schon oft über die »Gestalten« gelacht, die Joe nachts angeblich hatte herumgeistern sehen, wie ihnen Dina in ihrem Brief geschrieben hatte.

Joe runzelte die Stirn. »Mrs Polly sollte dieses Zimmer nicht benutzen«, sagte er. »Nein, das ist nicht gut, und das hab ich ihr auch gesagt. Es ist ein böses Zimmer. Von hier aus kann man die Toteninsel sehen, wenn die Nebelschwaden sich lichten – und von der Toteninsel kommt nur Böses.«

»So ein Quatsch«, sagte Philip lachend.

»So ein Quatsch«, wiederholte Kiki und machte dabei Philips Stimme haargenau nach.

Joe funkelte den Jungen und den Vogel gleichermaßen wütend an. »Merk dir, was ich sage, Philip«, beharrte er. »Schau nicht öfter als nötig zur Toteninsel rüber. Dies ist das einzige Zimmer, von dem aus man sie sehen kann, und deswegen ist es ein böses Zimmer. Auf der Toteninsel hat's noch nie was Gutes gegeben. Da haben schon immer böse Leute gewohnt, die Böses vollbracht haben.«

Mit dieser seltsamen Warnung warf er den Jungen noch einen Unheil verkündenden Blick zu und stapfte dann die steile Wendeltreppe hinunter.

»Entzückender Kerl, was?«, sagte Philip, während er mit Jacks Hilfe die Matratze aufrollte. »Ich glaube, er ist übergeschnappt. Kein Wunder – wenn man schon so lange hier lebt und so stumpfsinnige Arbeiten macht wie er, muss man ja verrückt werden. Woanders könnte er viel mehr Geld verdienen.«

»Was ist mit dieser Toteninsel, von der er geredet hat?«, fragte Jack und ging zum Fenster. »Merkwürdiger Name! Ich kann überhaupt keine Insel sehen, Büschel.«

»Man sieht sie auch nur sehr selten«, antwortete Philip. »Sie liegt im Westen und sie ist von hohen Felsen umgeben, an denen sich die Wellen brechen, dass die Gischt nur so in die Luft schießt. Früher haben da mal Menschen gewohnt, vor vielen Jahren, aber jetzt nicht mehr.«

»Ich würde gern mal hinfahren«, sagte Jack. »Auf der Insel gibt's bestimmt viele Vögel – und sie sind sicher ganz zutraulich und zahm. Die würde ich mir gern mal ansehen!«

»Zutraulich und zahm? Was meinst du damit, Sprossel?«, fragte Philip überrascht. »Schau dir doch die Vögel hier an – die haben sogar vor Kiki Angst!«

»Ja, aber die Vögel auf der Toteninsel kennen doch keine Menschen«, sagte Jack. »Sie haben nie gelernt, vorsichtig oder misstrauisch zu sein. Da könnte ich bestimmt wahnsinnige Fotos machen. Mann, da würde ich echt gern hinfahren!«

»Tja, das geht aber nicht«, entgegnete Philip. »Ich war selber auch noch nie da – und ich kenne auch niemanden, der schon mal da gewesen wäre. Schau mal, sollen wir die Matratze hier hinlegen? Zu nah ans Fenster sollten wir sie nicht rücken, sonst wird sie nass, wenn es regnet. Und es regnet hier ziemlich oft.«

»Leg sie einfach, wohin du willst«, sagte Jack, der mit

seinen Gedanken ganz woanders war – bei der geheimnisvollen Insel und den unbekannten Vögeln. Auf der Toteninsel gab es vielleicht Vögel, die er noch nie im Leben gesehen hatte, und womöglich konnte er sogar Nester und Eier entdecken! Trotz Joes Angst einflößenden Geschichten war Jack fest entschlossen, der Toteninsel einen Besuch abzustatten, wenn es sich nur irgendwie machen ließ.

»Komm, wir gehen runter zu den anderen«, sagte Philip, nachdem er seine und Jacks Kleider in die Truhe gepackt hatte. »Viel geholfen hast du mir ja nicht gerade. Na los, Kiki, komm du auch mit.«

Langsam kletterten sie die enge Wendeltreppe hinunter. Vor ihnen lagen mehrere Ferienwochen: kein Unterricht, keine Schulbücher, nur Baden, Klettern, Rudern und bestimmt ganz viel Spaß!

6. Kapitel

Die Tage vergehen

Die Mädchen hatten sich für die beiden nebeneinander liegenden Zimmer entschieden. Die Räume waren sehr klein und es würde leichter sein, zwei Zimmer sauber zu halten als ein einziges, das dafür zu voll gestopft war.

»Wenn wir unsere Sachen alle in mein Zimmer tun, haben wir kaum mehr Platz, uns umzudrehen«, sagte Dina und Lucy musste ihr Recht geben. Sie war schon oben gewesen und hatte das Turmzimmer bewundert. Am liebsten hätte sie auch in einem Zimmer ohne Glasscheiben gewohnt. Das wäre fast so, als würde man unter freiem Himmel schlafen, hatte sie gedacht, während sie sich aus einer der Fensteraussparungen gelehnt und der Seewind ihr das Haar zerzaust hatte.

Vom Zimmer der Mädchen hatte man auch Ausblick aufs Meer, aber die Toteninsel war nicht zu sehen. Als Jack ihr von Joes unheimlicher Warnung erzählte, rieselte Lucy ein kalter Schauer über den Rücken.

»Du brauchst dir keine Sorgen zu machen«, sagte Philip lachend. »Joe ist ziemlich abergläubisch und erzählt ständig irgendwelche seltsamen Geschichten. Da ist wirklich nichts dran. Ich glaube, es macht ihm Spaß, anderen Angst einzujagen.«

Für die Gäste war die erste Nacht in Felseneck etwas ganz Besonderes. Lucy lag lange wach, lauschte dem pfeifenden Wind und dem dumpfen Grollen der Wellen, die sich unter ihnen an den Felsen brachen. Was für ein Unterschied zu der ruhigen Kleinstadt, in der Onkel Geoffrey wohnte! Während dort alles totenstill war, gab es hier ständig lebhafte Geräusche und Bewegungen, die Luft schmeckte salzig auf den Lippen und eine kräftige Brise strich einem durchs Haar. Lucy fand das alles sehr aufregend. An einem Ort wie Felseneck konnte alles passieren!

Auch Jack lag lange wach auf der Matratze im Turmzimmer, während Philip neben ihm längst eingeschlafen war. Schließlich stand er leise auf, ging zum Fenster, durch das der Wind hereinpfiff, und streckte den Kopf hinaus.

Der Mond, vor dem ständig Wolkenfetzen hinwegfegten, sah ganz klein und bleich aus. Tief unterhalb des Turms schlug das wirbelnde Wasser an die schwarzen Felsen. Es war Flut. Wie Sprühnebel verteilte sich die Gischt in der Luft, und obwohl das Turmzimmer so weit oben war, hätte Jack schwören können, dass er ein paar Wassertröpfchen an der Wange gespürt hatte. Er leckte sich über die Lippen – das schmeckte wirklich salzig!

Der Schrei eines Vogels hallte durch die Nacht, ein trauriger, klagender Schrei, und Jack lauschte sofort angespannt. Was das wohl für ein Vogel gewesen war? Vielleicht einer, den er noch nicht kannte?

Plötzlich spürte Jack etwas an seiner Schulter und zuckte erschrocken zusammen. Aber dann musste er lachen – es war nur Kiki.

Die Papageiendame verbrachte die Nacht immer bei Jack, egal, wo der gerade schlief. Meistens kauerte sie am Kopfende seines Bettes auf einer Stange des Bettgestells, den Kopf unter den Flügel gesteckt, aber hier gab es kein Bettgestell, nur eine dünne Matratze auf dem Fußboden.

Also hatte Kiki sich auf der Kante der Truhe niedergelassen – aber als sie Jack gehört hatte, war sie aufgewacht und auf ihren üblichen Aussichtsposten auf seiner Schulter geflattert. Zärtlich schmiegte sie sich an ihn.

»Ab ins Bett, böser Junge«, sagte sie. »Ab ins Bett.«

Jack grinste, kraulte ihr den Kopf und redete leise auf sie ein, um Philip nicht zu wecken.

»Morgen baue ich dir eine Sitzstange«, versprach er. »Auf der Truhe kannst du ja nicht richtig schlafen, ist mir schon klar. Ich leg mich jetzt wieder hin. Ganz schön wilde Nacht, was? Aber mir gefällt's hier.«

Fröstelnd schlüpfte er zurück unter die Decke. Aber nachdem er sich an Philips Rücken gekuschelt hatte, wurde ihm schnell warm, und kurz darauf war er schon fest eingeschlafen und träumte von Seevögeln, die zutraulich auf ihn zutrippelten, um sich fotografieren zu lassen.

Nach all den Jahren, die sie in einem langweiligen kleinen Haus in einer langweiligen kleinen Stadt verbracht hatten, war das Leben in Felseneck für Lucy und Jack am Anfang ziemlich gewöhnungsbedürftig.

Es gab zum Beispiel keinen Strom und kein fließendes Kalt- und Warmwasser im Bad. Es gab keine Geschäfte um die Ecke. Es gab keinen Garten.

Dafür gab es Öllampen, die täglich gereinigt werden mussten, und immer neue Kerzen, die man in Kerzenständer steckte. Und es gab eine Pumpe, mit deren Hilfe man das Wasser aus einem tiefen Brunnen heraufbefördern musste. Der Brunnen hatte es Jack besonders angetan.

Hinter dem Haus gab es einen kleinen Hof, der an die steilen Klippen grenzte, und dort stand der Brunnen. Jack und Lucy waren überrascht, als sie merkten, dass das Wasser nicht salzig war.

»Nein, es ist richtig sauberes Trinkwasser«, sagte Dina und hievte einen vollen Eimer an der Kette aus dem Brunnen. »Die Quelle reicht bis tief runter in die Felsen, tiefer als der Meeresspiegel, und da gibt es kristallklares, eiskaltes Süßwasser.«

Es schmeckte wirklich gut – wie das Eiswasser, das sie manchmal an besonders heißen Sommertagen zur Erfrischung getrunken hatten. Jack spähte in den dunklen Brunnenschacht hinab.

»Am liebsten würde ich mich in den Eimer setzen und runterfahren und nachgucken, wie tief es ist«, sagte er.

»Da würdest du aber schön blöd schauen, wenn du stecken bleiben würdest und nicht mehr raufkönntest«, sagte Dina kichernd. »Na komm schon, Jack. Steh nicht dumm herum. Hilf mir lieber mal.«

»He, schalt mal einen Gang runter. Jack ist hier immerhin Gast«, schimpfte ihr Bruder und fing sich dafür einen bösen Blick ein.

»Klar, und Lucy auch. Aber komischerweise haben wir Mädchen trotzdem mehr Arbeiten aufgehalst bekommen als ihr Jungen. Komm, Lucy, wir verschwinden. Sollen sich die zwei Faulpelze doch allein amüsieren.«

»Zimtzicke!«, rief Philip seiner Schwester hinterher. Lucy und Jack hatten sich an die ewigen Streitereien der Geschwister noch nicht so ganz gewöhnt, aber zum Glück versöhnten sich die beiden meistens genauso schnell wieder, wie sie sich in die Wolle bekamen.

Mit dem Einkaufen war es in Felseneck so eine Sache. Joe musste zweimal die Woche das Auto herausholen und mit einer langen Einkaufsliste in die nächstgelegene Stadt fahren. Wenn er etwas vergaß, musste man bis zum nächsten Mal zwangsläufig ohne auskommen. Gemüse brauchte meist nicht eingekauft zu werden, denn Joe hatte hinter dem Haus, in einer windgeschützten Ecke, ein paar kleine Beete angelegt.

»Lasst uns doch mal mit Joe zum Einkaufen fahren«, schlug Lucy eines Vormittags vor.

Philip schüttelte den Kopf. »Keine Chance. Wir haben Joe schon so oft gefragt, aber er will uns nicht mitnehmen. Er sagt, wenn wir uns heimlich ins Auto reinschleichen, schmeißt er uns sofort wieder raus. Ich hab's tatsächlich mal geschafft, heimlich einzusteigen, aber er hat Wort gehalten und hat mich rausgescheucht.«

»So ein unfreundlicher Kerl!«, stieß Jack hervor. »Wieso hat deine Tante ihn eigentlich überhaupt eingestellt?«

»Was meinst du, wer hier sonst freiwillig arbeiten würde, am Ende der Welt?«, fragte Dina zurück. »Wenn er nicht ziemlich verrückt wäre, hätte Joe sicher auch längst gekündigt.«

Aber Lucy fragte Joe trotzdem, ob sie nicht mal mit zum Einkaufen fahren könnten.

»Nein«, polterte der Mann finster.

»Bitte, Joe«, bettelte Lucy und setzte ihr flehentlichstes Gesicht auf. Die Methode funktionierte bei anderen Leuten immer – aber nicht bei Joe.

»Ich hab nein gesagt«, brummte er und stapfte davon. Lucy starrte ihm wütend hinterher. Was war das bloß für ein Mensch? Es wäre doch nichts dabei gewesen, die Kinder einmal mitzunehmen.

Sie hatten eine schöne Zeit in Felseneck – auch wenn vieles schwierig war. Baden konnte man zum Beispiel nur einmal die Woche. Das heißt, man hätte theoretisch auch jeden Tag baden können – wenn sich jeden Tag jemand bereit erklärt hätte, den großen Kupferkessel aufs Feuer zu setzen und dann eimerweise heißes Wasser über unzählige Steinstufen in das kleine abgelegene Zimmer hinaufzuschleppen, das Badezimmer genannt wurde.

Nachdem er das Ganze einmal gemacht hatte, war Jack

die Lust an heißem Badewasser gründlich vergangen. Er würde stattdessen zwei-, dreimal am Tag im Meer schwimmen, das musste reichen.

Während Tante Polly sich hauptsächlich um das Kochen kümmerte, übertrug sie die meisten anderen Hausarbeiten den Kindern. Onkel Jocelyn ließ sich nie blicken, nicht einmal zu den Mahlzeiten. Er ließ sich das Essen von Tante Polly ins Arbeitszimmer bringen, sodass die Kinder am Ende ganz vergaßen, dass er überhaupt mit im Haus wohnte.

Täglich mussten sie Wasser aus dem Brunnen schöpfen, Feuerholz ins Haus schleppen, Öl in den Ölofen nachfüllen und die Lampen reinigen.

Joe kümmerte sich um das Auto und die Gemüsebeete, machte sauber, putzte die Fenster, wenn sie von der salzigen Gischt mal wieder ganz verschmiert waren, und machte noch so einiges andere im Haus. Jack und Lucy fanden bald heraus, dass er ein eigenes Boot besaß, ein richtig solide gebautes, das sogar ein kleines Segel hatte.

»Meinst du, er lässt uns auch mal damit fahren?«, fragte Jack seinen Freund.

»Ganz sicher nicht«, antwortete Philip. »Und versuch's bloß nicht ohne seine Erlaubnis, der würde dich in Grund und Boden stampfen. Das Boot ist sein Ein und Alles. Keinen Fuß dürfen wir da reinsetzen.«

Einen Blick wollte Jack aber doch darauf werfen. Es war wirklich ein gutes Boot, frisch gestrichen und tipptopp in Ordnung. Das hatte bestimmt eine Menge Geld gekostet. Es hatte Ruder, einen Mast und ein Segel und auf dem Boden lagen jede Menge Gerätschaften zum Fischfang. Jack wäre schrecklich gern mal damit aufs Meer gefahren.

Ob er nicht vielleicht doch mal reinsteigen sollte um zu sehen, wie es sich anfühlte, wenn das Boot unter einem schaukelte …? Aber noch während er überlegte, tauchte auf einmal Joe auf, und er blickte noch grimmiger drein als sonst.

»Was willst du hier?«, polterte er. »Das ist *mein* Boot.«

»Jaja, ich weiß, ist schon gut«, sagte Jack. »Aber anschauen werde ich's mir doch mal dürfen?«

»Nein«, sagte Joe und funkelte ihn finster an.

»Böser Junge«, krächzte Kiki, und Joe starrte den Vogel an, als würde er ihm auf der Stelle den Hals umdrehen wollen.

»Na, Sie sind ja vielleicht ein netter Mensch!«, stieß Jack hervor, als er von dem Boot zurückwich. Joe war ihm auf einmal richtig unheimlich. »Aber eins sage ich Ihnen: Ich werde mit einem Boot aufs Meer rausfahren. Irgendwie schaffe ich's schon. Sie können mich nicht davon abhalten!«

Mit zornig zusammengekniffenen Augen sah Joe ihm nach. Dieser Rotzlöffel!, dachte er. Was hat er sich in meine Sachen einzumischen? Den muss ich unbedingt im Auge behalten.

7. Kapitel

Eine merkwürdige Entdeckung

Wenn Joe nicht gewesen wäre, hätte das Leben in Felseneck für die Kinder, nachdem sie sich an ihre täglichen Pflichten gewöhnt hatten, richtig schön sein können. Es gab so vieles, das Spaß machte: in der geschützten Bucht schwimmen, wo das Wasser ganz ruhig war, die feuchten dunklen Höhlen in den Klippen erforschen, von den Felsen aus dicke Fische angeln …

Aber immer wieder verdarb ihnen Joe mit seinen finsteren Blicken die Laune. Wo sie auch waren, ständig spionierte er ihnen nach. Wenn sie schwimmen gingen, tauchte sein säuerliches Gesicht hinter den Klippen auf. Wenn sie angeln wollten, streckte er den Kopf zwischen den Felsblöcken hervor und schimpfte, die Kinder würden nur ihre Zeit verplempern.

»Ach, lassen Sie uns doch in Ruhe«, rief Philip eines Tages genervt. »Wir brauchen keinen Aufpasser! Lassen Sie uns unseren Spaß. Wir tun doch keinem was!«

»Eure Tante hat mich gebeten, ein Auge auf euch zu haben«, entgegnete Joe mürrisch. »Ich soll dafür sorgen, dass ihr euch nicht in Gefahr bringt.«

»So ein Quatsch«, sagte Philip. »Wir bringen uns in keine Gefahr. Also hören Sie bitte damit auf, uns dauernd den Spaß zu vermiesen!«

Lucy kicherte bewundernd. Ganz schön mutig von Philip, so mit dem Mann zu reden! Ach, wenn Joe doch bloß ein bisschen freundlicher wäre! Dann könnten sie mit ihm in seinem Boot zum Fischen rausfahren oder mit dem Auto ins Grüne düsen und ein Picknick veranstalten.

»Und das alles können wir nicht machen, weil er ständig eingeschnappt ist und mit diesem grimmigen Gesicht durch die Gegend rennt!«, sagte Lucy. »Sonst hätten wir vielleicht sogar zur Toteninsel fahren können und uns die Vögel anschauen, die Jack unbedingt sehen will.«

»Tja, so ist Joe nun mal. Auf die Toteninsel kommen wir jedenfalls nicht. Aber ich wette, an so einem trostlosen Ort würden wir überhaupt keine Vögel finden«, sagte Philip. »Na los, lasst uns die Höhle erforschen, die wir gestern entdeckt haben.«

Es machte wirklich einen Riesenspaß, die Höhlen entlang der Küste zu erkunden. Einige von ihnen führten tief in die Klippen hinein, andere hatten Löcher in der Decke, durch die man in höher gelegene Höhlen gelangen konnte. Früher hatten die Küstenbewohner die Höhlen als Verstecke für Menschen und Schmuggelware benutzt, erzählte Philip. Aber jetzt gab es darin nichts anderes mehr als Seegras und leere Muschelschalen.

»Wenn wir bloß eine kräftige Taschenlampe hätten«, sagte Jack, als seine Kerze schon zum sechsten Mal an diesem Vormittag vom Wind ausgeblasen wurde. »Ich hab bald keine Kerzen mehr. Mist, dass es hier in der Nähe keinen Laden gibt, wo man Taschenlampen kaufen könnte. Als Joe neulich zum Einkaufen gefahren ist, hab ich ihn gebeten, mir eine mitzubringen, aber das wollte er nicht.«

»He, schaut mal, da ist ein großer Seestern!«, rief Philip und beugte sich mit der Kerze in der Hand zum feuchten Höhlenboden hinunter. »Mann, ein Riesenexemplar!«

Dina schrie leise auf. Ihre Abneigung gegen alles Kriechzeug war genauso heftig wie das Interesse ihres Bruders.

»Fass das Ding nicht an! Und lass es bloß nicht in meine Nähe kommen!«

Aber Philip nahm den fünfarmigen Seestern jetzt natürlich erst recht in die Hand und ging damit auf Dina zu, die angeekelt zurückwich.

»Du Widerling! Ich bring das Vieh um, wenn du noch näher kommst, ich warne dich!«

»Seesterne kann man nicht umbringen«, log Philip. »Wenn man sie in der Mitte durchschneidet, wachsen neue Arme nach – und schwups! hat man zwei neue Seesterne! He, Dina, riech mal dran! Fühl mal!«

Lachend hielt er seiner Schwester den großen wabbeligen Seestern vor die Nase. In ihrer Verzweiflung riss Dina die Arme hoch und schubste Philip so heftig, dass er das Gleichgewicht verlor und der Länge nach hinfiel. Sofort erlosch seine Kerze. Philip stieß einen Schrei aus, dann gab es ein merkwürdiges Rutschgeräusch und dann ... Stille.

»He, Büschel! Alles okay mit dir?«, rief Jack und hielt seine Kerze hoch. Aber Philip war verschwunden! Nur der Seestern lag noch am Boden, von Philip jedoch keine Spur.

Verständnislos starrten die drei Kinder die Seegrasbüschel an, die die Wände und zum Teil auch den Boden der Höhle bedeckten. Wo war Philip geblieben?

Dina war sehr erschrocken. Ihr Bruder ging ihr zwar manchmal so auf die Nerven, dass sie ihn am liebsten in die Wüste geschickt hätte, aber dass er gleich ganz verschwinden sollte, hatte sie doch nicht gewollt!

»Philip!«, schrie sie. »Hast du dich irgendwo versteckt? Sag was, du Hirni!«

Eine dumpfe Stimme drang von irgendwo weit unten zu ihnen. »Huch, wo bin ich denn da gelandet?«

»Das war Büschel«, sagte Jack. »Aber wo steckt er? Hier in der Höhle ist er jedenfalls nicht.«

Die Kinder hielten ihre Kerzen nah beieinander und sahen sich in der kleinen, niedrigen Höhle um, in der es feucht und modrig roch.

»He, wo bin ich?«, ertönte Philips Stimme wieder, und sie klang ziemlich verängstigt.

Jack schob sich vorsichtig näher an die Stelle, an der Philip gestanden hatte, als Dina ihn schubste. Und ehe er sich's versah, verlor er das Gleichgewicht und verschwand vor den Augen der Mädchen im seegrasbedeckten Boden.

Vorsichtig untersuchten Lucy und Dina die Stelle. Schon wenige Augenblicke später hatten sie das Rätsel gelöst: Die Seegrasbüschel verdeckten eine Öffnung im Boden, und durch die waren die Jungen in eine darunter liegende Höhle geplumpst.

»Aha, da unten sind sie also«, sagte Dina und deutete auf die dunkle Öffnung zwischen den wuchernden Seegraswedeln. »Hoffentlich haben sie sich nichts gebrochen. Und wie kriegen wir sie da wieder raus?«

Von den beiden Jungen war einer jedenfalls weich gefallen: Jack – und zwar direkt auf Philip drauf. Kiki, die in der oberen Höhle geblieben war, stieß ein schrilles Kreischen aus. Sie hatte sich nur in dieses feuchte, dunkle Loch gewagt, weil sie Jack nicht von der Seite weichen wollte. Aber nun war er plötzlich verschwunden, und das versetzte die Papageiendame in Angst und Schrecken.

»Schon gut, Kiki, sei still«, sagte Dina. »Lucy, pass auf, dass du nicht auch noch durch das Loch fällst. Halt mal beide Kerzen richtig hoch, damit ich schauen kann, was genau passiert ist.«

Aber es war sonnenklar, was genau passiert war: Philip war durch die Öffnung in die untere Höhle gestürzt und

Jack war auf ihn draufgefallen. Ängstlich und zerkratzt klammerte sich Philip an seinem Freund fest.

»Was war das?«, fragte er.

»Ein Loch im Höhlenboden«, erklärte Jack und streckte tastend die Arme aus. Sofort stieß er allen Seiten auf feuchte Felswände. »Na so was – das ist aber eine ziemlich kleine Höhle. He, ihr da oben, könnt ihr die Kerzen direkt über dem Loch halten, damit wir hier ein bisschen Licht kriegen?«

Lucy und Dina taten wie ihnen geheißen. Jetzt konnten die Jungen einigermaßen erkennen, wo sie sich befanden.

»Das ist ja gar keine Höhle, sondern ein Gang«, sagte Jack überrascht. »Der Anfang von einem Gang. Wo der wohl hinführt? Wahrscheinlich direkt in die Klippen hinein.«

»Reicht uns mal eine Kerze runter«, bat Philip, der sich mittlerweile ein bisschen beruhigt hatte. »Ups, da kommt Kiki angeflattert.«

»Kannst du nicht die Tür zumachen?«, kreischte Kiki und setzte sich auf Jacks Schulter, glücklich, dass sie wieder bei ihrem Herrchen war. Dann begann sie zu pfeifen und schimpfte sich selber gleich wieder aus, sie solle mit dem Pfeifen aufhören.

»Pscht, Kiki«, zischte Philip. »Jack, schau mal, der Gang führt nach oben. Sieht ziemlich schmal und dunkel aus. Und wie's hier stinkt! Dina, wo bleibt die Kerze?«

Dina legte sich flach auf den Bauch, beugte sich über die Lochkante nach unten und schaffte es, den Jungen eine brennende Kerze zu reichen. Jack leuchtete die Wände an. Der Gang sah wirklich ziemlich unheimlich aus.

»Wollen wir ihn gleich erforschen?«, fragte Philip aufgeregt. »Sieht so aus, als wäre es ein Geheimgang, der direkt nach Felseneck führt.«

»Vielleicht aber auch eine harmlose Felsspalte, die nirgendwohin führt«, sagte Jack. »Kiki, hör auf, mich ins Ohr zu zwicken! Wir sind ja bald wieder draußen an der Sonne. He, Mädels! Wir gehen mal diesen komischen Gang entlang. Wollt ihr mitkommen?«

»Nein danke«, sagte Lucy, die keine Lust hatte, sich durch einen schmalen, feuchten Schacht zu kämpfen. »Wir warten hier auf euch. Bleibt nicht so lange, wir haben nur noch die eine Kerze. Habt ihr wenigstens Streichhölzer, für den Fall, dass euch die Kerze ausgeht?«

»Ja«, antwortete Jack, nachdem er in seiner Hosentasche herumgetastet hatte. »Na dann bis später.«

Im nächsten Augenblick machten die Jungen sich auf den Weg und ihre Schritte verhallten in der Ferne. Geduldig warteten die Mädchen in der oberen Höhle, die nur von der einen flackernden Kerze erhellt wurde. Es war kalt und sie fröstelten. Ein Glück, dass sie wenigstens Pullover angezogen hatten.

Jack und Philip blieben so lange weg, dass die Mädchen sich langsam Sorgen machten. Ob ihnen etwas passiert war? Ungeduldig spähten sie in das dunkle Loch hinab und lauschten, aber nicht der leiseste Laut war zu hören.

»Meinst du, wir sollten ihnen nachgehen?«, fragte Lucy. Sie war wirklich nicht gerade scharf darauf, sich durch den finsteren Gang zu tasten, aber wenn Jack Hilfe brauchte, würde sie nicht zögern und sich sofort auf die Suche nach ihm machen.

»Besser, wir holen Joe zu Hilfe«, entschied Dina. »Er könnte ein Seil mitbringen. Die Jungs könnten doch ohne Seil sowieso nie im Leben hier wieder raufklettern.«

»Nein, ich will nicht zu Joe«, widersprach Lucy ängstlich. »Lass uns noch ein bisschen warten. Vielleicht ist der Schacht sehr lang.«

Das war er in der Tat – viel länger, als die Jungen gedacht hatten. Immer weiter schlängelte er sich durch das Gestein und führte dabei ständig aufwärts. Es war so dunkel darin, dass auch die Kerze ihnen kaum eine Hilfe war. Immer wieder stießen sich Jack und Philip den Kopf an den Felswänden, denn der Gang war streckenweise gerade mal schulterhoch und sie mussten sich häufig ducken, um hindurchzukommen. Aber je höher sie kamen, desto breiter wurde der Schacht. Der Geruch nach Seegras verschwand, dafür roch es so abgestanden und muffig, dass den Jungen das Atmen schwer fiel.

»Bah, ist das eine schlechte Luft hier«, keuchte Philip. »Ich krieg kaum noch Luft. Und ein paarmal wäre uns fast die Kerze ausgegangen, das heißt, dass es hier zu wenig Sauerstoff gibt. Wir sind bestimmt gleich am Ende des Ganges.« Gerade als er zu Ende gesprochen hatte, stieg der Schacht auf einmal steil an und führte über ein paar grob in den Stein gehauene Stufen ... ins Nichts! Unerwartet fanden sich die Jungen vor einer Steinwand wieder.

»Dann ist es gar kein Geheimgang«, sagte Philip enttäuscht, »sondern wirklich nur eine Felsspalte, wie du gesagt hast. Aber das hier sieht doch wirklich wie richtige Stufen aus, findest du nicht?«

Im Schein der Kerze betrachteten sie den Boden. Ja, das waren von Menschenhand in den Stein gehauene Stufen – aber wozu waren sie gut? Jack hielt die Kerze hoch in die Luft – und stieß plötzlich einen Schrei aus.

»He, da ist eine Falltür über unseren Köpfen! Hier endet der Gang also – an einer Falltür. Mann! Lass uns mal probieren, ob wir sie aufkriegen.«

In der Tat: Es war eine alte hölzerne Falltür. Wohin würde sie die beiden führen, wenn es ihnen gelingen sollte, sie zu öffnen?

8. Kapitel

Im Kellergewölbe

»Wir müssen beide gleichzeitig drücken«, sagte Philip aufgeregt. »Ich stell die Kerze solange hier auf der Kante ab.«

Vorsichtig machte er die Kerze in einer Vertiefung in der Steintreppe fest, bevor er sich mit Jack kräftig gegen die Falltür über ihren Köpfen stemmte. Sofort rieselte jede Menge Staub herunter und Philip blinzelte halb blind. Jack hatte seine Augen zum Glück geschlossen gehabt.

»Mist!«, rief Philip und rieb sich die Augen. »Okay, versuchen wir's noch mal. Ich glaube, die Tür hat sich bewegt.«

Wieder stemmten sie sich gegen die Holzplatte, und diesmal gab die Falltür plötzlich nach, hob sich ein paar Zentimeter und krachte dann inmitten einer Staubwolke wieder an ihren Platz zurück.

»Wir müssen einen großen Stein oder so was finden und uns draufstellen«, sagte Jack, der es vor Neugierde kaum mehr aushielt. »Dann können wir besser drücken und kriegen das Ding bestimmt gleich auf.«

Nach kurzer Zeit hatten sie ein paar große flache Steine gefunden, stapelten sie übereinander und kletterten dann hinauf. Und tatsächlich: Diesmal schafften sie es, die Falltür hochzudrücken. Mit einem dumpfen Schlag klappte sie zur Seite auf, sodass sich über ihren Köpfen auf einmal ein viereckiges Loch auftat.

»Heb mich mal hoch«, sagte Philip und Jack hievte ihn so kräftig nach oben, dass er durch die Öffnung schoss und oben auf einem steinigen Boden landete. Es war so dunkel, dass er die Hand vor Augen nicht sehen konnte.

»Reich mir die Kerze rauf, Sprossel«, sagte er, »dann zieh ich dich hoch.«

Aber kaum hatte er die brennende Kerze in der Hand, ging sie auch schon wieder aus. »Ups!«, machte Philip. »Was war das denn?«

»Wahrscheinlich Kiki«, erwiderte Jack. »Sie ist gerade hochgeflattert.«

Während sie durch den dunklen Gang gekrochen waren, hatte Kiki keinen Ton von sich gegeben, sondern hatte nur ängstlich auf Jacks Schulter gekauert.

Philip half seinem Freund hinauf und griff dann in seine Hosentasche nach den Streichhölzern, um die Kerze wieder anzuzünden. »Was meinst du, wo wir hier sind?«, fragte er.

»Am anderen Ende der Welt, hab ich das Gefühl«, antwortete Jack. »Ah, schon besser, jetzt können wir wenigstens etwas sehen.«

Er hielt die brennende Kerze hoch und die beiden schauten sich neugierig um.

»Jetzt weiß ich, wo wir sind!«, rief Philip aus. »In einem der Keller von Felseneck. Schau mal, da drüben ist was gelagert. Lebensmittelkonserven und so was.«

»Mann, deine Tante hat sich hier unten aber ein hübsches Vorratslager angelegt!«, sagte Jack. »Das ist ja richtig abenteuerlich. Meinst du, dein Onkel und deine Tante wissen von dem Geheimgang, der hierher führt?«

»Glaube ich kaum«, antwortete Philip. »Sonst hätte Tante Polly ihn bestimmt mal erwähnt. Ehrlich gesagt kenne ich mich in den Kellergewölben nicht besonders gut aus. Lass mal sehen – wo ist denn hier die Tür?«

Langsam schritten sie auf der Suche nach dem Ausgang den Keller ab und entdeckten schließlich auch eine dicke

Holztür, doch zu ihrer Überraschung war sie fest verschlossen.

»Mist!«, sagte Philip enttäuscht. »Jetzt müssen wir den Gang wieder zurückkriechen, und dazu hab ich eigentlich überhaupt keine Lust. Aber das hier kann sowieso nicht die Tür sein, die aus dem Keller in die Küche führt, zu der geht es ein paar Stufen hoch. Das hier muss eine Verbindungstür zu einem anderen Teil des Kellers sein. Kann mich nicht erinnern, die schon mal gesehen zu haben.«

»He, hast du das gehört? Da kommt doch jemand«, sagte Jack, der ein scharfes Gehör hatte.

»Ja, das ist Joe«, sagte Philip, der das raue Husten erkannt hatte. »Komm, wir verstecken uns. Ich hab wirklich nicht vor, Joe von dem Tunnel zu erzählen. Der bleibt unser Geheimnis. Schnell die Falltür zu, Jack, dann verstecken wir uns hinter dem Steinbogen. Wenn Joe die Tür aufmacht, schleichen wir uns schnell raus. Mach die Kerze aus.«

Leise schlossen sie die Falltür und gingen in völliger Dunkelheit hinter einem Steinbogen neben der Tür in Deckung. Wenig später hörten sie, wie Joe den Schlüssel ins Schloss steckte. Die Tür schwang auf und der große Mann erschien im flackernden Licht seiner Öllampe auf der Schwelle. Er ließ die Tür offen und stapfte auf die gelagerten Lebensmittel im hinteren Teil des Kellers zu.

Die Jungen hatten Schuhe mit weichen Sohlen an und hätten sich nun unbemerkt hinausschleichen können, doch Kiki suchte sich ausgerechnet diesen Augenblick aus, um Joes heiseren Husten nachzuahmen. Ohrenbetäubend echote er durch die Kellergewölbe und Joe ließ erschrocken seine Lampe fallen, sodass sie auf dem Steinboden zersplitterte und ausging. Einen Moment später stieß Joe einen entsetzten Schrei aus und floh wieder hinaus, ohne sich die Mühe zu machen, die Tür hinter sich abzusperren.

Kiki, die von der Wirkung ihres Hustens begeistert war, kreischte so schrill, dass Joe ohne auch nur einmal zu atmen durch den anderen Teil des Kellers fegte, die Treppe hinaufschoss und so hastig in die Küche stürzte, dass Tante Polly erschrocken aufsprang.

»Was ist los? Was ist passiert?«

»Da unten ist irgendwas!«, keuchte Joe mit aschfahlem Gesicht.

»Was soll das heißen: irgendwas?«, fragte Tante Polly streng.

»Irgendwas, das kreischt, brüllt und nach mir gegrapscht hat«, sagte Joe, ließ sich auf einen Stuhl fallen und kniff die Augen zu schmalen Schlitzen zusammen.

»So ein Unsinn!«, schimpfte Tante Polly und rührte kräftig in einem Kochtopf. »Ich weiß sowieso nicht, wieso du unbedingt da runter wolltest. Wir brauchen heute Morgen doch gar nichts aus dem Keller. Ich hab noch mehr als genug Kartoffeln hier. Jetzt reiß dich zusammen, Joe. Du machst den Kindern noch Angst mit deinem Blödsinn.«

Nachdem der arme Joe unter entsetztem Geschrei aus dem Keller gestürmt war, hatten die beiden Jungen lauthals zu lachen angefangen. Sie lachten so lange, bis ihnen fast der Bauch wehtat. »Joe hat uns doch schon immer mit seinen Geschichten von unheimlichen ›Gestalten‹ erschrecken wollen«, sagte Jack. »Und jetzt ist er selber auf seine dummen Ammenmärchen reingefallen. Mann, dem haben wir vielleicht einen Schrecken eingejagt!«

»Guck mal, er hat den Schlüssel im Schloss stecken lassen«, sagte Philip, der die Kerze inzwischen wieder angezündet hatte. »Den nehmen wir am besten mit. Wenn wir wieder mal durch den Gang kommen wollen, können wir jederzeit hier die Tür aufschließen und rausgehen.«

Grinsend steckte er den großen Schlüssel in die Tasche.

Wahrscheinlich würde Joe denken, eine seiner seltsamen »Gestalten« hätte ihn geklaut.

Die beiden gingen nun in den Teil des Kellers hinüber, den sie kannten. Immer wieder sah Philip zu der Tür zurück, die beide Kellerteile verband.

»Ich hatte keine Ahnung, dass hinter unserem Keller noch einer ist«, sagte er und sah sich neugierig im Raum um. »Komisch, dass mir die Tür noch nie aufgefallen ist.«

»Wahrscheinlich waren die Kisten davor aufgestapelt«, sagte Jack und deutete auf mehrere Kartons neben der Tür.

Ja, jetzt fiel es Philip auch wieder ein: Er hatte die Kisten immer ordentlich übereinander gestapelt gesehen, wenn er in den Keller gekommen war. Er zweifelte nicht daran, dass Joe sie mit Absicht vor der Tür aufgebaut hatte, um die Kinder daran zu hindern, in den hinteren Kellerraum zu gehen, wo die ganzen Sachen gelagert waren. So was Blödes! Jetzt konnte er es jedenfalls nicht mehr verhindern, dass sie sich überall umschauten.

Jetzt, wo ich den Schlüssel habe, haben wir die Wahl zwischen Geheimgang und Tür, dachte Philip und lächelte bei dem Gedanken, wie sie Joe ausgetrickst hatten.

»Die Treppe führt dann wohl in die Küche, oder?«, fragte Jack und deutete auf die Stufen. »Meinst du, wir können jetzt raufgehen? Wenn uns jemand sieht, kriegen wir bestimmt jede Menge unangenehmer Fragen zu hören.«

»Ich schleiche mal rauf, mach die Tür einen Spalt auf und lausche, ob jemand da ist«, entschied Philip.

Gesagt, getan. Die Küche war menschenleer, weder Tante Polly noch Joe waren mehr zu sehen. Und so konnten sie unbemerkt nach draußen schlüpfen und über den Pfad zu den Klippen hinunterlaufen.

»Die Mädchen machen sich bestimmt schon Sorgen um uns«, sagte Jack, dem wieder eingefallen war, dass Lucy und Dina in der Höhle auf sie warteten. »He, wir könnten sie überraschen – die denken doch, wir kommen durch den Geheimgang zurück, und würden nie damit rechnen, dass wir von hier kommen.«

Langsam arbeiteten sie sich zum Felsufer hinunter und schlichen sich in die Höhle. Die beiden Mädchen saßen immer noch neben dem Loch im Boden und überlegten, was sie machen sollten.

»Wir müssen unbedingt Hilfe holen«, sagte Lucy gerade. »Den Jungs ist bestimmt was passiert, ganz sicher.«

Auf einmal fiel Philips Blick auf den riesigen Seestern, mit dem alles angefangen hatte. Lautlos hob er ihn auf, kroch über den mit Seegras bedeckten Boden auf Dina zu und legte ihr das glibberige Ding auf den nackten Arm.

Dina sprang mit einem Schrei auf, der noch schriller war als alles, was Kiki jemals von sich gegeben hatte. »Aaah! Oh, Philip ist wieder da – du Biest! Warte, wenn ich dich erwische! Ich reiß dir die Haare aus, du widerlicher Kerl!«

Sie stürzte sich auf ihren Bruder, der lachend zurückwich, aus der Höhle hinaus und zum Strand rannte. Währenddessen schlang Lucy Jack die Arme um den Hals. Sie hatte sich große Sorgen um ihn gemacht.

»Jack! Was war denn bloß los mit euch? Es hat so lange gedauert. Wieso seid ihr von dieser Seite gekommen? Wohin führt der Gang?«

Jacks Antwort wurde von Philips und Dinas Schreien übertönt. Und Kiki machte sich einen Spaß daraus, den Krach durch schrille Pfeiftöne – als würde ein Zug in einen Tunnel fahren – noch zu verstärken.

Philip und seine Schwester hatten sich diesmal ernsthaft in die Wolle gekriegt. Dina hatte ihren Bruder zu fassen bekommen und schlug wütend auf ihn ein.

»Du erschreckst mich nicht noch mal mit so einem blöden Seestern! Du gemeiner Kerl! Aah, ich reiß dir jedes Haar einzeln aus!«

Schließlich konnte sich Philip befreien und rannte davon. Dina wandte sich zornig zu den anderen beiden um.

»So ein Mistkerl! Mit dem rede ich kein Wort mehr. Ich wünschte, er wäre nicht mein Bruder.«

»Das hat er doch nicht böse gemeint«, sagte Jack, aber das machte die Sache nur noch schlimmer. Dina funkelte ihn so wutentbrannt an, dass Lucy Angst bekam und fest entschlossen war, ihren Bruder mit allen Mitteln zu verteidigen, falls Dina sich auch auf ihn stürzen sollte. »Ich will mit euch allen nichts mehr zu tun haben!«, schrie Dina, wirbelte auf dem Absatz herum und lief davon. »Dann wird sie auch nicht erfahren, was wir heute alles entdeckt haben«, sagte Jack. »Puh, die rastet vielleicht schnell aus. Aber *dir* können wir alles erzählen, Lucy. Wir haben nämlich ein richtiges Abenteuer erlebt.«

Noch während sie wegrannte, fiel Dina plötzlich ein, dass sie ja gar nicht erfahren hatte, wohin der unterirdische Gang führte. Sofort war ihre Wut verraucht und sie kehrte schnell zu den anderen zurück.

Lucy und die Jungen steckten die Köpfe zusammen, als sie kam. Philip drehte ihr absichtlich den Rücken zu. Reuig legte sie ihrem Bruder eine Hand auf den Arm.

»Tut mir Leid, Philip«, sagte sie. »Was war denn mit dir und Jack und dem Geheimgang? Erzähl doch mal, ich bin schon ganz neugierig.« Also versöhnten sie sich wieder, und bald darauf lauschten die Mädchen aufgeregt den Erzählungen der beiden Jungen.

»Das war vielleicht ein Abenteuer!«, schloss Jack. In der Tat – und es sollten noch mehr Abenteuer folgen!

9. Kapitel

Ein fremdes Boot

Sosehr Philip und Jack ihre Schwestern auch drängten, die Mädchen wollten einfach nicht in den Geheimgang hinuntersteigen. Auch wenn sie die Sache durchaus aufregend fanden – durch den dunklen, engen, gewundenen Schacht wollten sie nicht kriechen, wenn es nicht unbedingt sein musste.

»Dina hat wahrscheinlich Angst, dass sie von einem Riesenseestern angesprungen wird«, sagte Philip verächtlich. »Und Lucy hält zu ihr.«

Als die Jungen am nächsten Tag in den Keller hinunterstiegen, bemerkten sie, dass Joe die Schachteln vor der Tür wieder aufgestapelt hatte, sodass sie dahinter verborgen war. Tja, Joe war wirklich ein komischer Kerl. Aber sie hatten ja den Schlüssel und konnten sich jederzeit Zugang verschaffen.

Das Wetter wurde von Tag zu Tag besser. Die Sonne stand hoch am wolkenlosen Himmel und es war so warm, dass die Kinder in ihren Badesachen herumlaufen konnten. Schon bald waren sie braun gebrannt. Philip, Dina und Lucy verbrachten mehr Zeit im Wasser als Jack, denn der interessierte sich mehr für die Vögel – Seeschwalben, Raubmöwen, Kormorane und Lachmöwen waren nur einige davon –, die zu dieser Jahreszeit zu Tausenden die Küste bevölkerten. Zu Lucys Enttäuschung wollte er meistens nicht, dass sie auf seine Beobachtungstouren mitging.

»Die Vögel sind gerade dabei, sich an mich zu gewöhnen«, erklärte er. »Es wäre zu viel für sie, wenn sie sich gleich an zwei Leute gewöhnen müssten. Bleib du lieber bei Büschel und Dina.«

Also war Lucy ausnahmsweise mal nicht Jacks Schatten, sondern verbrachte die meiste Zeit mit den anderen beiden. Aber sie wusste normalerweise immer, wo Jack gerade steckte, und wenn es an der Zeit war, dass er nach Hause kam, hielt sie immer nach ihm Ausschau.

Da war Dina ganz anders gestrickt. Ihr wäre es nie in den Sinn gekommen, ihrem Bruder auf Schritt und Tritt nachzulaufen. »Ich bin heilfroh, wenn ich ihn nicht ständig sehen muss«, sagte sie zu Lucy. »Manchmal ist er unausstehlich. Letztes Jahr hat er mir mal Ohrwürmer unters Kissen gelegt, und ich bin vor Schreck fast gestorben, als sie plötzlich mitten in der Nacht rausgekrabbelt sind.«

Das hörte sich wirklich schlimm an, fand Lucy, aber insgesamt hatte sie sich an Philips merkwürdige Streiche langsam gewöhnt. Selbst wenn er nur eine Badehose trug, schien er Verstecke für irgendwelche Tierchen zu finden. Erst am Tag zuvor hatte er zwei Krabben mit sich herumgeschleppt, und erst als er sich fast auf eine draufgesetzt hätte und das Tier ihn gezwickt hatte, war er endlich zu dem Schluss gekommen, dass die Krabben im Meer besser aufgehoben waren als bei ihm.

»Jedenfalls bin ich froh, dass Sprossel Kiki auf seine Beobachtungstouren mitnimmt«, sagte Dina. »Ich mag Kiki, aber jetzt, wo sie ständig die Seevögel nachahmt, kann sie einen mit dem Geschrei wahnsinnig machen. Ich wundere mich, dass Tante Polly so gut mit ihr klarkommt.«

Tante Polly hatte tatsächlich einen Narren an dem Papagei gefressen. Kiki brauchte nur zärtlich »Liebe arme Polly« zu hauchen und schon bekam sie alles, was sie wollte. Eines Tages hatte Tante Polly – sehr zum Vergnügen der Kinder – Joe kräftig die Leviten gelesen, als der beim Einkaufen Kikis Vogelfutter vergessen hatte.

Onkel Jocelyns Erfahrungen mit Kiki waren wesentlich weniger erfreulich. An einem heißen Nachmittag war die Papageiendame leise durch das offene Fenster ins Arbeitszimmer geflogen, wo Onkel Jocelyn wie üblich über seinen alten Dokumenten und Büchern gebeugt saß. Kiki kauerte sich in die Ecke eines Bücherregals und schaute sich neugierig um.

»Wie oft hab ich dir gesagt, dass du nicht pfeifen sollst?«, krächzte sie streng.

Onkel Jocelyn zuckte erschrocken zusammen. Er hatte Kiki nicht hereinflattern sehen und längst vergessen, dass es im Haus überhaupt einen Vogel gab. Verständnislos sah er sich im Zimmer um – woher war diese komische Stimme gekommen?

Eine Weile sagte die Papageiendame nichts mehr. Onkel Jocelyn kam zu dem Schluss, dass seine Fantasie ihm einen Streich gespielt haben musste, und widmete sich wieder seiner Arbeit.

»Wo ist dein Taschentuch?«, fragte Kiki streng.

Und da der Vogel Tante Pollys Stimme meisterlich nachahmte, war Onkel Jocelyn nun fest überzeugt, dass seine Frau im Zimmer sein musste. Sofort griff er in seine Tasche und holte sein Taschentuch heraus.

»Brav«, sagte Kiki. »Und jetzt Schuhe abputzen.«

»Aber sie sind doch gar nicht schmutzig, Polly«, widersprach Onkel Jocelyn überrascht und verärgert. Es sah seiner Frau gar nicht ähnlich, einfach so in sein Arbeitszimmer zu platzen und ihn mit idiotischen Anordnungen zu nerven. Wütend wirbelte er herum – aber da war niemand.

Kiki stieß ein heiseres Husten hervor, das genauso klang

wie das von Joe – woraufhin Onkel Jocelyn nun annahm, Joe befinde sich ebenfalls im Raum. Wie kamen denn alle Leute auf einmal dazu, ihn zu stören? So eine Unverschämtheit!

»Raus hier, Joe«, sagte er unfreundlich. »Ich hab zu tun.«

»Du böser Junge«, krächzte der Papagei vorwurfsvoll. Dann hustete er wieder und nieste lautstark – um dann für eine Weile in Schweigen zu versinken.

Onkel Jocelyn hatte die Störung bald vergessen und widmete sich wieder seinen Papieren. Kiki allerdings mochte es gar nicht, wenn man sie nicht beachtete. Entrüstet flatterte sie vom Bücherregal hoch und landete auf Onkel Jocelyns grauhaarigem Kopf, wobei sie einen ihrer ohrenbetäubenden Lokomotivpfiff-Schreie zum Besten gab.

Wie von der Tarantel gestochen sprang Onkel Jocelyn auf, riss die Arme hoch, scheuchte Kiki von seinem Kopf herunter und ließ dabei einen so gellenden Schrei los, dass Tante Polly alarmiert ins Zimmer stürmte. Im Handumdrehen war Kiki kichernd durchs Fenster geflohen.

»Was ist denn hier los?«, fragte Tante Polly besorgt.

Onkel Jocelyn blitzte sie wütend an. »Ständig werde ich hier von Leuten gestört, die mir einbläuen, mir die Schuhe abzuputzen und nicht zu pfeifen, und gerade hat mir jemand etwas an den Kopf geworfen.«

»Ach, das war wohl nur Kiki«, sagte Tante Polly mit einem Lächeln.

»Nur Kiki! Wer zum Kuckuck ist Kiki?«, schnaubte Onkel Jocelyn, der beim Anblick seiner lächelnden Frau nur noch zorniger wurde. Wenn sie ihn schon nicht bemitleiden wollte, musste sie ihn dann auch noch auslachen?

»Der Papagei«, erklärte Tante Polly. »Der Papagei von dem Jungen, das weißt du doch.«

Aber Onkel Jocelyn hatte Lucy und Jack und den Vogel schon längst vergessen, und jetzt starrte er seine Frau an, als wäre sie nicht ganz richtig im Kopf. »Welcher Junge? Und welcher Papagei?«, fragte er. »Bist du verrückt geworden, Polly?«

»Oje«, seufzte sie. »Du vergisst aber auch alles!« Und dann erzählte sie ihm noch einmal von den zwei Kindern und Kiki, die Philip über die Ferien mitgebracht hatte. »Kiki ist der schlaueste Papagei, den man sich vorstellen kann«, schwärmte sie.

»Also«, sagte Onkel Jocelyn grimmig, »wenn der Vogel so schlau ist, wie du behauptest, dann soll er das dadurch beweisen, dass er mich in Ruhe lässt. Wenn er noch mal hier reinkommt, schmeiße ich ihm meine Briefbeschwerer an den Kopf!«

Tante Polly, die wusste, wie schlecht ihr Ehemann zielte, wenn er mit irgendwelchen Gegenständen um sich warf, sah besorgt zum Fenster. Das sollte wohl besser immer geschlossen bleiben, dachte sie, sonst zerdeppert er hier noch mal alles mit seinen Briefbeschwerern.

Tante Polly hatte es wirklich nicht leicht. Wenn die Kinder sie nicht belagerten, weil sie Hunger hatten, machte Joe ihr Ärger; und wenn nicht Joe, dann der Papagei; und jetzt drohte ihr Mann auch noch damit, seine Sachen durch die Gegend zu werfen! Seufzend schloss Tante Polly das Fenster, stapfte aus dem Zimmer und zog die Tür geräuschvoll hinter sich zu.

»Nicht die Tür zuschlagen«, drang Kikis Stimme vom Flur herüber. »Und wie oft hab ich dir schon ...!«

Aber dieses eine Mal stieß sie bei Tante Polly auf taube Ohren. »Du bist ein böser Vogel!«, sagte Tante Polly streng. »Ein sehr böser Vogel!«

Mit einem empörten Kreischen segelte Kiki den Flur

entlang. Sie musste Jack finden. Jack war immer nett zu ihr. Wo steckte er bloß?

Jack war mal wieder nicht bei den anderen, sondern hatte sich mit seinem Fernglas auf die Klippen verzogen, wo er auf dem Rücken lag und genüsslich die Vögel beobachtete, die über ihm kreisten. Als Kiki auf seinem Bauch landete, zuckte er erschrocken zusammen.

»Ach, Kiki, du bist das! He, sei vorsichtig mit deinen Krallen, ja? Ich hab doch nur meine Badehose an. Und jetzt halt den Schnabel, du verscheuchst mir noch die Vögel. Stell dir vor, ich hab heute schon fünf verschiedene Möwenarten gesehen.«

Nach einer Weile hatte Jack dann schließlich genug davon, auf dem Rücken zu liegen. Er richtete sich auf, schubste Kiki sanft zur Seite und schaute durch sein Fernglas in Richtung der Toteninsel. Bisher hatte er sie noch kein einziges Mal richtig sehen können.

Aber heute war sie, obwohl die entfernten Hügel hinter Jack in dichte Hitzeschleier gehüllt waren, aus unerfindlichen Gründen ganz deutlich zu erkennen. Steil ragte sie im Westen aus dem Meer auf.

»Mann!«, rief Jack überrascht aus. »Da ist diese Insel, vor der Joe uns gewarnt hat. Ich kann sogar die einzelnen Hügel darauf sehen – und die Wellen, die an die Felsen schlagen!«

Aber so stark war sein Fernglas dann doch nicht, dass er Vögel hätte ausmachen können. Doch Jack war überzeugt davon, dass es auf der Toteninsel von Vögeln nur so wimmeln musste.

Richtig seltene Vögel, dachte er. Solche, die woanders schon ausgestorben sind. Auf der Toteninsel können sie jedes Jahr ungestört nisten. Und sie sind bestimmt so zahm wie junge Kätzchen. Mann, wenn ich bloß da rüberkönnte!

Dass dieser unfreundliche Joe uns aber auch nicht sein Boot ausleihen will! Bei so ruhigem Meer wie heute wären wir damit in null Komma nichts auf der Insel.

Langsam ließ Jack das Fernglas über die zerklüftete Küste wandern, bis sein Blick plötzlich an einem Punkt hängen blieb. Das war doch nicht möglich! Etwa eine Meile vor der Küste war jemand mit einem Ruderboot unterwegs! Aber Joe hatte doch behauptet, dass außer ihm weit und breit niemand ein Boot besaß, und Tante Polly hatte erzählt, dass rund um Felseneck niemand wohnte – jedenfalls nicht näher als sechs, sieben Meilen.

Und trotzdem ist da eindeutig ein Boot, gleich da drüben, ein Stück westlich der Klippen, überlegte Jack. Wer das wohl ist? Ich wette, Joe höchstpersönlich.

Das Boot war zu weit draußen, als dass man den Mann darin hätte erkennen können. Vielleicht war es Joe, vielleicht aber auch nicht. Er muss es sein!, entschied Jack. Er schaute zur Sonne hinauf. Sie stand schon ziemlich hoch am Himmel, es musste also bald Essenszeit sein. Jack beschloss auf dem Weg nach Hause nachzusehen, ob Joes Boot an seinem üblichen Platz lag. Wenn nicht, dann musste der Mann auf dem Wasser Joe sein.

Aber Joes Boot lag fest vertäut an seinem Platz in der kleinen Bucht in der Nähe des Hauses und schaukelte sanft auf dem Wasser. Und Joe sammelte am Strand Treibholz für das Feuer in der Küche. Dann musste also doch noch jemand anders in der Nähe wohnen, der ein Boot besaß!

Sofort rannte Jack zu den anderen und erzählte ihnen alles. Aufgeregt hörten sie ihm zu. »Wir müssen gleich herausfinden, wem das Boot gehört. Dann freunden wir uns mit ihm an, und dann nimmt er uns vielleicht mal mit zum Fischen aufs Meer«, schlug Philip vor. »He, Sprossel, klasse, dass du mit deinem Fernglas auch mal was anderes aufgestöbert hast als Vögel.«

»Ja, wir machen den Mann mit dem Boot gleich morgen ausfindig«, entschied Jack. »Am schönsten wäre, wenn wir dadurch die Chance kriegen würden, zur Toteninsel zu fahren und nachzuschauen, ob's da wirklich seltene Vögel gibt. Ich *muss* da einfach mal hin! Ich hab so das Gefühl, dass mir sonst was Tolles entgeht.«

»Joe erzählen wir besser nicht, dass wir noch jemand mit einem Boot entdeckt haben«, sagte Dina. »Sonst wirft er uns bloß Steine in den Weg. Der kann es doch nicht ausstehen, wenn wir machen, was wir wollen.«

Also erwähnten sie das fremde Boot weder Joe noch Tante Polly gegenüber mit einem Wort. Sie würden am nächsten Tag losgehen, den Mann ausfindig machen und mit ihm reden.

Aber noch vor dem nächsten Tag geschah etwas völlig Unerwartetes.

10. Kapitel

Nächtliches Abenteuer

In dieser Nacht konnte Jack nicht schlafen. Er lag da, starrte zu dem silbrig schimmernden Vollmond hoch, dessen Licht ihm ins Gesicht fiel, und dachte an die Möwen, denen er bei ihren Flugmanövern zugeschaut hatte, und an die großen schwarzen Kormorane, die mit aufgeklapptem Schnabel auf den Felsen hockten und die gerade gefangenen Fische verdauten.

Dann dachte er an die Toteninsel, die er am Morgen zum ersten Mal gesehen hatte. Geheimnisvoll und abenteuerlich hatte sie gewirkt – so weit entfernt, abgelegen und verlassen. Und trotzdem hatten dort einmal Menschen gelebt. Wieso wohnte jetzt keiner mehr drauf? War die Insel so weit von allem entfernt, dass man sich dort einfach keinen Lebensunterhalt verdienen konnte?

Vielleicht kann ich sie jetzt im Mondlicht auch sehen, überlegte Jack, schlüpfte unter der Decke hervor, ohne Philip zu wecken, ging zum Fenster und starrte hinaus.

Das Meer glitzerte silbern im Mondlicht. Nur wo große Felsen Schatten warfen, verdunkelten schwarze Flecken die Wasseroberfläche. Das Meer war viel ruhiger als sonst, der Wind hatte sich gelegt, nur ein schwacher Hauch streifte Jack am Fenster.

Plötzlich blieb Jacks Blick an etwas hängen. Ein Segelboot! Es war noch ziemlich weit draußen, aber es hielt eindeutig auf die Küste zu. Was war das für ein Boot? Jack kniff die Augen zusammen, konnte aber nicht erkennen, wer darin saß. Ein Segelboot, das mitten in der Nacht nach Felseneck wollte – sehr merkwürdig!

Ich wecke am besten Philip auf, beschloss Jack und kniete sich auf die Matratze. »He, Büschel! Steh auf und komm ans Fenster, ich zeig dir was!«

Innerhalb weniger Augenblicke war Philip hellwach und lehnte sich neben Jack aus dem schmalen Fenster. Als er das Boot sah, pfiff er leise vor Überraschung, woraufhin auch Kiki aufwachte und auf Jacks Schulter flatterte.

»Ob das Joe ist?«, überlegte Philip. »Auf die Entfernung kann ich nicht erkennen, ob das sein Boot ist. Am besten gehen wir runter ans Ufer und sehen zu, wie es reinkommt. Na los, Sprossel. Komisch, dass Joe mitten in der Nacht aus dem Haus gehen soll, wo er uns doch ständig von irgendwelchen ›Gestalten‹ erzählt, die angeblich im Dunkeln zwischen den Klippen umherwandern. Aber vielleicht ist er es ja auch gar nicht.«

Hastig zogen sie kurze Hosen und T-Shirt an, schlüpften in ihre Turnschuhe und rannten die schmale Wendeltreppe hinab, um kurz darauf den steilen Klippenpfad hinunterzusteigen. Im Mondlicht konnten sie deutlich sehen, wie das Segelboot immer weiter auf die Küste zukam, vom leichten nächtlichen Wind angetrieben.

»Doch, es *ist* Joes Boot«, sagte Philip schließlich. »Jetzt gibt's keinen Zweifel mehr, man kann's deutlich erkennen. Und Joe sitzt drin! Er ist allein, aber er hat irgendeine Ladung dabei.«

»Vielleicht war er fischen«, mutmaßte Jack. »He, wie wär's, wenn wir ihm einen Schrecken einjagen?«

Vorsichtig schlichen sie sich zum Anlegeplatz. Joe raffte das Segel und griff nach den Rudern, um das Boot in die kleine Bucht zu steuern, wo er immer anlegte. Die Jungen gingen hinter einem Felsen in Deckung. Joe warf das Tau um den Poller und machte das Boot fest. Doch als er sich gerade umdrehen wollte um auszuladen, stürzten auf einmal die Jungen hervor, schrien wie zwei Indianer auf dem Kriegspfad und wackelten so heftig an dem Boot, dass es bedenklich ins Wanken geriet.

Der zu Tode erschrockene Joe verlor das Gleichgewicht und ging mit einem mächtigen Platsch! über Bord. Doch schon einen Augenblick später tauchte sein nasser Kopf über der Wasseroberfläche auf – und der Ausdruck in seinem Gesicht gefiel den Jungen gar nicht … Langsam stieg Joe aus dem Wasser, schüttelte sich wie ein Hund und stapfte dann finster auf Jack und Philip zu.

»Oh, oh, jetzt gibt's Ärger«, sagte Jack. »Los, Philip, schnell weg hier!«

Aber der große, vor Wut schnaubende Mann versperrte ihnen den Weg.

»So, jetzt werd ich euch mal zeigen, was mit Kindern passiert, die mitten in der Nacht herumspionieren«, stieß er zwischen zusammengebissenen Zähnen hervor.

Jack versuchte sich an ihm vorbeizuwinden, aber Joe packte ihn und verpasste ihm eine Ohrfeige, dass der Junge laut aufschrie. Da versetzte Philip Joe einen Boxhieb in den Bauch, sodass der nach Luft schnappte und Jack losließ. Ohne zu zögern rannten die Jungen über den Strand, weg von dem steilen Pfad, der zum Haus führte. Joe folgte ihnen auf den Fersen.

»Die Flut kommt«, keuchte Jack, als er spürte, wie ihm das Wasser über die Füße schwappte. »Wir müssen zurück, sonst erwischt uns die Flut und schleudert uns gegen die Felsen.«

»Wir können aber nicht zurück. Joe schlägt uns sonst grün und blau«, antwortete Philip. »Jack – wir müssen in die

Höhle. Vielleicht können wir durch den Geheimgang entkommen. Wir müssen es schaffen. Ich hab keine Ahnung, wozu Joe fähig ist, wenn er so fuchsteufelswild ist.«

Ängstlich flüchteten sich die Jungen in die Höhle. Joe stampfte weiter hinter ihnen her. Ah, jetzt hab ich sie gleich!, dachte er. Wartet nur, bis ich euch erwische. Ein zweites Mal kriecht ihr bestimmt nicht mitten in der Nacht aus eurem Bett!

Bald hatten die Jungen das Loch im Boden der Höhle gefunden und verschwanden in der Finsternis des Geheimgangs. Über sich hörten sie Joe wütend keuchen. Hoffentlich fiel er nicht aus Versehen durch das Loch!

Aber Joe fiel weder aus Versehen durch das Loch noch hatte er überhaupt eine Ahnung, dass es einen Geheimgang gab. Also baute er sich vor dem Höhleneingang auf und wartete mit geballten Fäusten darauf, dass die Jungen wieder herauskamen. Eine große Welle schwappte bis über seine Knie hoch. Verdammt! Das Wasser stieg wirklich schnell. Wenn die beiden nicht augenblicklich aus der Höhle auftauchten, würden sie die ganze Nacht hier eingeschlossen sein!

Die nächste Welle reichte ihm beinahe bis zu den Hüften. Ärgerlich drehte er sich um und stapfte über den Strand zurück zum Klippenpfad. Er konnte nicht riskieren, von der hereinkommenden Flut gegen die Felsen geschleudert zu werden.

Geschieht den beiden ganz recht, wenn sie die ganze Nacht zitternd in der Höhle hocken müssen, dachte Joe grimmig. Morgen früh, wenn Ebbe ist, greife ich sie mir, und dann können sie was erleben!

Aber Jack und Philip hockten nicht zitternd in der Höhle, sondern krochen längst durch den Geheimgang, diesmal in völliger Dunkelheit – was ziemlich gruselig war, aber nicht halb so gruselig wie die Vorstellung, was Joe mit ihnen anstellen würde, wenn er sie in die Finger kriegte.

Schließlich kamen sie zu der Falltür und drückten sie auf. Schnell kletterten sie hinauf und klappten die Falltür hinter sich wieder zu.

»Gib mir die Hand«, sagte Jack, der vor Angst und Kälte gleichermaßen schlotterte. »Wir schleichen zusammen zur Tür. Na los. Du weißt doch hoffentlich, wo es langgeht, oder? Ich nämlich nicht.«

Philip war zuversichtlich gewesen, dass er es wusste, aber irgendwie klappte es doch nicht wie gedacht. Blind tasteten sie sich lange Zeit an den steinernen Wänden des Kellerraums entlang und stolperten über etliche Kisten, bis sie endlich die Tür fanden. Sie war unverschlossen. Philip drückte die Tür mit der Schulter auf.

Mit einem ohrenbetäubenden Krachen, das durch den ganzen Keller hallte, fielen die aufgestapelten Kartons auf der anderen Seite der Tür um. Atemlos lauschten die Jungen, ob jemand kam um nachzusehen, aber es kam niemand. So gut sie konnten, stapelten sie die Kisten wieder übereinander, schlichen die Kellertreppe hinauf und betraten die mondbeschienene Küche. Wo Joe wohl war? Ob er immer noch am Höhleneingang auf sie wartete?

Aber Joe war längst wieder bei seinem Boot gewesen, hatte die Fracht ausgeladen und war dann über den Klippenpfad ins Haus gegangen. Er war gerade in seinem Zimmer angekommen, das ganz in der Nähe der Küche lag, und freute sich darüber, dass die Jungen jetzt wohl bibbernd in der Höhle gefangen waren, als er plötzlich einen ohrenbetäubenden Krach hörte.

Dass es die umgefallenen Kartons im Keller gewesen waren, konnte er natürlich nicht wissen. Wie vom Donner gerührt stand er in seinem Zimmer und lauschte. Nachzusehen, woher der Krach kam, hielt er aber nicht für nötig. Ein Glück, denn sonst hätte er die zwei Gestalten gesehen, die sich durch die Küche in den Flur und von dort über die Treppe ins Turmzimmer schlichen.

Erleichtert sanken die Jungen auf ihre Matratze und kicherten bei dem Gedanken, wie Joe vor der Höhle umsonst auf sie wartete – während Joe in seinem Zimmer schon wieder bei dem Gedanken kicherte, wie er die beiden Übeltäter am nächsten Morgen, mit einem Seil bewaffnet, vor dem Höhleneingang in Empfang nehmen würde.

Schließlich schliefen alle ein.

Joe stand als Erster wieder auf. Er machte Feuer mit Treibholz im Herd, erledigte seine Aufgaben im Haus und band sich dann ein Stück Seil um die Mitte. Höchste Zeit, dass er zum Strand hinunterging und die beiden Jungen »begrüßte«! Das Wasser würde bald niedrig genug sein, dass sie sich aus der Höhle trauen konnten.

Doch dann blieb er plötzlich wie angewurzelt stehen, als die vier Kinder fröhlich in die Küche traten.

»Was gibt's zum Frühstück? Mann, hab ich einen Hunger!«

»Habt ihr gut geschlafen, Jungs? Wir schon.«

»Klar, wir haben die ganze Nacht durchgeschlafen, ohne einmal aufzuwachen«, sagte Philip, und Jack, der sich über Joes bestürzten Gesichtsausdruck amüsierte, fügte hinzu: »Ja, wie die Murmeltiere. Ich glaube, ich wäre nicht mal aufgewacht, wenn Kiki mir wie eine Lokomotive ins Ohr gepfiffen hätte.«

»Was gibt's zum Frühstück, Joe?«, wiederholte Dina. Die Mädchen hatten sich schon früh am Morgen von den Jungen das nächtliche Abenteuer erzählen lassen und machten sich nun auch einen Spaß daraus, Joe auf den Arm zu nehmen.

»Ihr Jungs wart die ganze Nacht in eurem Zimmer?«, fragte Joe schließlich, als könnte er seinen Augen und Ohren nicht trauen.

»Wo sollten wir denn sonst gewesen sein?«, gab Philip zurück. »Etwa auf der Toteninsel?«

Ungläubig drehte Joe sich weg. Sicher, er hatte in der Nacht die Gesichter der beiden nicht klar erkennen können, aber er hätte schwören können, dass es Philip und Jack gewesen waren. Doch das war unmöglich! Bei Flut konnte niemand aus der Höhle. Und trotzdem waren die beiden jetzt hier. Völlig verwirrt schüttelte Joe den Kopf.

Ich geh jetzt trotzdem runter und seh nach, wer aus der Höhle kommt, beschloss er. Dann weiß ich, wer mir letzte Nacht nachspioniert hat.

Also machte er sich auf den Weg zum Strand. Doch auch nach zwei Stunden Warten kam niemand aus der Höhle. Kein Wunder, schließlich war überhaupt niemand mehr drin.

»Der arme Joe ist völlig durch den Wind«, sagte Jack, der vom steilen Klippenpfad zu ihm hinunterschaute, und grinste. »Ein Glück, dass wir keinem von dem Geheimgang erzählt haben. Der hat uns letzte Nacht prima geholfen.«

»Vielleicht denkt er, du und Philip wärt zwei von den ›Gestalten‹, mit denen er uns ständig Angst einjagen will«, sagte Dina. »So was Blödes! Wir sind doch keine kleinen Kinder mehr, dass er uns mit solchen Geschichten erschrecken könnte.«

»Was unternehmen wir heute, wenn wir hier fertig sind?«, fragte Lucy und polierte eine der Öllampen. »Es ist so ein herrlicher Tag. Wie wär's mit einem Picknick? Wir könnten über die Klippen spazieren und uns dann irgendwo an der Küste hinsetzen.«

»Ja, und bei der Gelegenheit könnten wir gleich mal herausfinden, wer gestern in dem fremden Boot gesessen hat«, sagte Jack. »Vielleicht nimmt der uns ja mal mit. Dina, kannst du bitte mal Tante Polly fragen, ob wir was zu essen mitnehmen dürfen?«

Tante Polly hatte nichts dagegen, und so machten sich die Kinder eine halbe Stunde später zu den Klippen auf. Unterwegs kamen sie an Joe vorbei, der sich mittlerweile an seinen Beeten hinter dem Haus zu schaffen machte.

»Haben Sie letzte Nacht gut geschlafen, Joe?«, rief Philip.

Der Mann runzelte die Stirn und zischte bedrohlich. Als Kiki ihn nachahmte, hob er einen Stein auf und warf ihn in ihre Richtung.

»Böser Junge!«, kreischte Kiki und flatterte auf. »Böser, böser Junge! Geh sofort ins Bett!«

11. Kapitel

Bill Smugs

»Wo ungefähr hast du das Boot gesehen, Sprossel?«, fragte Philip, während sie über die Klippen gingen.

»Da drüben, gleich hinter den Felsen, die so hoch aufragen«, antwortete Jack und deutete in die Richtung. »War ein ziemlich großes Boot. Wo es wohl liegt, wenn es nicht gebraucht wird? Dann muss doch jemand in der Nähe wohnen – aber es sind nirgends Häuser zu sehen.«

»Es gibt auch keine Häuser in der Nähe«, sagte Philip. »Früher haben hier viele Leute gewohnt, aber dann gab's jede Menge Kämpfe und ein paar der Gebäude sind abgebrannt, und jetzt sind nur noch Ruinen übrig. Hab ich euch ja alles schon erzählt. Aber vielleicht steht irgendwo noch ein heruntergekommener Schuppen, in dem jemand zur Not eine Weile übernachten kann.«

Während sie sich über die Klippen kämpften, flog Kiki über ihren Köpfen, flatterte manchmal hoch, um eine Möwe zu erschrecken, oder schrie genau wie die Seevögel, nur schriller.

In einem Busch fand Philip eine dicke, merkwürdige Raupe und steckte sie in die Tasche, genau wie eine kleine Eidechse, die ihm kurz danach über den Weg lief. Dina fand das alles widerlich und blieb lieber ein paar Schritte hinter ihm, und selbst Lucy war vorsichtig. Sie ekelte sich vor den Tieren zwar nicht so wie Dina, aber man konnte nie wissen: Am Ende bat Philip sie noch, die Raupe und die Eidechse zu übernehmen, wenn er irgendein anderes Tier einpackte, das sich nicht mit der Raupe und der Eidechse in dieselbe Tasche stecken ließ!

Fröhlich stapften sie durch das federnde Gras, während über ihnen unzählige Seevögel kreisten. Die frische Meeresbrise, die salzige Luft, das Donnern der Wellen an die Felsen unter ihnen – ach, das waren tolle Ferien!

Schließlich kamen sie zu einer Felsnase, die aus den Klippen hervorragte, und wagten sich bis ganz an den Rand vor. »Nirgends ein Boot zu sehen«, stellte Jack fest.

»Bist du sicher, dass du's dir nicht bloß eingebildet hast?«, fragte Philip. »Ist doch irgendwie komisch, dass heute nichts da ist. So leicht kann man ein Boot ja nicht verstecken.«

»He, da unten ist eine kleine Bucht«, sagte Lucy und deutete auf eine Stelle, an der die Klippen ein Stückchen nach hinten versetzt waren und den Blick auf einen Sandstrand freigaben. »Da könnten wir doch toll baden und danach picknicken. Mann, ist es hier oben windig! Man kriegt ja kaum Luft zum Sprechen.«

Langsam kletterten sie das steile Felsriff hinunter. Immer wieder rutschten sie auf den losen Steinen aus, aber sie waren alle ziemlich sportlich und kamen schließlich unbeschadet unten an.

In der kleinen windgeschützten Bucht war es gemütlich und ruhig. Sie schlüpften aus Hose und T-Shirt und hechteten ins Wasser. Philip, der beste Schwimmer von ihnen, wagte sich sogar bis zu ein paar schwarzen Felsen hinaus, die hoch und beeindruckend aus dem Wasser aufragten. Dort kletterte er hinauf, um sich ein bisschen auszuruhen.

Und plötzlich sah er auf der anderen Seite der Felsen das fremde Boot, das Jack am Tag zuvor entdeckt hatte! Vor den

Wellen geschützt lag es an einem schmalen Stück Sandstrand. Wenn man nicht wie Philip direkt auf den Felsen saß, konnte man es unmöglich sehen, denn vom Ufer aus war der kleine Strand durch die hohen Felssäulen auf der Vorderseite verdeckt.

»Wow!«, stieß Philip überrascht hervor, stand auf und ging vorsichtig zu dem Boot. Es war fast genauso groß wie das von Joe, hatte ein Segel und zwei Ruderpaare und hieß *Albatros*.

Komischer Anlegeplatz, überlegte Philip, hier bei den Felsen. Da muss der Mensch, dem es gehört, doch jedes Mal hier rausschwimmen, wenn er es benutzen will.

»Ich hab das Boot entdeckt!«, rief er zu den anderen hinüber. »Hier hinter den Felsen! Kommt her!«

Kurze Zeit später standen alle um das fremde Boot herum und betrachteten es neugierig. »Ja, das ist das Boot, das ich gesehen habe«, sagte Jack. »Aber wo ist der Besitzer? Weit und breit keine Spur von ihm.«

»Lasst uns erst mal picknicken und dann schauen wir uns hier gründlich um«, schlug Philip vor. »Los, zurück zum Strand. Nach dem Essen können wir uns aufteilen und nach ihm suchen.«

Schnell schwammen sie zurück ans Ufer, schlüpften in ihre trockenen Kleider und legten die nassen Badesachen zum Trocknen in die Sonne. Dann setzten sie sich in den Sand und aßen die belegten Brote, das Obst und die Schokolade, die Tante Polly ihnen mitgegeben hatte. Das Schwimmen hatte sie richtig hungrig gemacht, und so schlangen sie alles ruck, zuck herunter.

»Wenn man ganz schlimm Hunger hat, schmeckt's am besten«, sagte Dina und biss kräftig in ihr belegtes Brot.

»Ich hab immer Hunger«, sagte Jack. »He, Kiki, friss mir nicht den ganzen Apfel weg. Ich hab in der Tasche noch

Sonnenblumenkerne für dich. Kannst du nicht noch eine Sekunde warten?«

»Schade, schade«, ahmte Kiki Tante Pollys Ausruf nach, wenn etwas schief ging. »Schade, schade, jammerscha...«

»Ach Mensch, sei doch mal still«, sagte Dina, die wusste, dass der Papagei ein und denselben Satz bis zu hundertmal wiederholen konnte. »Hier hast du ein Stück von meinem Apfel.«

Das ließ Kiki verstummen. Mit dem Apfelstück würde sie erst mal eine Weile beschäftigt sein.

Kurz darauf gerieten sich Dina und ihr Bruder wegen der Raupe in die Haare, die gerade aus Philips Tasche gekrochen war und jetzt durch den Sand auf Dina zukrabbelte. Das Mädchen schrie auf und wollte Philip schon eine große Muschel an den Kopf werfen, als Jack die Raupe packte und zurück in Philips Hosentasche schob.

»Hab dich nicht so, Dina«, sagte er. »Ist doch nichts passiert. Bitte keinen Streit heute, es ist so ein herrlicher Tag!«

Nachdem sie alles aufgegessen hatten, schüttelte Philip die Butterbrotpapiere aus, faltete sie zusammen und steckte sie in die Tasche. »Viel haben wir den Möwen nicht übrig gelassen«, sagte er. »He, schaut mal, die junge Möwe da ist ja total zutraulich!«

»Wenn ich bloß meine Kamera mitgenommen hätte«, seufzte Jack und sah zu, wie der junge Vogel langsam immer näher kam. »Das hätte ein klasse Bild gegeben. Ich hab bisher noch überhaupt keinen Vogel fotografiert. Wird höchste Zeit, dass ich meine Kamera ausprobiere.«

»Na los«, sagte Dina und sprang auf. »Wenn wir den Bootsbesitzer heute noch finden wollen, sollten wir uns langsam auf die Suche machen. Wetten, dass ich ihn als Erste entdecke?«

Sie teilten sich in zwei Gruppen auf: Jack und Philip marschierten in die eine Richtung los, die beiden Mädchen in die andere. Sie stapften am Sandstrand entlang und hielten sich dabei immer nah bei den Klippen. Nach einer Weile mussten die Mädchen allerdings umdrehen, als ihnen steil aufragende Felsen den Weg versperrten.

Die Jungen dagegen gingen um die Felsnase herum, die ins Meer ragte und die kleine Bucht abschirmte. Auf der anderen Seite befand sich eine weitere Bucht, nur dass diese keinen Sandstrand hatte, sondern flache Steinbrocken, die sich treppenförmig bis zu den Klippen hochtürmten. Während die beiden über die Steine kletterten, nahmen sie jedes Tierchen in Augenschein, das sie in den Ritzen entdeckten, und Philip fügte der lebenden Sammlung in seiner Tasche eine kleine Wasserschnecke hinzu.

»Da drüben ist ein Spalt im Riff«, sagte Jack. »Los, den schauen wir uns näher an.«

Als sie dort ankamen, sahen sie, dass der Spalt wesentlich größer war als angenommen. Ein Bächlein, das etwa auf halber Höhe der Klippen entspringen musste, rieselte über die Felsen in Richtung Meer.

»Das muss Quellwasser sein«, sagte Jack und probierte es. »Ja, Süßwasser. He, Büschel, schau mal!«

Philip sah zu dem kleinen Gegenstand, auf den Jack zeigte. Ein Zigarettenstummel wippte in einer kleinen Felsvertiefung auf dem Wasser auf und ab.

»Hier muss jemand gewesen sein, und zwar vor kurzem erst«, schlussfolgerte Jack. »Sonst hätte die Flut den Stummel längst weggeschwemmt. Ist ja spannend!«

Die Jungen nahmen den Zigarettenstummel als Beweisstück mit und kletterten die letzten paar Meter bis zu dem Spalt im Kliff. Und plötzlich fiel ihr Blick auf eine kleine verfallene Hütte, die ein Stück weiter oben direkt am steilen Hang klebte. Der Fels bildete die Rückwand des Hauses. Das Dach schien vor kurzem grob geflickt worden zu sein, die Mauern waren zum Teil abgebröckelt. Im Winter wäre es unmöglich gewesen, hier zu hausen, aber im Moment gab es eindeutig einen Bewohner, denn vor der Hütte hing an einem verkrüppelten Busch ein Hemd zum Trocknen.

»Schau mal, da«, flüsterte Jack seinem Freund zu. »Hier lebt also unser Bootsmann. Tolles Versteck, was?«

Leise schlichen sie näher heran. Ein Pfeifen drang aus der Hütte nach draußen.

»Sollen wir anklopfen?«, flüsterte Philip und kicherte nervös. Aber schon eine Sekunde später trat ein Mann durch die offene Tür und erblickte die beiden Jungen. Mit aufgerissenen Augen starrte er seine Besucher an.

Ohne ein Wort starrten Jack und Philip zurück. Der Fremde – er trug kurze Hosen und ein offenes Hemd – gefiel ihnen auf Anhieb. Er hatte ein rotes Gesicht, fröhlich blitzende Augen und eine Glatze am Hinterkopf, aber dichtes Haar an den Schläfen. Ein groß gewachsener, kräftiger, glatt rasierter Kerl mit einem vorspringenden Kinn.

»Hallo«, sagte er. »Na so was, ich kriege Besuch!«

»Ich hab Sie gestern mit Ihrem Boot auf dem Meer gesehen«, sagte Jack. »Deswegen haben wir uns auf die Suche nach Ihnen gemacht.«

»Aha«, antwortete der Mann. »Und wer seid ihr?«

»Wir sind von Felseneck, das ist das Haus da auf den Klippen, vielleicht anderthalb Meilen von hier«, antwortete Philip. »Aber das kennen Sie wahrscheinlich nicht.«

»Doch, doch«, widersprach der Mann zur Überraschung der beiden. »Aber ich dachte, da wohnen nur Erwachsene – ein Mann und seine Frau und noch ein Mann, der für sie arbeitet.«

»Ja, normalerweise wohnen da auch nur Erwachsene«, sagte Philip. »Tante Polly und Onkel Jocelyn und Joe. Aber in den Ferien kommen meine Schwester und ich immer hierher. Und diesmal sind zwei Freunde von uns auch dabei. Das hier ist Jack Trent. Ich heiße Philip Mannering und meine Schwester heißt Dina. Sie ist mit Jacks Schwester Lucy irgendwo am Strand unterwegs.«

»Ich bin Bill Smugs«, stellte sich der Mann lächelnd vor. »Und ich wohne hier allein.«

»Sind Sie gerade erst gekommen?«, fragte Jack neugierig.

»Ja, ganz kurz entschlossen. War einfach so eine Idee von mir.«

»Hier ist ja nicht viel los«, sagte Philip. »Warum sind Sie hergekommen?«

Der Mann zögerte einen Augenblick. »Na ja«, antwortete er dann, »ich beobachte gern Vögel. Ich hab mich schon immer für Vögel interessiert. Und hier gibt's jede Menge seltener Arten.«

»Wow!«, schrie Jack erfreut. »Sie mögen auch Vögel? Ich bin ganz verrückt nach ihnen. War ich schon immer. Es stimmt, hier hab ich schon ganze Schwärme von Vögeln entdeckt, die man sonst nur in Büchern zu sehen bekommt.«

Und sofort rasselte der Junge eine ganze Liste von ungewöhnlichen Vögeln herunter, die er schon beobachtet hatte. Bill Smugs hörte zwar zu, sagte aber nicht viel, sondern betrachtete den begeisterten Jungen belustigt.

»Sind Sie einem bestimmten Vogel auf der Spur?«, fragte Jack, nachdem er mit der ellenlangen Aufzählung endlich fertig war.

Der Mann überlegte. »Tja«, sagte er dann, »ich hatte gehofft, einen Riesenalk aufzustöbern.«

Jack starrte ihn zuerst verblüfft, dann ehrfürchtig an.

»Einen Riesenalk!«, stieß er hervor. »Aber ist der nicht längst ausgestorben? Ich dachte, es gäbe keine Riesenalke mehr. Meinen Sie wirklich, dass man hier einen finden kann?«

»Man weiß ja nie«, antwortete Bill Smugs. »Irgendwo könnten doch noch ein, zwei Exemplare übrig sein. Stell dir mal vor, was das für eine Sensation wäre, wenn man die entdecken könnte!«

Jack lief vor Aufregung puterrot an und sah übers Meer nach Westen, wo die Toteninsel im Nebel verborgen lag.

»Ich wette, Sie dachten, auf so einer verlassenen Insel wie der da drüben sind die Chancen am besten«, sagte er und deutete hinüber. »Auf der Toteninsel. Von der haben Sie bestimmt schon gehört.«

»Na klar«, sagte Bill Smugs. »Ich würde auch gern hinfahren. Aber ich glaube, das geht nicht.«

»Würden Sie uns vielleicht mal mit Ihrem Boot aufs Meer rausnehmen?«, fragte Philip. »Joe hat zwar auch ein tolles Boot, aber er lässt uns keinen Fuß reinsetzen, dabei würden wir so gern mal zum Fischen fahren oder segeln. Ist wahrscheinlich ziemlich frech von mir, Sie gleich darum zu bitten. Aber vielleicht ist es Ihnen hier auch mal ein bisschen zu einsam?«

»Ja, manchmal schon«, gab Bill Smugs zu. »Also gut, wir fahren mal zusammen raus – und eure Schwestern können natürlich auch mit. Das wird bestimmt lustig. Und wir schauen, ob wir's nicht doch mal zur Toteninsel rüberschaffen, oder was meint ihr?«

Die Jungen waren vor Freude ganz aus dem Häuschen. Endlich würden sie aufs Meer kommen! Sie drehten sich um und stellten sich an den Rand der Klippen.

»He, Dina, Lucy!«, schrie Jack. »Kommt schnell her! Wir haben einen neuen Freund: Bill Smugs!«

12. Kapitel

Ein Festmahl – und eine Überraschung für Joe

Bill Smugs wurde tatsächlich ein richtiger Freund. Er war immer gut gelaunt und zu Scherzen aufgelegt, hatte immer Geduld mit Kiki und noch mehr Geduld mit Philips ständig wechselnder Sammlung merkwürdiger »Kuscheltiere«.

Fast jeden Tag gingen die Kinder Bill Smugs besuchen. Immer wieder fuhren sie mit seinem Boot gemeinsam zum Fischen aufs Meer und brachten so große Fänge nach Hause, dass es Joe die Sprache verschlug. Bill brachte ihnen auch das Segeln bei, und nach kurzer Zeit konnten sie das Boot selber manövrieren und hatten großen Spaß.

Zu Jacks Enttäuschung wollte Bill sich allerdings weder stundenlang über Vögel unterhalten noch mit Jack zu ausgedehnten Beobachtungstouren auf den Klippen oder auf dem Meer losziehen. Aber er hörte gern zu, wenn Jack von seinen geliebten Tieren schwärmte, und besorgte ihm etliche neue Vogelbücher, die er sogar behalten durfte.

»Aber sie sind noch ganz neu«, wandte Jack ein. »Bei dem einen hier kleben sogar noch ein paar Seiten zusammen. Das haben Sie selbst noch nicht gelesen. Lesen Sie's doch zuerst und geben es mir dann.«

»Nein, nein, behalt es ruhig«, beharrte Bill Smugs und zündete sich eine Zigarette an. »Und die anderen auch. In dem einen steht ein bisschen was über den Riesenalk. Ich fürchte langsam, wir entdecken hier doch kein Exemplar. Seit ungefähr hundert Jahren hat keiner mehr einen Riesenalk gesehen.«

»Aber vielleicht gibt's auf der Toteninsel doch noch einen«, sagte Jack hoffnungsvoll. »Oder auf einer anderen, genauso verlassenen Insel. Ach, wenn wir da hinfahren könnten!«

Dina fand das ewige Gerede über Vögel schrecklich langweilig und sie beschloss das Thema zu wechseln. »Sie hätten mal Joes Gesicht sehen sollen, als wir gestern die Fische reingetragen haben, Bill«, sagte sie mit einem Grinsen. »›Die habt ihr doch niemals von den Felsen aus gefangen‹, hat er gesagt. ›Ihr wart doch bestimmt mit einem Boot draußen.‹«

»Aber ihr habt ihm hoffentlich nicht verraten, dass er Recht hat?«, fragte Bill Smugs schnell.

»Nein.« Dina schüttelte den Kopf. »Wenn er wüsste, dass wir mit Ihrem Boot rausfahren dürfen, würde er uns nur den Spaß verderben.«

»Wissen euer Onkel und eure Tante eigentlich, dass wir uns kennen gelernt haben?«, fragte Bill.

Dina schüttelte erneut den Kopf. »Nein, wieso? Was macht das denn für einen Unterschied, ob sie es wissen oder nicht?«

»Na ja«, sagte Bill und kratzte sich an seinem kahlen Kopf. »Ich bin hergekommen, weil ich allein sein wollte, und ich möchte auch nicht, dass mir irgendwelche Leute den Spaß verderben. Mit euch Kindern bin ich natürlich gern zusammen, aber andere Menschen muss ich nicht haben.«

Bill Smugs wohnte zwar ganz allein in der verfallenen Hütte, aber er hatte auch ein geräumiges Auto, das er in einem Felswinkel unter einer Plane versteckt hielt und nur herausholte, wenn er zum Einkaufen in den nächstgelegenen Ort fahren musste. Er hatte sich eine Matratze und ein paar andere Sachen mit in die Hütte gebracht, um es sich ein bisschen gemütlicher zu machen.

Die Kinder waren ganz aus dem Häuschen, als sie erfuhren, dass er nicht nur ein Boot, sondern auch ein Auto besaß. Sofort bestürmten sie ihn mit der Bitte, beim nächsten Mal mit in die Stadt fahren zu dürfen.

»Ich würde mir gern eine Taschenlampe kaufen«, sagte Jack. »Wissen Sie noch, der Geheimgang, von dem wir Ihnen erzählt haben, Bill? Mit einer Kerze tut man sich da ziemlich schwer, aber mit einer Taschenlampe wär's ein Kinderspiel.«

»Ja, ich hätte auch gern eine«, fügte Philip hinzu. »Ach, und Jack – du wolltest dir doch auch neue Filme für deine Kamera kaufen, weil du deine bei Mr Roy vergessen hast. Dann kannst du endlich deine Vögel fotografieren.«

Auch die Mädchen wünschten sich das eine oder andere aus der Stadt, also beschloss Bill Smugs, dass sie am folgenden Tag zusammen zum Einkaufen fahren würden. Am nächsten Morgen quetschten sie sich alle aufgeregt ins Auto.

»Joe fährt heute auch in die Stadt«, verkündete Dina kichernd. »Das wäre doch ein Spaß, wenn wir ihm über den Weg laufen würden, was? Der würde vielleicht gucken!«

Bill Smugs' Auto war wirklich ein tolles Ding.

»Noch ganz neu, stimmt's?«, sagte Jack. »Es ist bestimmt noch kein Jahr alt und richtig schnell fahren kann es sicher auch. Bill, sind Sie sehr reich? Das Auto muss doch eine Menge Geld gekostet haben.«

»Nein, ich bin nicht besonders reich«, wehrte Bill lachend ab. »Also dann – los geht's!«

Das Auto war so weich gefedert und brummte so leise,

dass die Fahrt über die gewundene Straße ein reines Vergnügen war.

»Mann, was für ein Unterschied zu Tante Pollys alter Klapperkiste!«, rief Dina fröhlich aus. »Mit so einem klasse Auto ist man ja in null Komma nichts in der Stadt.«

Und es dauerte tatsächlich nicht lange. In der Stadt angekommen, stellte Bill das Auto ab und vereinbarte mit den Kindern, dass sie getrennt einkaufen würden und sich zu Mittag vor einem großen Hotel treffen sollten.

»Wo er wohl hinwill?«, überlegte Jack und starrte Bill nach. »Wir hätten doch alle zusammen gehen können. Ich wäre so gern mit ihm in diesen Präparator-Laden gegangen, um mir die ausgestopften Vögel anzusehen.«

»Tja, er wollte eindeutig allein sein«, sagte Dina, die auch ziemlich enttäuscht war. Sie mochte Bill Smugs richtig gern und hatte sogar etwas Geld gespart, um ihm ein Eis zu spendieren. »Wahrscheinlich hat er beruflich etwas zu erledigen.«

»Was macht er eigentlich beruflich?«, fragte Lucy. »Er muss doch noch was anderes tun außer Vögel beobachten. Obwohl er eigentlich gar nicht viel auf Beobachtungstour geht, jedenfalls nicht, seit wir ihn kennen.«

»Stimmt, er hat uns nie erzählt, was er von Beruf ist«, sagte Jack. »Aber wieso sollte er auch? Na los, wir gehen mal einen Laden suchen, wo es Taschenlampen gibt.«

Kurz darauf entdeckten sie tatsächlich ein Geschäft, in dem es praktische kleine Taschenlampen gab. Sie erzeugten einen schönen hellen Lichtstrahl und die Jungen konnten sich schon vorstellen, wie sie damit den Geheimgang ausleuchten würden.

»Jetzt brauchen wir auch abends keine Kerzen mehr«, sagte Dina.

Bei den Taschenlampen blieb es nicht. Sie kauften Filme

für Jacks Kamera, Süßigkeiten und Kekse und ein Fläschchen Parfüm für Tante Polly.

»Jetzt brauchen wir nur noch Sonnenblumenkerne für Kiki«, sagte Jack und die Papageiendame krächzte dazu. Wie immer saß sie auf Jacks Schulter und genoss es sichtlich, dass alle Leute sie verwundert ansahen. Ausnahmsweise war sie ganz brav und sagte kaum ein Wort – nur einmal herrschte sie einen überraschten Botenjungen an, er solle aufhören zu pfeifen. Als die Kinder die Sonnenblumenkerne kauften, verschlang sie die ersten paar gleich im Laden.

Ziellos spazierten sie durch die Straßen und warteten darauf, dass es ein Uhr mittags wurde, damit sie sich mit Bill Smugs im Hotel treffen konnten. Aber plötzlich entdeckten sie Joe.

Er kam mit der alten Klapperkiste die Hauptstraße entlanggefahren und hupte eine Frau an, die gerade auf die andere Straßenseite wollte. Jack, Philip, Dina und Lucy drängten sich aneinander. Ob Joe sie wohl auch sehen würde?

Tatsächlich – er sah sie. Erst fiel sein Blick auf Philip, dann auf Jack mit seinem Papagei auf der Schulter, und schließlich sah er auch die Mädchen. Er war so verdutzt, dass er das Lenkrad herumriss und beinahe einen Polizisten überfahren hätte.

»Nicht rennen«, sagte Jack. »Mit dem Auto kann er uns nicht nachkommen. Geht einfach ganz normal weiter und beachtet ihn gar nicht.«

Also spazierten sie weiter den Bürgersteig entlang, taten so, als hätten sie Joe nicht bemerkt, und reagierten nicht auf seine Rufe.

Joe wollte seinen Augen einfach nicht trauen.

Hastig suchte er nach einem Parkplatz, um die Kinder

zur Rede zu stellen. Als er den Wagen geparkt hatte, sprang er hinaus und hetzte hinter ihnen her, aber inzwischen waren sie bereits an dem Hotel angekommen, wo sie sich mit Bill Smugs verabredet hatten, und rannten die Stufen zum Eingang hinauf.

In das Nobelhotel wagte sich Joe dann doch nicht hinein. Verärgert und ungläubig blieb er an der Treppe stehen und starrte ihnen nach. Nicht nur, dass sie auf geheimnisvolle Weise hierher gekommen waren – jetzt verschwanden sie auch noch im teuersten Hotel der Stadt!

Also gut – dann würde er sich eben auf die Treppe setzen und auf die Kinder warten. Und wenn sie wieder rauskamen, würde er sie ins Auto packen und Mrs Polly erzählen, wo er die Ausreißer geschnappt hatte.

Kichernd betraten Lucy, Dina, Jack und Philip die Empfangshalle, wo Bill Smugs schon auf sie wartete. Er zeigte ihnen, wo sie sich die Hände waschen und die Haare kämmen konnten, dann machten sie sich alle zusammen auf den Weg in den Speisesaal.

Es wurde ein großartiges Mittagessen. Die Kinder aßen alle Köstlichkeiten, die ihnen vorgesetzt wurden, und bekamen zum Nachtisch die größten Eisportionen, die sie je gesehen hatten.

»Bill, das war klasse!«, rief Dina und ließ sich seufzend in ihren weichen Sessel sinken. »Ein richtiges Festmahl. Vielen Dank!«

»Sie müssen ja ein echter Millionär sein«, fügte Lucy hinzu, als sie sah, wie Bill seine Brieftasche zückte und die Rechnung bezahlte. »Uff, ich hab zu viel gegessen. Ich glaub, ich kann mich gar nicht mehr bewegen.«

Da fiel Jack wieder ein, wie Joe sie verfolgt hatte. Ob er immer noch da war?

Vorsichtig ging er in die Empfangshalle und spähte durch

ein Fenster nach draußen. Tatsächlich, Joe saß auf der Treppe und wartete. Grinsend kehrte Jack zu den anderen zurück.

»Gibt's hier einen Hinterausgang?«, fragte er Bill Smugs.

Bill sah ihn verwundert an. »Ja, wieso?«

»Weil Joe draußen am Haupteingang auf uns wartet.«

Bill nickte. »Also gut, dann verschwinden wir heimlich durch den Hinterausgang«, entschied er. »Es wird sowieso Zeit, dass wir zurückfahren. Habt ihr alles bekommen, was ihr kaufen wolltet?«

»Ja«, antworteten sie und stapften hinter ihm her. Bill führte sie zum Hinterausgang des Hotels und in eine ruhige Seitenstraße, die zu dem Platz führte, wo er das Auto geparkt hatte. Fröhlich lachend stiegen alle ein.

Kurze Zeit später waren sie wieder in Felseneck und hasteten über die Klippen, um vor Joe da zu sein.

Es dauerte noch über eine Stunde, bis Joe schließlich zurückkam. Mit grimmigem Gesicht stellte er das Auto ab und polterte zum Haus. Das Erste, was er sah, waren die Kinder, die unten an den Felsen spielten. Zornig und verständnislos starrte er zu ihnen hinunter.

Ich verstehe das alles nicht!, dachte er. Der Sache muss ich unbedingt auf den Grund gehen. Diese vier Gören legen mich nicht noch mal rein. Mich nicht!

13. Kapitel

Joe wird wieder hereingelegt

Immer wieder dachte Joe darüber nach, wie die Kinder wohl in die Stadt gelangt waren, und am Ende kam er zu dem Schluss, dass sie wohl jemanden kennen mussten, der sie dorthin mitgenommen hatte. Also beschloss er die vier von nun an aufmerksam zu beobachten. Immer wieder suchte er sich Arbeiten, die ihn in die Nähe der Kinder führten. Wenn sie zum Strand gingen, stapfte er auch hinunter und sammelte Treibholz. Wenn sie im Haus blieben, blieb er auch da. Wenn sie auf die Klippen kletterten, folgte er ihnen. Das Ganze ging den vieren ziemlich auf die Nerven.

»Wenn er uns ständig verfolgt, wird er noch mal über Bill und sein Boot und sein Auto stolpern«, prophezeite Lucy. »Wir konnten schon den ganzen Tag nicht zu Bill, und wenn das so weitergeht, können wir morgen auch nicht hin.«

Es war unmöglich, Joe abzuschütteln. Ständig behielt er sie im Auge. An diesem Abend waren die Kinder darüber so wütend, dass sie sich alle im Turmzimmer versammelten, um Kriegsrat zu halten.

»Ich hab's!«, rief Jack auf einmal aus. »Ich weiß jetzt, wie wir Joe loswerden können.«

»Nämlich?«, fragten die anderen im Chor.

»Wir gehen in die Höhle«, erklärte Jack, »und nehmen den Geheimgang zum Keller von Felseneck und gehen über die Klippen zu Bill, während Joe wie ein begossener Pudel weiter am Strand auf uns wartet.«

»He, klasse Idee!«, sagte Philip. Auch die Mädchen nickten begeistert – jetzt hatten sie ja die Taschenlampen, und das war eine gute Gelegenheit, sie auszuprobieren. Also marschierten die vier mitsamt Kiki zum Strand hinunter und Joe folgte ihnen auf den Fersen.

»Joe, müssen Sie uns denn dauernd verfolgen?«, schimpfte Philip. »Wir gehen nur in die Höhle, da kann uns doch nichts passieren.«

»Eure Tante möchte, dass ich auf euch aufpasse«, spulte Joe seinen Spruch ab. Aber die Kinder wussten, dass das nur eine Ausrede war. Joe machte es offenbar Spaß, sie zu ärgern, indem er seine Nase ständig überall reinsteckte.

Während Lucy, Dina, Jack und Philip die Höhle betraten, stiefelte Joe draußen herum und stopfte Treibholz in einen Sack. Die Kinder schlüpften unbemerkt durch das Loch, das in den Geheimgang führte, knipsten ihre Taschenlampen an und machten sich auf den Weg.

Nach einer Weile blieb Dina stehen. Die Luft in dem Gang war furchtbar schlecht, Dina konnte kaum atmen.

»Los, weiter«, drängte Philip und schob seine Schwester vorwärts. »Wir haben schon mehr als die Hälfte geschafft, jetzt können wir nicht mehr zurück. Mach schon, du hältst uns auf.«

»Hör auf, mich zu schubsen!«, rief Dina. »Ich kann stehen bleiben, wann ich will.«

»Müsst ihr denn ewig streiten?«, stöhnte Jack. »Mann, ich glaube, ihr würdet euch sogar noch auf einem untergehenden Schiff in die Haare kriegen, oder in einem Flugzeug, das gleich abstürzt. Na komm schon, Dina, es ist wirklich nicht mehr weit.«

Dina wollte schon protestieren, aber da stieß Kiki ein hohles Husten hervor, das sich so sehr nach Joe anhörte, dass die Kinder dachten, er hätte den Geheimgang nun doch entdeckt. Erschrocken setzten sie sich wieder in Bewegung.

»Schon gut, das ist nur Kiki«, sagte Jack erleichtert, als die Papageiendame wieder hustete.

Kurz darauf erreichten sie das Ende des Gangs und sahen zu der Falltür über ihren Köpfen hoch, die vom Schein ihrer Taschenlampen beleuchtet wurde.

Sie stießen die Klappe auf und ließen sie krachend auf den Kellerboden fallen. Dann kletterten sie hinauf, schlossen die Falltür wieder, gingen zur Kellertür und machten sie auf. Mit einem mittlerweile vertrauten Poltern fielen die Kisten auf der anderen Seite zu Boden.

Hinterher stapelten sie die Kartons wieder übereinander und tappten über die Kellertreppe in die Küche. Niemand zu sehen. Perfekt.

Wenige Augenblicke später waren sie draußen auf den Klippen. Sie hielten sich auf dem Pfad, der vom darunter liegenden Strand nicht einzusehen war, und freuten sich bei dem Gedanken an Joe, der immer noch darauf wartete, dass sie wieder aus der Höhle herauskamen.

Bill Smugs hatte gerade an seinem Boot zu tun. Fröhlich winkte er den Kindern entgegen.

»Hallo, wo wart ihr denn gestern? Ich hab euch schon vermisst.«

»Wir konnten wegen Joe nicht kommen«, erklärte Jack. »Ständig verfolgt er uns, wie ein Schatten. Wahrscheinlich vermutet er, dass wir jemanden kennen, der ein Auto hat, und will jetzt unbedingt herausfinden, wer das ist.«

»Verratet ihm bloß nichts«, sagte Bill hastig. »Behaltet alles für euch. Ich will nicht, dass der Kerl hier herumschnüffelt. Klingt nicht so, als wäre er besonders nett.«

»Was machen Sie da am Boot?«, fragte Jack. »Wollen Sie rausfahren?«

»Ja. Es ist so schönes Wetter, das Meer ist ganz ruhig und trotzdem weht ein kleines Lüftchen. Da dachte ich, ich könnte mal in Richtung Toteninsel segeln.«

Die Kinder schwiegen überrascht. Die Toteninsel! Sie hatten sich doch schon lange gewünscht, sie mal aus der Nähe zu sehen. Ob Bill sie wohl mitnehmen würde?

Jack schaute nach Westen. Jetzt, wo wieder Hitzeschleier über dem Meer lagen, war die Insel nicht zu sehen. Aber er wusste genau, an welcher Stelle sie sich befand. Sein Herz klopfte aufgeregt.

»Bill, bitte, dürfen wir mitkommen?«, flehte Lucy. »Bitte! Wir sind auch ganz still. Und jetzt, wo Sie uns das Segeln beigebracht haben, können wir Ihnen sogar helfen.«

»Ich hatte sowieso geplant, euch mitzunehmen«, antwortete Bill lächelnd und zündete sich eine Zigarette an. »Ich wollte gestern schon rausfahren, hab es aber dann verschoben, weil ihr nicht gekommen seid. Also: Heute Nachmittag geht's los. Am besten nehmen wir auch eine Kleinigkeit zu essen mit. Ihr müsst Joe noch mal austricksen. Er darf das Boot auf keinen Fall zu sehen bekommen, sonst versucht er euch bestimmt aufzuhalten.«

»Wow! Danke, Bill! Wir sind pünktlich«, versprach Jack und seine grünen Augen glänzten vor Begeisterung.

»Wir kriegen die Toteninsel also wirklich von nahem zu sehen?«, fragte Lucy aufgeregt.

»Können wir vielleicht sogar dort an Land gehen?«, fragte Dina.

»Glaube ich nicht«, bremste sie Bill Smugs. »Die Insel ist von einem ziemlich gefährlichen Felsgürtel umgeben. Da soll zwar irgendwo ein kleiner Durchgang sein, aber ich habe keine Ahnung, wo er ist. Ich werde euch auf keinen Fall in Gefahr bringen.«

»Oh«, stießen die Kinder enttäuscht hervor. Sie hätten

sich gern in Gefahr begeben, wenn sie dafür die Chance bekommen hätten, einen Fuß auf die verrufene Insel zu setzen.

»So, jetzt geht ihr am besten zum Mittagessen nach Hause«, sagte Bill. »Ich will nicht, dass es nachher zu spät wird. Wenn wir früh genug losfahren, hilft uns die Flut.«

»Alles klar«, riefen die Kinder und sprangen auf. »Bis später, Bill. Wir bringen auch was Gutes zu essen mit.«

Auf dem Heimweg unterhielten sie sich aufgeregt über die bevorstehende Fahrt zur verlassenen Insel, über die Joe schon so viel Unheilvolles erzählt hatte. Sie konnten es kaum erwarten, sie aus der Nähe zu sehen.

»Mal schauen, ob Joe immer noch am Strand ist und vor der Höhle auf uns wartet«, sagte Jack. Vorsichtig schlichen sie sich zur Riffkante und spähten hinunter. Ja, Joe war immer noch da! Sie hatten es wieder geschafft, ihn hereinzulegen.

In Felseneck angekommen, hasteten sie gleich zu Tante Polly. »Dürften wir heute früher zu Mittag essen und dann ein paar Kleinigkeiten mit auf die Klippen nehmen?«, bat Philip. »Wenn das Arbeit macht – wir helfen dir gern. Und es ist uns auch ganz egal, was es zu essen gibt.«

Tante Polly überlegte. »Wir haben noch eine kalte Fleischpastete in der Speisekammer. Und ein paar Tomaten. Und geschmorte Pflaumen. Dina, du kannst den Tisch decken, und die anderen bringen das Essen herein. Ich mache euch nachher belegte Brote zum Mitnehmen, und einen Gewürzkuchen könnt ihr auch haben. Lucy, setzt du bitte das Wasser auf? Dann könnt ihr Tee in der Thermoskanne mitnehmen.«

»Oh, danke!«, riefen die Kinder und machten sich gleich an die Arbeit.

Als sie auch für Tante Polly ein Gedeck auf den Tisch legten, schüttelte diese den Kopf. »Mir geht's heute nicht so gut«, sagte sie. »Ich hab schreckliche Kopfschmerzen. Ich kann nichts essen. Wenn ihr heute Nachmittag weg seid, werde ich mich eine Weile hinlegen.«

Tante Polly tat den Kindern Leid, so müde, wie sie aussah. Philip überlegte, ob seine Mutter wohl inzwischen wieder ein bisschen Geld geschickt hatte oder ob Tante Polly immer noch so zu kämpfen hatte. Aber er wollte seine Tante nicht vor den anderen danach fragen. Also aßen sie schnell zu Mittag und machten sich dann mit gepackten Taschen auf den Weg zu den Klippen.

Joe sahen sie während der ganzen Zeit nicht. Er war immer noch unten am Strand und wartete darauf, dass die Kinder aus der Höhle kamen. Und wurde dabei immer wütender. Schließlich riss ihm der Geduldsfaden und er stürmte in die Höhle.

Aber natürlich waren die Kinder nirgends zu sehen. Immer wieder rief er nach ihnen, doch es kam keine Antwort.

Schadet ihnen gar nichts, wenn sie sich in den Höhlengängen verirrt haben, dachte er. Dann wäre ich die Bälger wenigstens los. Und er beschloss ins Haus zu gehen und Tante Polly Bescheid zu sagen.

Gesagt, getan. Die Kinder waren schon wieder weg und Tante Polly spülte das Geschirr.

Als er ins Haus kam, warf sie ihm einen verärgerten Blick zu. »Wo warst du den ganzen Vormittag?«, herrschte sie ihn an. »Ich hätte dich gebraucht, aber du warst nirgends zu finden.«

»Hab auf die Kinder aufgepasst«, antwortete Joe. »Sie sind in die Höhle am Strand gegangen und haben sich wohl verirrt. Ich hab sie ewig gesucht und nach ihnen gerufen, aber umsonst.«

»Jetzt red keinen Unsinn, Joe«, schimpfte Tante Polly. »Du nimmst die Kinder doch bloß als Entschuldigung für deine Faulheit. Du weißt ganz genau, dass die Kinder gar nicht in der Höhle sind.«

»Aber sicher doch – ich hab gesehen, wie sie reingegangen und nicht mehr rausgekommen sind«, beharrte Joe empört. »Ich war die ganze Zeit am Strand. Ich sage Ihnen, die Kinder sind immer noch in der Höhle!«

»Nein, sind sie nicht«, widersprach Tante Polly streng. »Sie waren hier, haben früh zu Mittag gegessen und sind vorhin zu einem Picknick aufgebrochen. Also hör endlich auf mit deinen dummen Geschichten.«

Joe traute seinen Ohren nicht. Er war doch den ganzen Vormittag am Strand gewesen! Er hätte die Kinder doch gesehen, wenn sie wieder aus der Höhle gekommen wären!

»Jetzt tu nicht so überrascht«, schimpfte Tante Polly. »Schau lieber zu, dass du dich an die Arbeit machst. Du musst jetzt am Nachmittag alles erledigen, was du am Vormittag liegen gelassen hast. Mag schon sein, dass die Kinder in der Höhle waren, aber sie werden wohl rausgekommen sein, als du nicht aufgepasst hast. Und nun steh hier nicht so dumm herum, sondern mach dich nützlich!«

Joe schüttelte sich und machte sich ohne ein Wort an seine Arbeit. Was in der letzten Zeit so passierte, ging einfach über seinen Verstand. Erst hetzte er zwei Jungen, die er für Jack und Philip hielt, in die Höhle, wo sie wegen der Flut eigentlich bis zum Morgen hätten festsitzen müssen, was dann aber nicht der Fall war. Und jetzt passierte ihm dasselbe mit allen vier Kindern! Joe schüttelte wütend den Kopf. Wieder hatten es diese Gören geschafft, ihn reinzulegen! Und wo waren sie jetzt überhaupt? Ach, es hatte keinen Sinn, das jetzt herausfinden zu wollen – nicht heute, wo Miss Polly so schlechte Laune hatte.

14. Kapitel

Ein Blick auf die Toteninsel

Die Kinder rannten über die Klippen zu Bill Smugs, der neben seinem Boot bereits auf sie wartete. Er packte die belegten Brote, den Kuchen, die Thermoskanne und noch eine Packung Kekse aus seinem Bestand ins Boot, dann stiegen sie ein.

Bill hatte das Boot aus dem Versteck zwischen den Felsen an den Strand gebracht. Vorsichtig stieß er es ab, sprang dann selbst hinein und griff nach den Rudern.

»So«, sagte er, als sie ein gutes Stück von den Felsen entfernt auf offener See waren, »jetzt hoch mit dem Segel. Zeigt mal, was ihr von mir gelernt habt.«

Geschickt setzten die Kinder das Segel. Am Steuer wechselten sie sich immer wieder ab, und Bill Smugs war sehr zufrieden mit ihnen. »Ihr seid gute Schüler«, lobte er sie. »Ich glaube, langsam könntet ihr das Boot sogar allein segeln.«

»Echt, dürfen wir?«, fragte Jack eifrig. »Sie können sich auf uns verlassen, ehrlich.«

»Na gut, eines Tages dürft ihr allein mit dem Boot losfahren«, sagte Bill. »Ihr müsst mir nur versprechen, dass ihr euch nicht zu weit hinauswagt.«

»Klar, wir versprechen Ihnen alles, was Sie wollen«, antworteten die Kinder.

Bei dem guten Wind schoss das Boot pfeilschnell über das Wasser und schaukelte nur ab und zu, wenn es über eine kleine Welle sprang. Das Meer war heute wirklich ruhig. Das Knattern des Segels, die Wellen, die gegen die Bordwand schlugen, das gleichmäßige Pfeifen des Windes – die Kinder fanden das alles wunderbar.

Während Dina und Lucy die Hände ins kühle Wasser tauchten, schaute Kiki ihnen von ihrem Sitzplatz oben auf dem Segelmast zu. Es war schwer, dort in luftiger Höhe im Gleichgewicht zu bleiben, und so musste sie immer wieder die Flügel ausbreiten. Aber die Fahrt schien ihr genauso viel Spaß zu machen wie den Kindern.

»Schuhe abputzen und Tür zumachen!«, rief sie Bill Smugs zu. »Wie oft habe ich dir schon gesagt …«

»Klappe halten!«, riefen die Kinder im Chor. »Wenn du so frech bist zu Bill, schmeißt er dich noch über Bord!«

Kiki brach in lautes Gelächter aus, flatterte auf und gesellte sich zu einem Grüppchen verdatterter Möwen, um ihnen zu befehlen, dass sie gefälligst ins Taschentuch schnäuzen sollten. Dann stieß sie ein so schrilles Kreischen aus, dass die Möwen entsetzt das Weite suchten. Mit sich höchst zufrieden, ließ sich Kiki wieder auf dem Mast nieder. Sie hatte immer ihren Spaß daran, andere zu erschrecken, ob es nun Menschen oder Tiere waren.

»Die Toteninsel kann man immer noch nicht sehen«, sagte Jack, der ständig nach der Insel Ausschau hielt. »Wo ungefähr müsste sie liegen, Bill? Hier draußen hab ich irgendwie die Orientierung verloren.«

»Da drüben«, antwortete Bill Smugs und streckte die Hand aus. Die Kinder folgten seinem Finger mit den Augen, konnten allerdings nichts sehen. Aber sie wussten, dass sie der »bösen Insel«, wie Joe sie ständig nannte, immer näher kamen.

Je weiter sie aufs Meer hinausfuhren, desto kräftiger wurde der Wind. Er zerzauste den Mädchen so die Haare, dass sie ihnen ständig ins Gesicht flatterten, und einmal fluchte Bill leise, als der Wind ihm die Zigarette aus der Hand wehte.

»Kiki, du könntest dich auch mal nützlich machen und mir die Zigarette zurückbringen«, sagte er.

»Arme Kiki«, krächzte der Vogel und schüttelte bedauernd den Kopf. »Arme alte Kiki. Schade, schade, jammerschade …«

Nach einer Weile stieß Jack plötzlich einen Schrei aus. »Da! Land in Sicht! Ist das die Toteninsel? Das muss sie sein.«

Alle kniffen gespannt die Augen zu. Kein Zweifel – ein Stück Land ragte vor ihnen aus den dichten Hitzeschleiern empor.

»Ja, das ist die Toteninsel«, sagte Bill konzentriert. »Ganz schön groß ist sie.«

Als das Boot näher herankam, konnte man die vielen Hügel und Felsengebilde darauf erkennen. Rundherum tobte die aufgewühlte See. Die Wellen donnerten gegen den Felsgürtel und Gischtfontänen schossen hoch in die Luft. Hier und da ragten zerklüftete Steinsäulen aus dem Wasser.

Je mehr sie sich der Insel näherten, desto rauer wurde das Meer, und das Boot schaukelte so heftig, dass den Kindern, vor allem Lucy, etwas flau im Magen wurde. Doch als echte Seeleute hielten sie tapfer durch und beschwerten sich mit keinem Wort.

»Seht ihr, das ist der Felsgürtel, der die Insel umgibt«, sagte Bill Smugs. »Mann, das sind vielleicht Brocken! Ich möchte nicht wissen, wie vielen Booten die schon zum Verhängnis geworden sind. Wir fahren jetzt mal vorsichtig drum herum und gucken, ob wir den Zugang entdecken. Aber wir werden nicht an Land gehen – es hat also gar keinen Sinn, mich darum zu bitten, klar?«

Das Wasser wurde immer aufgewühlter, und Lucy, die das Schaukeln des Bootes am wenigsten vertrug, war schon ganz grün im Gesicht. »Hier, nimm einen trockenen Keks und knabber daran, das hilft«, sagte Bill, dem Lucys Zustand nicht entgangen war.

Und es half tatsächlich. Nachdem sie den Keks langsam zerkaut hatte, ging es Lucy wieder besser und sie hatte ein bisschen Spaß an der Fahrt.

Die Toteninsel bestand nur aus zerklüfteten Felsbrocken, die sich zur Mitte der Insel hin zu hohen Hügeln zusammenfügten, und schien wirklich verlassen zu sein. Hier und da wuchsen ein paar verkrüppelte Bäume oder blassgrüne Grasbüschel. Auf der einen Seite, wo Seealgen das Ufer überwucherten, schimmerten die Felsen in einem ungewöhnlichen Rotton, überall sonst glänzten sie tiefschwarz.

»Hier gibt's Seevögel in rauen Mengen, genau wie ich's gesagt hab!«, rief Jack aus, der aufgeregt durch das Fernglas schaute. »Da, Bill – gucken Sie sich das mal an!«

Aber Bill wollte das Steuer nicht loslassen. Es war gefährlich, bei so stürmischer See um den Felsgürtel herumzufahren, und er nickte Jack nur kurz zu. »Ich glaub's dir auch so«, sagte er. »Kannst du einzelne Vögel erkennen?«

Sofort rasselte Jack eine ganze Liste verschiedener Seevögel herunter. »Bill, das sind Tausende und Abertausende!«, rief er. »Ach, bitte, können wir nicht doch an Land gehen? Zwischen den Felsen muss es doch irgendwo diesen Durchgang geben. Bitte!«

»Nein«, entschied Bill energisch. »Ich habe nein gesagt und dabei bleibt es. Selbst wenn ich den Durchgang kennen würde – was nicht der Fall ist –, wäre es viel zu gefährlich. Ich setze doch nicht unser aller Leben aufs Spiel, nur damit wir ein paar Vögel von nahem sehen können. Vögel kannst du dir in Felseneck jeden Tag anschauen.«

Immer weiter kurvte das Boot um die Insel herum, und Bill achtete sorgfältig darauf, weit außerhalb des tückischen Felsgürtels zu bleiben, an dem sich die Wellen brachen und die Gischt turmhoch in die Luft wirbelte.

Durch das Fernglas konnte Jack die Insel am besten erkennen. Nicht eine Sekunde ließ er seine geliebten Vögel, die in riesigen Schwärmen die Insel bevölkerten, aus den Augen. Doch dann tippte ihm Philip auf die Schulter.

»He, andere wollen auch mal durchgucken«, sagte er. »Gib mir mal das Fernglas.«

Das passte Jack gar nicht, denn er hatte Angst, dass er sonst einen Riesenalk verpassen könnte, doch schließlich reichte er Philip widerstrebend den Feldstecher.

Für die Vögel interessierte sich Philip weniger. Er ließ das Fernglas lieber über die Küstenlinie wandern – und stieß plötzlich einen überraschten Ruf aus. »He, da stehen ja immer noch ein paar Häuser! Aber da können doch unmöglich noch Leute drin wohnen.«

»Natürlich wohnt da keiner mehr«, sagte Bill Smugs. »Die Insel ist seit Ewigkeiten verlassen. Kann mir sowieso nicht vorstellen, wie da *überhaupt* mal einer leben konnte. Hier kann man doch nichts anbauen – und fischen auch nicht, bei den Felsen und der rauen See. Scheußlicher Ort.«

»Dann sind das also nur Ruinen da oben in den Hügeln«, sagte Philip. »Ganz genau kann ich sie nicht erkennen.«

»Und – laufen da auch ein paar von Joes ›Gestalten‹ herum?«, fragte Dina lachend.

»Nein, keine zu sehen«, antwortete Philip. »Du kannst ja selber durchs Fernglas schauen. Jetzt wundert es mich gar nicht mehr, dass die Insel Toteninsel heißt. Echt unheimlich. Hier gibt's nichts außer Seevögel.«

Auch die Mädchen, die nacheinander durch das Fernglas spähten, fanden die nackte, unwirtliche Insel gruselig.

Mittlerweile waren sie beinahe einmal um die ganze Insel gesegelt. Die einzige Stelle, die sich vielleicht als Zugang eignete, war eine kleine Felslücke im Westen, wo das Meer weniger wild war und wo man keine Felsen unter der Wasseroberfläche erkennen konnte.

»Wetten, dass das der einzige Durchgang zur Insel ist?«, sagte Jack.

»Wie auch immer – wir werden es nicht ausprobieren«, antwortete Bill. »So, ich dreh jetzt ab und wir fahren wieder ins ruhigere Wasser. Dann holen wir das Segel ein und gönnen uns einen Schluck Tee und einen Happen zu essen. Ich hab die Nase voll von diesem Geschaukel. Der armen Lucy scheint es auch wieder übel zu werden.«

Als das Boot abdrehte, warf Jack einen letzten sehnsüchtigen Blick auf die Insel – und schrie plötzlich so laut auf, dass Dina zusammenzuckte und Kiki fast vom Mast gefallen wäre.

»Was ist denn?«, fragte Bill erschrocken.

»Ein Riesenalk!«, schrie Jack und presste das Fernglas an die Augen. »Ja, das muss es sein. Ein riesiger Vogel, mit kurzen, angelegten Flügeln und einem großen Schnabel. Ein Riesenalk!«

Bill überließ Philip für einen Moment das Steuer und griff sich das Fernglas. Aber schon kurz darauf reichte er dem aufgeregten Jack den Feldstecher wieder. »Nein, ich glaube, das war eher ein Tordalk«, sagte er. »Die sehen dem Riesenalk ziemlich ähnlich. Tja, schade, Jack, das war wohl nur Wunschdenken bei dir.«

Aber Jack war sich hundertprozentig sicher, dass er einen

Riesenalk entdeckt hatte. Jetzt war der Vogel zwar nirgends mehr zu sehen, aber Jack starrte trotzdem weiter durch das Fernglas, bis die Insel langsam außer Sichtweite verschwand.

»Bill, bitte lassen Sie uns noch mal zurückfahren«, bettelte er. »Es war ein Riesenalk, ich weiß es! Stellen Sie sich doch mal vor, was die Welt dazu sagen würde, wenn wir einen Vogel entdeckt hätten, der seit langem als ausgestorben gilt!«

»Das würde die Welt nicht großartig kümmern«, sagte Bill. »Höchstens, dass sich ein paar Vogelkundler dafür interessieren würden. Jetzt beruhige dich mal wieder. Tut mir Leid, aber ich glaube, du hast da wirklich einen anderen Vogel gesehen.«

Jack konnte sich einfach nicht beruhigen. Mit aufgerissenen Augen und rotem Gesicht starrte er zurück zur Insel, während der Wind ihm das Haar zerzauste. Kiki spürte seine Aufregung, setzte sich auf seine Schulter und pickte ihm liebevoll ins Ohr. »Es war ein Riesenalk, ehrlich«, murmelte Jack. Lucy drückte ihm die Hand.

Als sie wieder in ruhigem Wasser waren, holten sie das Segel ein und ließen das Boot einfach dahindümpeln. Dann packten sie ihre Brote aus. Aber Jack brachte keinen Bissen herunter, sondern trank nur einen Schluck Tee. Lucy, die froh war, ihre Seekrankheit überstanden zu haben, hatte nach dem aufregenden Nachmittag genauso Hunger wie die anderen und schlang gierig alles herunter.

»Und wir dürfen wirklich mal mit Ihrem Boot allein rausfahren?«, fragte Jack plötzlich.

Bill Smugs warf ihm einen scharfen Blick zu. »Ja. Aber wie gesagt – nur wenn ihr versprecht, nicht zu weit hinauszufahren. Kein Ausflug auf die Toteninsel, um einen Riesenalk aufzustöbern, klar?«

Genau das hatte Jack insgeheim vorgehabt. Er wurde rot. »Also gut«, sagte er. »Ich verspreche, nicht mit Ihrem Boot zur Toteninsel zu fahren. Aber allein lossegeln dürfen wir doch trotzdem, oder?«

Bill nickte. »Ja, jetzt wisst ihr ja, wie man mit dem Ding umgeht. Und bei gutem Wetter kann nicht viel passieren.«

Jack lächelte verträumt. Jetzt hatte er einen Plan. Er würde Wort halten und nicht mit *Bills* Boot zur Toteninsel fahren … Er würde so lange mit Bills Boot herumschippern, bis er im Segeln perfekt war. Und dann würde er sich Joes Boot ausleihen und damit zur Insel fahren.

Ein ganz schön gewagter Plan – aber Jack war von der Idee, den angeblich ausgestorbenen Riesenalk zu entdecken, so besessen, dass er dafür jedes Risiko eingegangen wäre. Er war ganz sicher, dass er den Zugang zur Insel finden würde. Sobald er in die Nähe der Felsen kam, würde er das Segel einholen und rudern. Joes Boot war groß und schwer, aber Jack war zuversichtlich, dass er es schaffen konnte.

Solange Bill dabei war, sagte er den anderen kein Wort über den Plan. Bill sollte nichts davon erfahren. Er war ein toller Mensch und ein guter Freund, aber trotzdem ein Erwachsener, und Erwachsene verdarben Kindern gern den Spaß, wenn sie etwas für zu gefährlich hielten. Also saß Jack in dem sanft schaukelnden Boot, feilte in Gedanken an seinem Plan und bekam von der Unterhaltung der anderen nichts mit.

»Jack ist wohl ganz weit weg, bei seinem Riesenalk«, sagte Dina lachend.

»Armer Jack, der Vogel hat ihm den Appetit geraubt«, fügte Philip hinzu.

»Hallo, aufwachen!«, sagte Bill und stupste Jack an. »Erde an Jack, bitte melden!«

Nach dem Essen beschlossen sie zurückzurudern und sich dabei abzuwechseln. »Das gibt Muskeln«, sagte Bill, und die Kinder hatten ihren Spaß am Rudern. Jack, der das als willkommenes Training für seinen geplanten Ausflug auf die Insel betrachtete, hängte sich am eifrigsten in die Riemen.

»So, da wären wir wieder, gesund und munter«, rief Bill Smugs, als sie schließlich das Ufer erreichten. »Hat Spaß gemacht mit euch«, sagte er. »Kommt doch morgen wieder, dann könnt ihr allein einen kleinen Bootsausflug unternehmen.«

»Oh, danke!«, riefen die Kinder, und Kiki echote: »Oh, danke! Oh, danke! Oh, danke!«

»Sei doch still«, sagte Philip lachend, aber Kiki wiederholte auf dem ganzen Nachhauseweg immer und immer wieder: »Oh, danke! Oh, danke! Oh, danke!«

»Und, hattet ihr einen schönen Nachmittag?«, fragte Tante Polly, als sie zu Hause ankamen.

»Ja, super«, antwortete Dina. »Geht's deinem Kopf jetzt besser?«

»Nicht viel«, antwortete Tante Polly, die immer noch blass und erschöpft aussah. »Ich glaube, ich lege mich heute früher hin. Könntest ausnahmsweise du deinem Onkel das Abendessen ins Arbeitszimmer bringen, Dina?«

»Klar.« Gern übernahm Dina die Aufgabe allerdings nicht, denn sie fand ihren gelehrten, sonderbaren Onkel irgendwie furchteinflößend.

In diesem Augenblick kam Joe herein und starrte die vier Kinder an. »Wo seid ihr gewesen?«, polterte er. »Und wo seid ihr heute Vormittag abgeblieben, nachdem ihr in die Höhle gegangen wart?«

»Wir sind nach Hause gekommen«, antwortete Philip und setzte dabei einen unschuldigen Blick auf, der Joe noch wütender machte. »Haben Sie uns denn nicht gesehen? Und jetzt kommen wir gerade von einem Picknick. Aber warum interessieren Sie sich so dafür, wo wir waren? Hätten Sie etwa mitgehen wollen?«

Joe knurrte wütend, was Kiki sofort nachahmte, um dann gleich noch ein kreischendes Gelächter draufzusetzen. Joe warf dem Papagei einen hasserfüllten Blick zu und stapfte aus dem Raum.

»Ärgert ihn lieber nicht«, sagte Tante Polly matt. »Er hat den ganzen Tag schon eine komische Laune. Am Vormittag hat er sich überhaupt nicht blicken lassen. Also dann – ich leg mich jetzt hin.«

»Jack, hilf mir bitte mit dem Tablett für Onkel Jocelyn«, sagte Dina, als das Abendessen fertig war. »Es ist ziemlich schwer. Typisch, dass Philip schon wieder verschwunden ist. Immer, wenn es was zu tun gibt, macht er sich aus dem Staub.«

Jack nahm das schwere Tablett und folgte Dina zum Arbeitszimmer ihres Onkels. Das Mädchen klopfte an die Tür. Ein Brummen, das halbwegs nach »Herein« klang, war die Antwort.

Sie betraten das Zimmer. Kiki saß wie üblich auf Jacks Schulter. »Hier ist dein Abendessen, Onkel Jocelyn«, sagte Dina. »Tante Polly war sehr müde und ist schon ins Bett gegangen.«

»Arme Polly, liebe arme Polly«, krächzte Kiki mitleidig.

Überrascht sah Onkel Jocelyn auf. Als er den Vogel erblickte, griff er nach einem Briefbeschwerer. Kiki flatterte hastig zur Tür hinaus und Onkel Jocelyn ließ den Briefbeschwerer wieder sinken. »Haltet mir bloß den Papagei vom Leib«, brummte er. »Stell das Tablett hier ab. Wer bist du überhaupt, junger Mann?«

»Jack Trent«, stellte sich Jack vor und wunderte sich, wie

man nur so vergesslich sein konnte. »Sie haben meine Schwester und mich gesehen, als wir angekommen sind, wissen Sie nicht mehr?«

»Zu viele Kinder in diesem Haus«, brummte der Onkel. »Unter den Umständen kann ich unmöglich arbeiten.«

»Aber wir stören dich doch gar nicht«, sagte Dina empört.

Onkel Jocelyn hatte sich gerade wieder über eine große alte Karte gebeugt. Jack warf einen Blick darauf.

»Oh«, sagte er, »das ist ja eine Karte von diesem Küstenabschnitt – und da ist auch die Toteninsel, nicht wahr?« Er deutete auf den sorgfältig gezeichneten Umriss der Insel.

Onkel Jocelyn nickte.

»Waren Sie schon mal da?«, fragte Jack neugierig. »Wir haben die Insel heute Nachmittag gesehen.«

»War noch nie da und will auch nie hin«, antwortete Onkel Jocelyn säuerlich.

»Ich hab heute einen Riesenalk auf der Insel gesehen«, verkündete Jack stolz.

Das beeindruckte Dinas Onkel allerdings überhaupt nicht. »Unsinn«, sagte er. »Der Vogel ist seit Ewigkeiten ausgestorben. Du hast bestimmt einen Tordalk gesehen. Red keinen Blödsinn, Junge.«

Jack runzelte ärgerlich die Stirn. Lucy war die Einzige, die ihm glaubte – aber sie hätte ihm wohl auch geglaubt, wenn er behauptet hätte, er habe auf der Toteninsel den Weihnachtsmann gesehen. Beleidigt starrte er den ungepflegten alten Mann an.

Onkel Jocelyn starrte zurück.

»Darf ich die Karte mal sehen, bitte?«, fragte Jack auf einmal. Ihm war nämlich eingefallen, dass darauf womöglich die Lücke im Felsgürtel eingetragen war.

»Warum? Interessierst du dich für etwas Besonderes?«, fragte Onkel Jocelyn überrascht.

»Für die Toteninsel«, antwortete Jack. »Bitte, kann ich mal einen Blick draufwerfen?«

»Ich hab eine größere Karte da, auf der nur die Insel zu sehen ist, und zwar bis ins Kleinste«, sagte Onkel Jocelyn, dem es gefiel, dass sich endlich mal jemand für seine Karten interessierte. »Moment mal, wo war die gleich noch?«

Während er zu suchen anfing, betrachteten Jack und Dina die Karte vom Küstenabschnitt. Genau im Westen von Felseneck, ein Stück vor der Küste, lag die Toteninsel. Sie hatte eine ungewöhnliche Form, wie ein Ei mit einer Einbuchtung auf der einen Seite, und die Uferlinie war auffallend gezackt. Jack beugte sich aufgeregt über die Karte. Wenn Onkel Jocelyn ihm die doch nur ausleihen würde!

»Da, schau mal«, sagte er leise zu Dina. »Hier ist die einzige Stelle, an der der Felsgürtel unterbrochen ist. Ich wette, das ist der Zugang, den wir heute Nachmittag gesehen haben. Siehst du den Hügel da drüben? Die Felslücke ist ziemlich genau gegenüber. Wenn wir jemals zur Toteninsel fahren sollten – und das werde ich! –, dann müssen wir nur nach diesem Hügel Ausschau halten. Er ist der höchste Punkt auf der Insel, schätze ich. Und der Durchgang zwischen den Felsen ist genau gegenüber. Ein Kinderspiel!«

»Na ja, auf der Karte sieht alles so einfach aus, aber wenn man auf dem Meer ist, ist alles viel schwieriger«, gab Dina zu bedenken. »Sag mal, hast du wirklich vor, zur Insel zu fahren? Du weißt doch, was wir Bill Smugs versprochen haben. Wir müssen Wort halten.«

»Ist mir auch klar«, antwortete Jack, der noch nie ein Versprechen gebrochen hatte. »Aber ich hab da einen anderen Plan. Ich erzähl dir und den anderen später davon.«

Zu Jacks großer Enttäuschung konnte Onkel Jocelyn die Karte von der Insel nicht finden. Und die vom gesamten Küstenabschnitt wollte er den Kindern nicht leihen.

»Unmöglich«, sagte er entsetzt. »Das ist eine sehr, sehr alte Karte, bestimmt mehrere hundert Jahre alt. Ich denke ja gar nicht daran, sie dir in die Hand zu geben, Junge. Du würdest sie nur kaputtmachen oder verlieren. Ich weiß doch, wie Kinder sind.«

»Nein, nein«, protestierte Dina, »du kennst uns überhaupt nicht. Wir sehen dich ja kaum. Bitte, leih uns doch die Karte!«

Aber der alte Mann war durch nichts dazu zu bewegen, seine kostbare Karte aus der Hand zu geben. Also warfen Dina und Jack am Ende einen letzten Blick auf die Insel und ihren Schutzgürtel aus Felsbrocken mit einer einzigen Lücke darin und verließen das Arbeitszimmer.

»Vergiss dein Abendessen nicht, Onkel Jocelyn«, rief Dina noch, bevor sie die Tür hinter sich zumachte.

Onkel Jocelyn brummte. Er war längst wieder in seine Arbeit vertieft und das Tablett mit dem Essen stand unangetastet neben ihm.

»Er vergisst es bestimmt«, sagte Dina.

Und sie sollte Recht behalten. Als Tante Polly wie üblich am nächsten Tag zum Saubermachen ins Arbeitszimmer ging, standen der Teller mit Fleisch und Gemüse und das Stück Pastete mit Soße immer noch genauso da wie am Tag zuvor.

»Du bist ja schlimmer als ein Kleinkind«, beschimpfte Tante Polly ihren Mann. »Wirklich, das bist du, Jocelyn.«

15. Kapitel

Ein unheimliches Erlebnis und ein wunderbarer Ausflug

Am Abend erzählte Jack den anderen von seinem Plan. Anfangs hatten sie Bedenken, aber dann packte auch sie die Vorfreude und Abenteuerlust.

»Meinst du wirklich, dass wir den Durchgang finden können?«, fragte Lucy aufgeregt.

»Na klar, kein Problem«, antwortete Jack. Wenn er sich einmal etwas in den Kopf gesetzt hatte, ließ er sich durch nichts mehr abschrecken. »Ich hab ihn doch heute auf der Karte gesehen. Und Dina auch.«

»Dina auch, Dina auch, Dina auch«, krächzte Kiki. Aber die Kinder beachteten sie nicht.

»Sobald ich Bills Boot mal richtig im Griff habe, gibt's bestimmt auch keine Schwierigkeiten mit dem von Joe«, fuhr Jack fort.

»Der bringt dich um, wenn er dich erwischt«, sagte Philip. »Wie willst du dir das Boot ausleihen, ohne dass er es merkt?«

»Ich warte, bis er sich ins Auto setzt und zum Einkaufen fährt«, erklärte Jack. »Ich hab alles genau geplant. Sobald er weg ist, nehme ich mir das Boot. Wenn alles gut geht, bin ich längst zurück, bevor er wiederkommt. Und wenn nicht – tja, kann man eben nichts machen. Dann müsst ihr ihn irgendwie ablenken oder in den Keller sperren oder so.«

Die anderen kicherten. Der Gedanke, Joe einzusperren, gefiel ihnen.

»Aber sollen wir nicht mitkommen?«, wandte Philip ein. »Du kannst doch nicht allein mit dem Boot rausfahren.«

»Na gut, du kannst auch mitkommen«, willigte Jack ein. »Aber die Mädchen sollten hier bleiben. Wer soll Joe sonst ablenken?«

»Ich will nicht, dass du ohne mich fährst«, protestierte Lucy. »Am Ende passiert dir noch was.«

»Ach, hör doch auf«, sagte Jack. »Ständig machst du dir unnötig Sorgen um mich. Nimm dir ein Beispiel an Dina, die stellt sich nicht so an, wenn Philip mal was ohne sie unternimmt, stimmt's, Dina?«

»Stimmt«, erwiderte Dina, die wusste, dass Philip sehr gut auf sich selbst aufpassen konnte. »Aber ich würde trotzdem lieber mitkommen.«

Lucy blinzelte eine Träne weg. Ach, wenn es diese Riesenalke bloß nie gegeben hätte!, dachte sie. Wenn sie gar nicht existiert hätten, hätten sie auch nicht aussterben können, und wenn sie nicht ausgestorben wären, gäbe es keinen solchen Riesenrummel, wenn doch wieder einer entdeckt würde.

In dieser Nacht konnte Jack nicht viel schlafen. Stundenlang lag er wach und dachte an die Insel und die Vögel, und er konnte es kaum erwarten, loszusegeln und herauszufinden, ob der Vogel, den er durchs Fernglas gesehen hatte, wirklich ein Riesenalk war. Wenn ich einen Riesenalk entdecken würde, überlegte er, könnte ich damit ganz schön viel Geld verdienen. Riesenalke können nicht fliegen, nur schwimmen. Und bestimmt ist er so zahm, dass er sich ganz aus der Nähe fotografieren lässt. Vielleicht gibt es auf der Toteninsel sogar mehrere Exemplare!

Er stand auf und ging ans Fenster, um nach Westen zu schauen, wo die Insel lag. In dieser Nacht war kein Mondschein und im Dunkeln konnte Jack anfangs überhaupt nichts erkennen. Aber als er die Augen konzentriert zukniff, sah er plötzlich etwas Merkwürdiges.

Er blinzelte überrascht. Tatsächlich, da war ein Licht! Und zwar genau im Westen, dort, wo die Toteninsel lag! Immer wieder ging es langsam aus und dann gleich wieder an. Das kann nicht auf der Insel sein, dachte Jack. Höchstens ein Schiff weit draußen auf dem Meer, das Signale gibt.

Schließlich erlosch das Licht ganz. Jack drehte sich um und wollte sich schon wieder hinlegen, als ihm auf einmal noch etwas Sonderbares ins Auge stach. Durch das Fenster auf der anderen Seite des Zimmers – dasjenige, das zu den Klippen hinausblickte – drang ein schwacher Lichtschein in den Raum.

Einen Augenblick später war Jack am Fenster und sah hinaus. Das Licht kam von ganz oben auf den Klippen. Da musste jemand ein Feuer gemacht haben – oder er hatte eine starke Lampe. Wer konnte das sein? Und wieso machte er mitten in der Nacht ein Licht an? Gab er etwa dem Schiff draußen auf dem Meer Signale?

Das Zimmer der Jungen war der höchste Punkt in Felseneck und der Turm ragte genau über die Klippenspitze hinaus. Aber obwohl er angestrengt den Hals reckte, konnte Jack weder erkennen, was das Licht auf den Felsen war, noch, woher es genau kam. Ich muss herausfinden, was es damit auf sich hat!, beschloss er.

Leise, um Philip nicht zu wecken, schlüpfte er in Hose, Jacke und Schuhe und rannte die Treppe hinunter. Kurz darauf hastete er schon über den Klippenpfad. Aber als er auf dem Gipfel ankam, war kein Licht mehr zu sehen. Und er roch auch keinen Rauch, der auf ein erloschenes Feuer hätte schließen lassen. Merkwürdig, dachte er, wirklich merkwürdig.

Langsam tastete er sich an den Felsen entlang – und wäre im nächsten Augenblick vor Schreck fast gestorben. Jemand hatte ihn gepackt und hielt ihn fest.

»Was hast du hier zu suchen?«, fragte Joe und schüttelte ihn, bis er fast keine Luft mehr bekam. »Na los, was willst du hier?«

Jack hatte solche Angst, dass er sofort mit der Wahrheit herausrückte. »Ich hab vom Turmzimmer aus ein Licht gesehen und wollte nachschauen, woher es kommt.«

»Ich hab dir doch gesagt, dass sich nachts Gestalten auf den Klippen aufhalten!«, raunte Joe mit drohender Stimme. »Die zünden manchmal ein Licht an, und ab und zu wimmern und schreien sie sogar. Und weiß der Himmel, was sie sonst noch alles tun. Hab ich euch nicht eingebläut, dass ihr euch nachts nicht draußen herumtreiben sollt?«

»Was machen *Sie* eigentlich hier?«, fragte Jack, der sich inzwischen von dem Schrecken erholt hatte.

Joe schüttelte ihn noch einmal. Endlich hatte er eine von diesen Rotznasen erwischt! »Ich wollte auch nach dem Licht sehen«, polterte er. »Was sonst? Aber ich hätte wissen sollen, dass mal wieder die Gestalten unterwegs sind. So, und jetzt schwörst du mir, dass du nie wieder in der Nacht dein Zimmer verlässt, klar!«

»Ich schwöre Ihnen gar nichts!«, sagte Jack trotzig und wand sich in Joes Griff. »Lassen Sie mich los. Sie tun mir weh.«

»Ich tu dir noch viel mehr weh, wenn du mir nicht versprichst, dass du nachts im Haus bleibst«, beharrte Joe. »Ich hab hier ein Stück Seil, siehst du? Das hab ich extra für dich und Philip immer dabei.«

Jack bekam es mit der Angst zu tun. Was konnte er gegen diesen kräftigen, rücksichtslosen Kerl schon ausrichten?

Verzweifelt wand er sich, aber Joe begann schon sich das Seil von den Hüften abzuwickeln.

Doch Rettung nahte – und zwar in Gestalt von Kiki. Die Papageiendame, die mittlerweile auf einer von Jack gebauten Sitzstange im Turmzimmer schlief, war aufgewacht und hatte festgestellt, dass ihr Herrchen verschwunden war. Also hatte sie sich sofort auf die Suche nach ihm gemacht.

Gerade als Jack überlegte, ob er Joe kräftig in die Hand beißen sollte, stürzte Kiki mit einem freudigen Kreischen herab. »Kiki, zwick ihn! Zwick ihn!«, schrie Jack.

Begeistert schlug der Papagei seinen spitzen, gebogenen Schnabel in Joes Arm. Der Mann schrie vor Schmerz auf und ließ Jack los, um Kiki abzuwehren. Doch die war längst wieder außerhalb seiner Reichweite und wartete auf eine Gelegenheit, noch mal zuzuschlagen.

Diesmal hackte sie ihren Schnabel in Joes Ohr. »Aaaah!«, brüllte Joe. »Ruf deinen verdammten Vogel zurück oder ich dreh ihm den Hals um!«

Aber Jack war schon ein gutes Stück den Pfad entlanggelaufen. Erst als er in Sicherheit war, rief er Kiki zu sich. »Na komm, Kiki. Gut gemacht! Du bist doch meine Beste.«

Kiki zwickte Joe noch schnell ins andere Ohr, bevor sie mit einem heiseren Krächzen aufflatterte, sich auf Jacks Schulter niederließ und ihm sanft ins Ohr gurrte. Der Junge kraulte den Vogel dankbar am Kopf und machte sich dann mit klopfendem Herzen auf den Weg ins Haus.

»Am besten hältst du dich in Zukunft von Joe fern, Kiki«, sagte Jack. »Sonst dreht er dir wirklich noch den Hals um. Ich weiß ja nicht, was du ihm gerade angetan hast, aber es muss ziemlich schmerzhaft gewesen sein.«

Im Turmzimmer angekommen, weckte Jack Philip und erzählte ihm, was vorgefallen war. »Ich nehme an, das erste

Licht kam von einem Schiff«, sagte er. »Aber ich hab keine Ahnung, was das zweite Licht war. Joe behauptet, er habe dem auch nachgehen wollen, sei aber überzeugt, dass das Licht von den ›Gestalten‹ komme. Der hätte mich fast grün und blau geschlagen. Wenn Kiki nicht gekommen wäre …«

»Gute alte Kiki«, sagte Philip und der Vogel machte ihn sofort nach: »Gute alte Kiki, gute alte Kiki, gute alte Kiki …«

»Schon gut, das reicht«, sagte Jack und Kiki verstummte. Jack rollte sich behaglich unter der Bettdecke zusammen. »Puh, bin ich müde! Hoffentlich kann ich jetzt schlafen. Vorhin ging's einfach nicht. Ständig musste ich an die Toteninsel denken.«

Aber es dauerte nicht lange, da war er eingeschlafen. Er träumte von einer großen Karte, auf der die Insel eingetragen war, von einem Boot, mit dem er zur Insel zu gelangen versuchte, und schließlich von Joe, wie er sich ans Boot klammerte und Jack zurückzerren wollte.

Doch das Erste, woran die Kinder am nächsten Morgen dachten, war Bills Versprechen, dass sie mit seinem Boot allein rausfahren dürften. Gleich frühmorgens erledigten sie ihre Pflichten im Haus und machten sich dann schnell auf den Weg.

Joe hatte an diesem Tag eine schreckliche Laune. Ständig schlich er herum und stierte Jack und Kiki finster an, als würde er sie am liebsten in Stücke reißen. Aber er bekam keine Gelegenheit, ihnen zu folgen. Tante Polly hatte ihm jede Menge Aufgaben aufgehalst, die er im Haus zu erledigen hatte. Als ihm klar wurde, dass er keine andere Wahl hatte, machte er sich missmutig an die Arbeit, sodass die Kinder unbehelligt aus dem Haus schlüpfen konnten.

»Ich fahre heute in die Stadt«, verkündete Bill, als sie bei seiner verfallenen Hütte angekommen waren. »Ich muss mir unbedingt einen Hammer und Nägel und ein paar Bretter besorgen, um das Haus ein bisschen aufzumöbeln. Es sind schon wieder ein paar Mauerstücke rausgefallen, und bei dem Wind heute Nacht dachte ich schon, das ganze Ding stürzt über mir zusammen. Ich muss unbedingt das Dach reparieren. Wollt ihr auch mit in die Stadt?«

»Nein, danke«, sagte Jack hastig. »Wir würden lieber mit Ihrem Boot rausfahren. Heute ist das Meer so ruhig und wir passen auch ganz bestimmt gut auf.«

»Und du denkst auch an dein Versprechen, ja?«, fragte Bill und sah Jack scharf an.

Der Junge nickte. »Ich fahr nicht weit hinaus«, sagte er und die anderen stimmten ihm zu.

Kurze Zeit später brauste Bill Smugs mit seinem Auto davon und die Kinder machten sich auf den Weg zum Boot, das Bill wieder hinter den Felsen versteckt hatte. So ganz konnten sie sich nicht erklären, warum er es so sorgfältig verborgen hielt, aber sie dachten, dass er wahrscheinlich Angst hatte, es könnte sonst gestohlen werden, wenn er mal nicht in der Nähe war. Sie zogen sich ihre Kleider aus und packten sie in eine Tüte, die sie von Bill bekommen hatten. Dann schwammen sie los. Die verschlossene Tüte zog Philip hinter sich her.

Kurz darauf erreichten sie die Felsen und kletterten zur anderen Seite hinüber, wo das Boot außerhalb der Reichweite der Wellen auf dem kleinen Stück Strand lag. Sie zogen ihre Kleider wieder an, warfen die nassen Badesachen ins Boot und schleiften es dann mit vereinten Kräften ins Wasser. Schließlich sprangen sie alle hinein und die Jungen griffen nach den Rudern.

Es war wirklich ein Kinderspiel, das Boot von den Felsen wegzubekommen und aufs offene Meer hinauszufahren.

Aber das Segel ohne Hilfe zu setzen war schon nicht mehr so einfach.

»So schwer kann das doch nicht sein«, keuchte Jack und zog an verschiedenen Tauen. »Gestern haben wir's doch noch geschafft.«

Aber gestern hatten sie auch Bill dabeigehabt, der ihnen Anweisungen zugerufen hatte. Und jetzt waren sie ganz allein auf sich gestellt. Aber nach einer Weile schafften sie es schließlich doch – auch wenn Dina dabei fast über Bord gegangen wäre und sich gerade noch in letzter Sekunde festhalten konnte.

»Das hast du mit Absicht gemacht!«, schrie sie ihren Bruder wütend an, der sich immer noch mit mehreren Tauen abmühte. »Jetzt entschuldige dich gefälligst! Bill hat doch gesagt: keine dummen Streiche an Bord.«

»Ach halt die Klappe«, stieß Philip hervor und kämpfte mit einem Seil, das sich um seinen Hals geschlungen hatte. »Jack, hilf mir mal.«

»Dina, übernimm das Steuer«, sagte Jack. »Ich muss deinem Bruder helfen.«

Aber Dina, die plötzlich merkte, dass Philip in echten Schwierigkeiten steckte, stürzte zu ihm und befreite ihn von dem Tau, das ihn zu erwürgen drohte.

»Danke«, keuchte Philip. »Diese blöden Taue! Ich hab wohl zu viele losgemacht. Sitzt das Segel richtig?«

Ja, alles schien in Ordnung zu sein. Der Wind blähte das Segel und trieb das Boot flott voran. Langsam hatten die Kinder auch wieder Spaß daran, es ganz allein im Griff zu haben. Schließlich war es ein ganz schön großes Boot. Jack warf einen Blick zur Toteninsel hinüber. Eines Tages würde er dahin fahren, an Land gehen und sich in Ruhe umschauen. Was er da wohl entdecken würde? Das Bild eines Riesenalks erschien vor seinem inneren Auge. Er war so in seine Gedanken vertieft, dass er das Steuer herumriss. Sofort schwang das Segel zur Seite und wäre den anderen fast gegen den Kopf geschlagen.

»Du Hirni!«, schrie Philip entrüstet. »Lass *mich* mal ans Steuer! Wenn du weiter solchen Mist machst, landen wir noch alle im Wasser.«

»Tut mir Leid«, entschuldigte sich Jack. »Ich hab mir gerade vorgestellt, wie ich mit Joes Boot rausfahre. Was meinst du, wann wir loskönnen, Philip? In zwei, drei Tagen vielleicht?«

»Ja, bis dahin könnten wir fit genug sein für Joes Boot«, erwiderte Philip. »Wenn man's einmal raushat und schnell genug ist, ist es bestimmt einfach. So langsam kriege ich ein Gespür für den Wind und seine Kraft und fühl mich auf dem Meer schon wie zu Hause. Arme Lucy, sie wird sich mit dem Segeln wohl nie so anfreunden. Schau mal, sie ist schon wieder ganz grün im Gesicht.«

»Mir geht's gut«, wehrte Lucy tapfer ab. Sie fuhren gerade durchraueres Wasser und ihr Magen rebellierte. Aber Lucy war hart im Nehmen. Niemals hätte sie gewollt, dass die anderen ohne sie mit dem Boot hinausfuhren, selbst wenn ihr auf der gesamten Fahrt schlecht wäre!

Nach einiger Zeit holten sie das Segel wieder ein und griffen nach den Rudern. Sie hielten ihr Versprechen und fuhren nicht zu weit aufs offene Meer, nutzten aber die Gelegenheit, Rudern zu üben.

Immer wieder wechselten sie sich an den Riemen ab, und schon nach kurzer Zeit waren sie in der Lage, das Boot sanft in jede Richtung zu lenken, auch ohne das Steuer zu benutzen.

Schließlich setzten sie wieder das Segel und fuhren stolz zurück ans Ufer. Bill Smugs war vom Einkaufen bereits zurück und winkte ihnen vom Strand aus zu.

Nachdem sie das Boot auf den Sand gezogen hatten, sagte er: »Gut gemacht! Ich hab euch zugeschaut, ihr kommt schon richtig gut zurecht. Meinetwegen könnt ihr morgen noch mal rausfahren, wenn ihr wollt.«

»Danke«, sagte Jack. »Dürften wir es vielleicht schon heute Nachmittag noch mal versuchen? Dina und Lucy können nicht mit, weil sie für Tante Polly etwas erledigen müssen, aber Philip und ich könnten ...«

Die Mädchen wussten, dass die Jungs ausprobieren wollten, ob sie auch zu zweit mit dem Boot fertig wurden – als Vorbereitung für die Ausfahrt mit Joes Boot. Also protestierten sie, so gern sie auch mitgefahren wären, mit keinem Wort, und Bill Smugs willigte ein, ihnen am Nachmittag das Boot noch einmal zu geben.

»Ich komme nicht mit«, verkündete er. »Ich muss mein Radio reparieren, das geht schon seit einer Weile nicht mehr.«

Bill besaß ein super Radio, das tollste, das die Kinder je gesehen hatten. Es stand hinten in der Hütte, und es gab keinen Sender, den Bill damit nicht reinbekommen hätte. Er hütete das Radio wie seinen Augapfel, die Kinder durften es nicht mal berühren.

»Okay, dann fahren Philip und ich heute Nachmittag allein raus«, sagte Jack hochzufrieden. »Wirklich nett von Ihnen, Bill, dass Sie uns Ihr Boot leihen.«

»Ist mir eine Freude«, antwortete Bill grinsend.

Sofort machte Kiki ihn nach: »Ist mir eine Freude, ist mir eine Freude, ist mir eine Freude, arme alte Kiki, Schuhe abputzen, macht nichts, macht nichts, ist mir eine Freude.«

»Ach, da fällt mir was ein«, sagte Jack, der sich bei Kikis Geplapper wieder an sein nächtliches Abenteuer erinnert hatte. »Bill, ich muss Ihnen was erzählen.« Und er berichtete in aller Ausführlichkeit von seiner Begegnung mit Joe auf den Klippen.

Bill Smugs hörte aufmerksam zu. »Du hast also Lichter gesehen?«, hakte er nach. »Auf dem Meer und auf den Klippen? Hm, sehr interessant. Kann ich verstehen, dass du da gleich nachschauen wolltest. Joe war offenbar genauso neugierig. Aber wenn du meinen Rat hören willst: Komm Joe lieber nicht zu oft in die Quere. Der Kerl gefällt mir irgendwie nicht. Scheint gefährlich zu sein.«

»Ach, der ist doch bloß ein bisschen brummig und kann Kinder nicht ausstehen, aber ich glaube kaum, dass er uns wirklich etwas antun würde«, sagte Philip. »Schließlich wohnt er seit Jahren mit in unserem Haus.«

»Wirklich?«, sagte Bill interessiert. »Na ja, ich schätze, deine Tante hätte es nicht leicht, einen Ersatz für ihn zu finden. Aber trotzdem – nehmt euch in Acht vor ihm.«

Kurz darauf machten sich die Kinder auf den Weg nach Hause. Philip maß Bills Warnung nicht viel Bedeutung bei, aber Jack nahm die Sache sehr ernst. Er konnte nicht vergessen, welche Angst er ausgestanden hatte, als er Joe in der Nacht in die Hände geraten war.

»Ich glaube, Bill hat Recht«, sagte Jack schaudernd. »Joe könnte wirklich gefährlich sein.«

16. Kapitel

Merkwürdige Entdeckungen

Während der nächsten drei Tage übten die Kinder das Segeln und Rudern so lange, bis sie mit dem Boot perfekt vertraut waren und fast genauso gut damit zurechtkamen wie Bill. Der war richtig stolz auf seine jungen Freunde.

»Schön, dass ihr so fleißig bei der Stange bleibt, obwohl das harte Arbeit bedeutet«, sagte er. »Sogar der guten Kiki scheint es Spaß zu machen. Auf der Mastspitze zu sitzen und hin und her geschaukelt zu werden ist bestimmt nicht immer leicht, aber sie denkt gar nicht daran, euch allein rausfahren zu lassen. Und Lucy ist die Tapferste von allen, weil sie ständig gegen die Seekrankheit ankämpfen muss.«

Eines Nachmittags, als sie sicher sein konnten, dass Joe hinter dem Haus damit beschäftigt war, Wasser aus dem tiefen Brunnen zu schöpfen, schlichen sie sich zu seinem Boot um nachzusehen, ob sie allein damit zurechtkommen würden.

»Sprossel, was meinst du, wann Joe endlich mal wieder in die Stadt fährt?«, fragte Philip. »Ich kann's kaum erwarten, mir das Boot zu schnappen, du nicht auch?«

»Na klar«, antwortete Jack. »Ständig muss ich an den Riesenalk denken, den ich gesehen habe. Ich hab keine ruhige Minute mehr, bis ich ihn nicht aufgestöbert habe.«

»Ach was, den stöberst du bestimmt nicht auf«, sagte Philip. »Aber wenn doch, wär's schon lustig. Kiki wäre sicher eifersüchtig, wenn du mit dem Riesenvogel auf dem Arm von der Insel zurückkämst.«

Zur großen Freude der Kinder verkündete Tante Polly kurz darauf, dass Joe am nächsten Tag zum Einkaufen fahren würde. »Wenn ihr irgendwas braucht, müsst ihr es ihm also rechtzeitig sagen«, fügte sie hinzu. »Ich hab ihm schon eine lange Liste gemacht, aber ihr könnt gern etwas dazuschreiben, wenn ihr ihm das Geld dafür mitgebt.«

Die Kinder schrieben eine neue Taschenlampenbatterie auf die Liste. Dina hatte ihre Taschenlampe aus Versehen eine ganze Nacht lang angelassen und jetzt war die Batterie leer. Jack brauchte auch wieder einen neuen Film für seine Kamera. Er hatte die anderen mit Aufnahmen von den Vögeln rund um Felseneck abgeknipst und wollte jetzt einen neuen für seinen Ausflug zur Toteninsel.

Nervös warteten sie am nächsten Tag darauf, dass Joe sich endlich auf den Weg machte. Aber er ließ sich viel Zeit dabei. »Macht ja keinen Unsinn, während ich weg bin«, sagte er, bevor er endlich in den Wagen stieg und ihn aus der halb verfallenen Scheune fuhr, in der er untergebracht war. Dabei warf er den Kindern einen argwöhnischen Blick zu. Vielleicht spürte er, dass sie ihre Gründe hatten, ihn mal aus dem Weg haben zu wollen.

»Wir machen doch nie Unsinn«, protestierte Philip. »Schönen Tag! Und lassen Sie sich ruhig Zeit beim Einkaufen.«

Joe runzelte die Stirn, drückte aufs Gas und schoss wie üblich mit halsbrecherischer Geschwindigkeit davon.

»Ich verstehe echt nicht, wie die alte Klapperkiste diese Schlaglöcher aushält«, sagte Philip, während er mit seinen Freunden zusah, wie das Auto hinter den Klippen verschwand. »So, jetzt ist er weg. Los geht's. Das ist unsere Chance.«

Aufgeregt rannten sie zum Strand hinunter und zu Joes großem Boot. Die Jungen sprangen hinein, Dina machte das Tau los und stieß das Boot ab.

»Passt auf euch auf!«, rief Lucy. Am liebsten wäre sie doch noch mit reingehüpft.

»Machen wir!«, schrie Jack zurück und Kiki echote: »Machen wir, machen wir, Tür zu und Schuhe abputzen!«

Die Mädchen sahen zu, wie ihre Brüder zunächst ruderten und dann, als sie weit genug draußen waren, das Segel setzten. Bei dem frischen Wind, der an diesem Tag wehte, fegten sie bald darauf richtig schnell dahin.

»Auf zur Toteninsel«, sagte Lucy. »Hoffentlich findet Jack seinen Riesenalk.«

»Glaube ich kaum«, antwortete Dina, die immer nüchtern dachte und nicht an Wunder glaubte. »Ich hoffe eher, dass sie den Durchgang zwischen diesen schrecklichen Felsen finden. Aber es sieht so aus, als kämen sie mit dem Boot gut zurecht, meinst du nicht?«

»Doch, doch«, sagte Lucy und kniff die Augen zu, um das Boot besser sehen zu können, das immer mehr hinter den Schleiern über dem Wasser verschwand. Die Toteninsel war überhaupt nicht zu erkennen. »Viel Glück«, murmelte sie leise.

Die Jungen kamen in der Tat bestens klar. Obwohl Joes Boot wesentlich schwerer und sperriger war, hatten sie keine Probleme damit. Der Wind trieb sie schnell voran. Über die Wellen zu schießen, über sich das Knattern des Segels im Wind – das machte Spaß!

»Gibt nichts Besseres als ein Boot«, sagte Jack glücklich. »Irgendwann hab ich bestimmt ein eigenes.«

»Boote kosten aber eine Menge Geld«, wandte Philip ein.

»Dann verdiene ich eben eine Menge Geld«, antwortete Jack. »Ich kaufe mir ein hübsches Boot und segle damit alle verlassenen Inseln an, auf denen nur Seevögel leben.«

»Wenn wir die Insel bloß mal sehen könnten!«, sagte Philip. »Dieser Dunst macht mich ganz wahnsinnig. Hoffentlich fahren wir überhaupt in die richtige Richtung.«

Noch bevor sie die Insel erblickten, hörten sie das Dröhnen der Wellen, die sich an ihrem Felsgürtel brachen. Und nach ein paar Augenblicken, die ihnen wie eine Ewigkeit vorkamen, tauchte plötzlich die Insel selbst vor ihnen auf.

»Pass auf, wir fahren direkt auf die Felsen zu!«, schrie Philip erschrocken. »Segel einholen, wir müssen rudern. Bei dem starken Wind können wir das Boot nicht segeln, es ist viel zu schnell.«

Hastig holten sie das Segel ein und packten die Ruder. Jack hielt Ausschau nach dem höchsten Gipfel der Insel, aber in Wirklichkeit war der Hügel bei weitem nicht so leicht zu erkennen wie auf der Karte. Irgendwie schienen die Hügel alle etwa gleich hoch zu sein. Vorsichtig umrundeten die Jungen den Felsgürtel und versuchten sich dabei aus der Strömung herauszuhalten, die sie zur Insel treiben würde.

»He, da ist ein hoher Hügel, da links«, rief Jack auf einmal. »In die Richtung müssen wir, Büschel. Genau. Ich glaube, das ist der höchste Punkt auf der Insel.«

Sie hängten sich so kräftig in die Riemen, dass sie nach kurzer Zeit schon mächtig schwitzten und kaum noch Luft bekamen. Aber als der Hügel endlich in voller Größe vor ihnen auftauchte, wurden sie für ihre Mühen belohnt: Da war die Lücke zwischen den Felsen! Eine sehr schmale Lücke zwar, aber breit genug, dass ein Boot durchpassen konnte.

»Ganz langsam«, sagte Philip. »Jetzt wird's knifflig. Wir müssen höllisch aufpassen, sonst kommen wir vom Kurs ab und werden gegen die Felsen geschleudert. Außerdem könnten überall unter der Wasseroberfläche Gesteinsbrocken lauern, die uns den Bootsrumpf aufschlitzen. Vorsichtig, Sprossel, ganz vorsichtig!«

Und Jack war wirklich extrem vorsichtig. Schließlich hing alles davon ab, dass sie heil durch die Öffnung kamen. Mit angehaltenem Atem ruderten sie weiter. Selbst Kiki spürte, dass sie hochkonzentriert waren, und sagte kein Wort.

Der Durchgang war schmal und ziemlich lang. Es war nicht einfach, das Boot hindurchzumanövrieren. Immer wieder wurde es von Strömungen erfasst, die es kurzzeitig seitlich abdriften ließen, und einmal spürten sie, wie der Boden an einer Felsspitze knapp unterhalb der Oberfläche entlangschrammte.

»Das war haarscharf«, flüsterte Philip. »Das Boot muss einen ordentlichen Kratzer abbekommen haben.«

»Das Gefühl hab ich auch«, sagte Jack. »Aber jetzt scheinen wir langsam durch zu sein, hier ist ein Kanal mit ganz ruhigem Wasser!«

Tatsächlich tat sich jenseits des Felsengürtels ein Kanal mit strahlend blauem, glattem Wasser auf, das in der Sommersonne glitzerte. Nach den heftig gegen die Felsen donnernden Wellen, deren Getöse sie immer noch hören konnten, war das ein ganz merkwürdiger Anblick.

»Jetzt ist es nicht mehr weit bis zur Insel«, sagte Philip aufgeregt. »Na los! Ich bin zwar schrecklich müde und meine Arme sind ganz lahm, aber wir müssen unbedingt an Land.«

Sie ließen den Blick über die Insel wandern. Sie war in der Tat sehr felsig, aber an einer Stelle gab es eine winzige Bucht, in der heller Sand schimmerte. Dort würden sie landen.

Es kostete die beiden viel Kraft, das schwere Boot ans Ufer zu ziehen, aber Bill hatte ihnen gezeigt, wie es richtig gemacht wurde, und so hatten sie es nach kurzer Zeit geschafft und konnten das Erforschen der verlassenen Insel in Angriff nehmen.

Vorsichtig kletterten sie die Klippen hinter der Bucht hinauf und schauten über die Insel. Als Allererstes fielen ihnen die unzähligen verschiedenen Vögel auf, die sich hier tummelten. Zu Tausenden und Abertausenden lebten sie auf der Insel und machten dabei einen unglaublichen Krach. Neugierig spähten viele der Tiere zu den beiden Neuankömmlingen herüber.

Aber so zutraulich, wie Jack gehofft hatte, waren die Vögel nicht. Immer wieder flatterten einige auf, sobald die Jungen auf sie zugingen. Insgesamt verhielten sie sich nicht anders als ihre Artgenossen in Felseneck. Jack war enttäuscht.

»Komisch!«, sagte er. »Ich dachte immer, auf einer verlassenen Insel, auf der nie Menschen auftauchen, wären die Tiere ganz zahm. Jedenfalls steht das in meinen Büchern so. Aber die Vögel hier lassen uns ja kaum in ihre Nähe.«

Die wenigen Bäume auf der Insel standen an halbwegs geschützten Stellen, waren aber dennoch vom peitschenden Wind gebeugt. Hier und da wuchsen dürre Grasbüschel, aber ansonsten war die Insel ein steiniges, nicht gerade einladendes Fleckchen Erde.

Als die Jungen sich weiter ins Innere der Insel bewegten, in Richtung des höchsten Hügels, der ziemlich genau in der Mitte aufragte, wurden sie von den Schreien der Seevögel begleitet.

»Ich möchte mir die komischen Ruinen anschauen, die ich durchs Fernglas gesehen habe«, sagte Jack. »Aber am allerliebsten würde ich den Riesenalk finden. Ich guck schon die ganze Zeit, aber bisher war keine Spur von ihm zu sehen.«

Der arme Jack hatte es wirklich nicht leicht: Statt wie sehnlichst erhofft über einen Riesenalk zu stolpern, fand er auf der Toteninsel nur jede Menge Seevögel vor, die er genauso gut in Felseneck beobachten konnte! Er hatte ja nicht erwartet, gleich auf einen ganzen Schwarm Riesenalke zu stoßen, aber einer, ein einziger, wäre schon klasse gewesen!

Stattdessen gab es überall Tordalke mit ihren merkwürdig geformten Schnäbeln, jede Menge Raubmöwen, Seemöwen, Kormorane und so weiter. Die Insel war ein regelrechtes Paradies für Vögel.

Schließlich erreichten die beiden die Hügel. Ein kleiner Bach schlängelte sich durch das dazwischenliegende Tal. Hier gab es nicht nur üppigeres Gras, sondern auch winzig kleine Wildblumen, zum Beispiel Grasnelken, und sogar ein paar zerzauste Birken, die sich an die Hänge klammerten. Der Bach, der durch das Tal floss, mündete auf der anderen Seite der Insel ins Meer.

»Das Wasser hat aber eine komische Farbe!«, wunderte sich Jack, als er einen genaueren Blick auf den Bach warf. »So grünlich blau. Nein, nicht das Wasser selber ist grün, sondern das Gestein darunter schimmert durch. He, da drüben auf dem Hügel sind ja die seltsamen Häuser! Schau mal, Philip, da haben die Felsen auf einmal eine ganz andere Farbe – richtig grün statt schwarz. Und manche sehen aus wie Sandstein. Komisch.«

»Irgendwie gefällt mir die Insel nicht«, sagte Philip. »So kalt und einsam – richtig unheimlich.«

»Ach was, du hast wohl schon zu viele von Joes Geschichten gehört«, sagte Jack lachend, obwohl auch er ein ungutes Gefühl hatte, seit er auf der Insel war.

Sie kletterten den Hang halb hinauf, um die Ruinen besser zu sehen. Genau konnte man nicht erkennen, was sie mal gewesen waren – so verfallen waren sie schon, kaum mehr als ein paar Steinhaufen. Und da sollte mal jemand drin gewohnt haben?

Plötzlich entdeckte Philip etwas Sonderbares. »Mann! Jack, komm her!«, rief er seinem Freund zu. »Hier ist ein riesiges Loch in der Erde. Das sieht aber tief aus!«

Sofort rannte Jack zu ihm und spähte über den Rand des Lochs. Es war wirklich eine riesige Öffnung, an die zwei Meter im Durchmesser. Sie war so tief, dass man den Grund nicht sehen konnte.

»Was ist das?«, fragte Philip. »Ein Brunnen vielleicht?«

Sie warfen einen Stein hinein und lauschten auf ein Plätschern, aber es war nichts zu hören. Entweder war es gar kein Brunnen oder er war so tief, dass das Plätschern nicht bis nach oben drang.

»Hier würde ich nicht reinfallen wollen«, sagte Philip. »He, schau mal, da ist eine Leiter. Ganz alt und kaputt, aber sie führt nach unten.«

»Das Ganze ist mir ein Rätsel«, murmelte Jack. »Komm, wir schauen uns mal etwas um. Vielleicht finden wir irgendwo einen Hinweis. Ein Schacht, der tief unter die Erde führt, und das auf so einer verlassenen Insel! Was mag das bloß bedeuten?«

17. Kapitel

Joe schäumt vor Wut

Zu ihrer Überraschung entdeckten die Jungen noch mehr von den merkwürdigen Erdlöchern, und zwar allesamt in der Nähe der verfallenen Gebäude. »Das sind auf keinen Fall Brunnen«, entschied Jack. »Wer braucht schon so viele Brunnen auf einmal? Nein, das sind Schächte, aber wozu sollen die gut sein?«

»Vielleicht sind es Minenschächte?«, mutmaßte Philip, der mal etwas über den Kohlenbergbau gelesen hatte. »Ein ganzes Kohlenbergwerk?«

»Nein, nein, Kohle auf keinen Fall«, sagte Jack. »Aber was dann? Wir müssen es herausfinden. Dein Onkel weiß es bestimmt. He, was, wenn das eine *Goldmine* wäre? Man weiß ja nie ...«

»Und wenn schon. Die Schächte sind bestimmt ein paar hundert Jahre alt, da ist bestimmt kein Gold mehr zu holen, sonst wäre die Mine ja noch in Betrieb. Sollen wir mal runtersteigen und uns umsehen?«

»Ich weiß nicht«, sagte Jack. »Die alten Leitern halten bestimmt nicht mehr viel aus. Am Ende stürzen wir noch ab – und das war's dann.«

»Schade, schade, jammerschade!«, krächzte Kiki.

»Das wäre wirklich schade«, sagte Philip lächelnd. »Okay, dann lassen wir's lieber. Guck mal, Jack, hier ist noch so ein Schacht, ein ganz großer.«

Sie spähten in die Öffnung hinunter. Dieser Schacht

hatte eine viel stabilere Leiter als die anderen, und so wagten sich die Jungen ein paar Meter in die Tiefe. Aber sie kamen gleich wieder hoch – in dem dunklen Schacht war es einfach zu unheimlich.

Und dann machten sie plötzlich eine Entdeckung, die sie noch mehr verblüffte als die Löcher im Boden. Nur ein paar Meter von ihnen entfernt lagen unter einer kleinen Felsnase mehrere leere Fleisch- und Obstkonserven.

Ungläubig starrten die beiden die Dosen an, während Kiki sie sofort mit dem Schnabel untersuchte um zu sehen, ob noch etwas Essbares zu finden war.

»Wo kommen die denn her?«, stieß Jack hervor. »Mann, ist das alles komisch! Ein paar sind schon ganz verrostet, aber die anderen sehen noch ganz neu aus. Dann muss doch jemand auf der Insel wohnen. Aber wer? Und wo?«

»Ein echtes Geheimnis«, sagte Philip. »Lass uns nachschauen, ob wir jemanden finden. Aber wir müssen vorsichtig sein. Wer auch immer hier ist – es sieht nicht so aus, als wollte er entdeckt werden.«

Also suchten sie die Insel von oben bis unten ab, fanden aber niemanden und nichts, was die leeren Konservendosen erklärt hätte. Sie bestaunten die grünlichen Felsen an der Südseite der Insel und die grünblaue Farbe des Baches, der sich ins Meer ergoss. Auf dieser Seite der Insel gab es noch viel mehr Seevögel als auf der anderen, und Jack hielt ständig nach einem Riesenalk Ausschau, konnte aber zu seiner großen Enttäuschung keinen entdecken.

»Willst du gar keine Fotos machen?«, fragte Philip. »Hattest du doch vor. Beeil dich, lange will ich hier nicht mehr bleiben.«

»Also gut, ich schieß ein paar Bilder«, sagte Jack und versteckte sich hinter einem Gesteinsbrocken, um unbemerkt ein paar Jungvögel zu knipsen. Und da noch eine letzte Aufnahme übrig war, hatte er plötzlich eine Idee.

»Ich fotografiere noch den Haufen Konservendosen«, erklärte er. »Sonst glauben uns die Mädchen kein Wort, wenn wir ihnen davon erzählen.«

Gesagt, getan. Nachdem er die Aufnahme im Kasten hatte, warfen sie noch einen letzten Blick in den größten Schacht und machten sich wieder auf den Weg zum Boot.

»Hoffentlich kommen wir genauso gut zurück, wie wir hergekommen sind«, sagte Jack. »Ob Joe schon wieder zu Hause ist? Wenn ja, dann hoffe ich, dass die Mädchen sich was ausgedacht haben, um ihn abzulenken.«

Sie schleiften das Boot ins Wasser, sprangen hinein und ruderten bis zu dem schmalen Durchgang zwischen den Felsen, wo ihnen von der anderen Seite schon die Gischt ins Gesicht sprühte. Sie wichen der unter Wasser lauernden Steinspitze aus, über die sie bei der Herfahrt mit dem Bootsrumpf geschrammt waren, und im Handumdrehen waren sie durch die Felslücke geschlüpft.

Erst außerhalb des Felsgürtels, wo sich die Wellen noch heftiger brachen als zuvor, wurde es schwieriger. Der Wind hatte aufgefrischt und das Meer war rauer geworden. Doch die Jungen schafften es nach kurzer Zeit, das Segel zu setzen, und fuhren, den Wind in den Haaren und Salzgeschmack auf den Lippen, in Richtung Felseneck zurück.

Schon von weitem sahen sie, dass die Mädchen am Strand warteten, und winkten ihnen zu. Lucy und Dina winkten zurück. Wenige Minuten später landeten sie an der Anlegestelle, sprangen aus dem Boot und machten es fest.

»Habt ihr einen Riesenalk gefunden?«, fragte Lucy eifrig.

»Ist Joe wieder da?«, stieß Philip gleichzeitig hervor.

»Ihr wart ja ewig unterwegs«, sagte Dina, die darauf brannte, alles zu erfahren.

»War superabenteuerlich«, antwortete Philip. »Also, was ist? Ist Joe schon wieder da oder nicht?«

Ja, das war die wichtigste Frage von allen: War Joe wieder zurück?

»Klar«, sagte Dina kichernd. »Er ist vor ungefähr einer Stunde zurückgekommen. Wir haben ihn die ganze Zeit beobachtet. Zum Glück hat er gleich ein paar Kisten in den Keller geschleppt, die er mitgebracht hatte, und wir sind ihm gefolgt. Er wollte in den hinteren Keller, in den mit der Falltür. Wir brauchten nur den Schlüssel zu holen und ihn einzusperren. Er sitzt immer noch im Keller und hämmert wie wahnsinnig an die Tür.«

»Klasse!«, riefen die Jungen. »Dann erfährt er nie, dass wir mit seinem Boot unterwegs waren. Aber wie sollen wir ihn wieder rauslassen, ohne dass er mitkriegt, wer ihn eingeschlossen hat?«

»Tja, jetzt seid ihr dran, euch was einfallen zu lassen«, antwortete Dina.

In Gedanken versunken marschierten die vier zum Haus.

»Am besten schleichen wir uns runter und schließen die Tür auf, wenn er mal eine Pause macht«, schlug Philip schließlich vor. »Er kann ja nicht ununterbrochen dagegen hämmern. Sobald er mal kurz aufhört, steck ich leise den Schlüssel ins Schloss und schließe auf. Und dann schleiche ich auf Zehenspitzen wieder rauf. Wenn er dann das nächste Mal an der Tür rüttelt, geht sie plötzlich auf – und er weiß nicht, warum.«

Die anderen waren sofort einverstanden. Auf die Art würde Joe nie erfahren, wer ihn eingeschlossen hatte.

Philip nahm den Schlüssel und ging so lautlos wie möglich in den Keller. Joe polterte immer noch gegen die Tür. Als er einmal innehielt, um Kraft zu sammeln, steckte

Philip den Schlüssel ins Schloss. In dem Augenblick, als Joe hustete, drehte Philip den Schlüssel und zog ihn hastig wieder heraus. So, jetzt war die Tür aufgeschlossen und Joe konnte jederzeit rauskommen. Wie der Blitz schoss Philip die Kellertreppe hinauf und zu den anderen in die Küche.

»Joe kommt sicher gleich«, keuchte er. »Lasst uns auf die Klippen rennen, und wenn wir sehen, dass er wieder da ist, stiefeln wir seelenruhig ins Haus und behaupten, wir kämen gerade von einem Spaziergang zurück. Das gibt ihm bestimmt den Rest.«

Also rasten sie zu den Klippen und legten sich auf die Lauer, um den Augenblick abzupassen, wenn Joe wieder auftauchte. Leise erzählten die Jungen ihren Schwestern von ihren Abenteuern auf der Toteninsel. Die Mädchen lauschten gebannt. Tiefe Löcher in der Erde, ein grünlich schimmernder Bach, ein Haufen Konservendosen – mit so was hatte ja keiner gerechnet! Die Jungen waren doch hingefahren, um Vögel zu beobachten.

»Wir müssen noch mal hin um herauszufinden, wozu diese Schächte da sind«, beschloss Jack. »Ob sie zu irgendwelchen Minen gehören oder so. Vielleicht können wir ja vorher euren Onkel danach fragen.«

»Ja, der weiß sicher Bescheid«, sagte Dina. »Wenn wir doch bloß diese alte Karte in die Finger bekommen könnten, von der er gesprochen hat! Die eine, die er nicht mehr finden konnte. Da sind bestimmt jede Menge interessanter Details eingezeichnet.«

Kiki stieß plötzlich einen Schrei aus, der an kreischende Zugbremsen erinnerte, was bedeutete, dass sie ihren Erzfeind Joe erblickt hatte. Der befand sich ein Stück unterhalb von ihnen und hielt eindeutig nach ihnen Ausschau. Langsam standen sie auf und trotteten den Klippenpfad entlang zum Haus.

Joe kam ihnen mit wutverzerrtem Gesicht entgegen. »Ihr habt mich eingesperrt!«, donnerte er. »Das erzähle ich Miss Polly. Ihr habt euch eine anständige Tracht Prügel verdient.«

»Sie eingesperrt?« Philip tat ganz erstaunt. »Wo sollen wir Sie eingesperrt haben? In Ihrem Zimmer?«

»Im Keller«, antwortete Joe aufgebracht. »Da kommt eure Tante ja schon. Jetzt seid ihr dran! Miss Polly, die Kinder haben mich im Keller eingeschlossen.«

»Red doch keinen Unsinn«, sagte Tante Polly. »Du weißt genauso gut wie ich, dass die Kellertür kein Schloss hat. Außerdem kommen die Kinder ganz offensichtlich gerade von einem Spaziergang, wie kannst du da behaupten, sie hätten dich eingeschlossen? Bist du nicht mehr ganz bei Trost?«

»Sie haben mich eingesperrt«, beharrte Joe finster, dem plötzlich eingefallen war, dass der hintere Kellerraum sein Geheimnis war und er Tante Polly lieber nicht zu viel verraten durfte, sonst ging sie am Ende noch hinunter und entdeckte die Tür, die er so sorgfältig mit den Kartons tarnte.

»Ich hab ihn nicht eingesperrt, Tante Polly«, sagte Philip wahrheitsgemäß. »Ich war den ganzen Vormittag nicht da.«

»Ich auch nicht«, fügte Jack hinzu.

Tante Polly glaubte ihnen. Und da sie wusste, dass die Kinder normalerweise immer zusammen unterwegs waren, ging sie davon aus, dass die Mädchen ihre Brüder begleitet hatten. Außerdem wusste Tante Polly mit Sicherheit, dass die Kellertür kein Schloss hatte, also was in aller Welt wollte Joe eigentlich? Er musste wirklich verrückt geworden sein!

»Geh wieder an die Arbeit, Joe«, sagte sie streng. »Offenbar kannst du die Kinder nicht leiden. Ständig beschuldigst du sie, irgendwas angestellt zu haben. Lass sie in Ruhe, verstanden? Es sind gute Kinder.«

Da war Joe ganz anderer Meinung. Er starrte die vier finster an, schnaubte entrüstet, was Kiki sofort nachahmte, wirbelte auf dem Absatz herum und stürmte in die Küche.

»Am besten beachtet ihr ihn gar nicht«, sagte Tante Polly. »Er hat ständig schlechte Laune, aber ansonsten ist er harmlos.«

Gut zu wissen, dass Tante Polly zu ihnen hielt. Aber mit Joe war langsam nicht mehr zu spaßen. Sie nahmen sich vor, von nun an besonders vorsichtig zu sein.

Komisch, dachte Jack. Tante Polly sagt, Joe sei harmlos, Bill Smugs behauptet, er sei gefährlich. Einer von beiden muss sich also irren.

18. Kapitel

Ein zweiter Ausflug zur Insel

Und was nun? Sollten sie Bill Smugs von ihrem Abenteuer erzählen? Würde er böse sein, weil sie ihr Versprechen umgangen, wenn auch nicht gebrochen hatten und mit einem anderen Boot zur Insel gefahren waren? Ganz bestimmt, entschieden die Kinder. Bill war es sehr wichtig, dass man ehrlich war und immer Wort hielt.

»Aber wir haben doch Wort gehalten«, sagte Jack. »Ich hätte mein Versprechen nie gebrochen. Ich hab's nur elegant umgangen.«

»Na ja, du weißt doch, wie Erwachsene sind«, sagte Dina. »Sie denken anders als wir. Wenn wir erwachsen sind, denken wir bestimmt genauso wie sie. Aber hoffentlich können wir uns dann wenigstens noch erinnern, wie wir als Kinder gedacht haben, damit wir Verständnis für Kinder haben.«

»Du redest ja jetzt schon wie eine Erwachsene«, sagte Philip verächtlich. »Hör bloß auf!«

»Und du, red nicht so mit mir, klar?«, entgegnete Dina. »Nur weil ich mal ein bisschen vernünftig sein will ...«

»Ach, halt doch die Klappe!«

Im nächsten Augenblick fing sich Philip eine saftige Ohrfeige von seiner Schwester ein. Sofort schlug er zurück, und bald darauf lagen sie sich mächtig in den Haaren.

Jack ging dazwischen und trennte die beiden Streithähne. »Müsst ihr euch denn ständig prügeln?«, sagte er.

Dina und Philip starrten einander wütend an. Beide hatten ganz rote Wangen und ihre Ohren brannten. Lucy sah unglücklich von einem zum anderen. Sie konnte diese Raufereien und ewigen Streitereien zwischen den Geschwistern einfach nicht ausstehen.

Philip steckte die Hand in die Tasche und holte eine Schachtel heraus, in der er für alle Fälle einen zutraulichen Käfer aufbewahrte. Dina wusste sofort, dass er ihr das Tier in den Kragen stecken wollte, und rannte augenblicklich aus dem Zimmer.

Bevor er die Schachtel wieder in die Tasche steckte, ließ Philip den Käfer eine Runde auf dem Tisch drehen. Immer wenn er ihm den Finger hinhielt, kam der Käfer sofort darauf zugekrabbelt.

»Ich finde es nicht gut, dass du ihn in eine Schachtel sperrst«, sagte Lucy. »Das ist doch Tierquälerei.«

»Quatsch, er mag das«, sagte Philip. »Pass mal auf.« Er setzte Käfer und Schachtel auf entgegengesetzten Seiten des Tisches ab. Ohne zu zögern machte sich der Käfer auf den Weg zu seiner Schachtel, untersuchte sie kurz, stieg dann hinein und blieb still sitzen.

»Siehst du!«, sagte Philip und steckte die Schachtel samt Käfer wieder in die Tasche. »Er würde doch nicht freiwillig reingehen, wenn es ihm dadrin nicht gefallen würde.«

»Er muss dich wohl gern haben«, stimmte Lucy ihm zu. »Die meisten anderen Käfer würden darunter leiden, in einer Schachtel zu leben.«

»Tja, Philip kann eben gut mit Tieren«, sagte Jack. »Wahrscheinlich könnte er sogar Flöhe trainieren und mit ihnen im Zirkus auftreten.«

»Bäh, das muss ja nicht sein.« Lucy verzog das Gesicht. »Wo Dina wohl hingelaufen ist? Wenn ihr euch bloß nicht ständig streiten würdet. Wir waren doch gerade so schön dabei, uns zu überlegen, was wir als Nächstes machen.«

Dina war wutentbrannt den Flur entlanggerannt, den Kopf voller Rachepläne gegen ihren Bruder. Plötzlich ging die Tür zum Arbeitszimmer ihres Onkels auf und der alte Mann streckte den Kopf heraus.

»Dina, du bist das«, sagte er mürrisch. »Mein Tintenfass ist leer. Wieso füllt es mir keiner auf?«

»Mach ich sofort.« Sie holte die große Tintenflasche aus dem Schrank und füllte das Tintenfass ihres Onkels nach. Als sie sich umdrehte und das Zimmer verlassen wollte, fiel ihr Blick auf eine Karte, die auf einem Stuhl lag. Das war doch die Karte, die Onkel Jocelyn nicht hatte finden können, die große Karte von der Toteninsel.

»Onkel Jocelyn, da ist ja die Karte, von der du uns erzählt hast. Ich würde dich gern was fragen. Gab es früher mal ein Bergwerk auf der Insel?«

»Wo hast du das denn aufgeschnappt?«, fragte ihr Onkel überrascht. »Ja, es gab tatsächlich mal ein Bergwerk, ein Kupferbergwerk, um genau zu sein, und zwar ein sehr ergiebiges. Aber das ist seit langem ausgebeutet. Heutzutage gibt's auf der Toteninsel kein Kupfer mehr.«

Dina beugte sich über die Karte. Zu ihrer großen Freude waren die Schächte, die tief unter die Erde führten, darauf eingezeichnet. Mann, die Jungen würden bestimmt auch gern einen Blick auf die Karte werfen!

Onkel Jocelyn hatte Dina längst vergessen und sich wieder seiner Arbeit zugewandt. Lautlos nahm Dina die Karte und schlüpfte aus dem Zimmer.

Ihr Ärger war auf einmal komplett verflogen. Das war das Gute an Dina: Sie war nicht nachtragend und ihre Wutanfälle vergingen immer genauso schnell, wie sie kamen.

Aufgeregt rannte sie über den Flur zu den anderen und riss die Zimmertür auf.

Ihre Freunde waren ganz erstaunt über ihr strahlendes Lächeln. Vor allem Lucy konnte es nicht fassen, wie schnell Dinas Launen wechselten. Philip starrte seine Schwester neugierig an.

Da fiel Dina der Streit wieder ein. »Oh, tut mir Leid wegen der Ohrfeige, Philip«, sagte sie. »Aber du warst genauso schuld wie ich. Schaut mal, ich hab die alte Karte von der Toteninsel ergattert. Na, was sagt ihr jetzt? Und Onkel Jocelyn hat mir erzählt, dass es da tatsächlich mal ein Bergwerk gab, und zwar ein ziemlich ergiebiges Kupferbergwerk. Aber jetzt gibt's dort nichts mehr zu holen. Also: Die Schächte müssen mal zur Mine gehört haben.«

»Wow!« Philip nahm Dina die Karte aus der Hand und breitete sie aus. »Klasse, Dina, echt super!«

Alle vier beugten sich erwartungsvoll über die Karte.

»Da ist die Lücke im Felsgürtel«, sagte Dina und zeigte mit dem Finger darauf.

Die Jungen nickten. »Die muss es also schon immer gegeben haben«, sagte Jack. »Das war für die Bergleute der einzige Zugang zur Insel. Stellt euch mal vor, wie sie da immer rein- und rausgefahren sind. Sie haben Lebensmittel mit auf die Insel genommen und Kupfer mitgebracht. Mann, ich würde so gern ins Bergwerk runtersteigen!«

»Jeder Schacht ist auf der Karte eingezeichnet«, sagte Philip. »Hier, das muss der sein, neben dem wir die Konservendosen gefunden haben, Sprossel. Und hier ist der Bach. Jetzt weiß ich auch, warum er so grünlich schimmert. Bei Kupfer denkt man zwar immer an Rot, aber ich hab mal gelesen, wenn Kupfererz mit anderen Mineralien im Gestein zusammenkommt, kann das, je nachdem, wie das Licht einfällt, verschiedene Farben ergeben, in diesem Fall eben Grünblau.«

»Dann gibt's da vielleicht doch noch Kupfer«, rief Dina aufgeregt aus. »Richtige Kupfernuggets! He, wäre doch klasse, wenn wir welche finden könnten!«

»Kupfer findet man normalerweise in Adern«, erklärte Philip. »Aber wer weiß, vielleicht gibt's auch Nuggets. Die sind dann bestimmt superwertvoll. Wie wär's, wenn wir noch mal auf die Insel fahren und uns im Bergwerk umschauen? Wer weiß, am Ende finden wir tatsächlich ein paar Kupfernuggets.«

»Unsinn«, sagte Jack. »Wenn da noch was zu holen wäre, wäre das Bergwerk noch in Betrieb. Das ganze Ding liegt doch seit Jahrhunderten brach.«

»He, da ist etwas auf der Rückseite der Karte!«, rief Lucy plötzlich aus.

Sie drehten die Karte um – und tatsächlich, da klebte eine zweite, kleinere Karte daran. Gespannt richteten sie die Augen darauf.

Da schrie Philip auf. »Aber klar doch! Das ist eine unterirdische Karte von der Insel, eine Karte vom Bergwerk! Alle Schächte und Stollen sind eingezeichnet, und das hier müssen Entwässerungskanäle sein. Wow, ein großer Teil der Mine scheint unter dem Meeresboden zu liegen.«

Den Kindern wurde ganz schwindlig, als sie das gezeichnete Labyrinth der Gänge und Tunnel betrachteten. Das Bergwerk war ja viel größer, als sie gedacht hatten!

»Der Teil hier liegt unter dem Meer«, sagte Jack und zeigte darauf. »Muss komisch sein, bei der Arbeit ständig zu wissen, dass über einem das Wasser ist.«

»Brrr, das würde mir nicht gefallen«, sagte Lucy schaudernd. »Ich hätte immer Angst, dass die Steindecke einbricht und das Wasser die Gänge überflutet.«

»Also eins steht fest: Wir müssen einfach noch mal auf die Insel«, entschied Philip. »Wisst ihr, was ich glaube? Ich glaube, dass in dem Bergwerk immer noch Leute arbeiten.«

»Wie kommst du darauf?«, fragte Dina.

»Wegen der Konservendosen. Die muss doch jemand leer gegessen haben. Und wir haben auf der Insel keinen Menschen entdeckt. Also müssen sie irgendwo unter der Erde sein und arbeiten. Ich wette, das ist die Lösung des Rätsels.«

»Am besten gehen wir morgen zu Bill und zeigen ihm die Karten«, sagte Dina aufgeregt. »Er weiß bestimmt, was wir machen sollen. Der Gedanke, die Schächte auf eigene Faust zu untersuchen, ist mir nicht ganz geheuer. Mir wär's lieber, wenn Bill mitkäme.«

»Nein«, widersprach Jack. »Wir dürfen Bill nichts davon sagen.«

Die anderen starrten ihn verwundert an.

»Aber warum denn nicht?«, wollte Dina wissen.

»Weil ... weil mir was eingefallen ist«, erklärte Jack. »Ich glaube, dass es ein Freund von Bill ist, der da auf der Insel arbeitet – oder vielleicht mehrere Freunde. Bill ist bestimmt hergekommen, um in ihrer Nähe zu sein, ihnen Lebensmittel rüberzubringen und so weiter. Es ist ein Geheimnis, und ich wette, er wäre nicht besonders erfreut, wenn wir ihm draufkommen würden. Dann lässt er uns bestimmt nie mehr mit seinem Boot rausfahren.«

»Ach, das ist doch an den Haaren herbeigezogen«, protestierte Philip. »Bill macht hier einfach nur Ferien. Er will Vögel beobachten.«

»Quatsch, er macht sich doch gar nicht so viel aus Vögeln«, beharrte Jack. »Er hört mir zwar zu, wenn ich davon erzähle, aber selber sagt er kaum etwas. Er kommt mir nicht gerade vor wie ein begeisterter Vogelkundler. Außerdem wissen wir bis heute nicht, was er beruflich macht. Er hat nie etwas darüber gesagt. Ich bin sicher, dass er und seine Freunde in der Kupfermine auf der Insel arbeiten. Keine Ahnung, wem das Bergwerk gehört – falls es überhaupt jemandem gehört –, aber wenn jemand den Verdacht hätte, dass es dort noch Kupfer gibt, würde er doch sicher nicht wollen, dass das bekannt wird. Sonst besteht die Gefahr, dass ihm ein anderer die Nuggets vor der Nase wegschnappt.«

Jack verstummte. Kiki murmelte das neu gelernte Wort vor sich hin: »Kupfer, Kupfer, Kupfer …«

»Kluger Vogel«, sagte Lucy, aber die anderen kümmerten sich nicht um Kiki. Das Geheimnis der Toteninsel war einfach wichtiger.

»Wir könnten Bill Smugs doch direkt danach fragen«, schlug Dina vor, die jedes Problem gern im Handumdrehen klärte und keine Rätsel mochte, die sich nicht lösen ließen.

»Jetzt hör auf mit deinem Bill«, sagte Philip. »Jack hat uns doch gerade erklärt, warum Bill lieber nicht erfahren sollte, dass wir sein Geheimnis kennen. Vielleicht erzählt er uns ja eines Tages freiwillig davon – was meinst du, was er dann für ein Gesicht macht, wenn er erfährt, dass wir längst Bescheid wissen!«

»Wir fahren bald wieder mit Joes Boot rüber«, entschied Jack. »Dann schauen wir uns in den Schächten ein bisschen um. Lässt sich ja leicht herausfinden, ob da unten jemand ist. Wir nehmen die unterirdische Karte mit, dann können wir uns nicht verirren.«

Schon das Reden über das Geheimnis war schrecklich aufregend! Wann konnten sie endlich wieder zur Insel starten? Sollten sie diesmal alle vier fahren?

»Klar, die Mädchen sollten mit«, sagte Philip. »Zu viert können wir die Insel viel besser erkunden.«

Dina und Lucy waren ganz aus dem Häuschen. Am liebsten wären sie sofort losgerannt, aber sie mussten warten, bis Joe wieder mal in die Stadt abdampfte.

In der Zwischenzeit fuhr er selbst mit seinem Boot zwei-, dreimal aufs Meer.

»Fahren Sie zum Fischen?«, fragte Philip ihn einmal. »Warum nehmen Sie uns nicht mit?«

»Hab keine Lust, mich mit euch Gören rumzuschlagen«, antwortete der Mann säuerlich wie immer und stieß sein Boot ab. Er segelte so weit hinaus, dass er bald in den Dunstschleiern verschwunden war, die immer im Westen lagen.

»Er kann genauso gut zur Insel gefahren sein«, sagte Jack. »Bei dem Nebel kann man ja nichts sehen. Hoffentlich bringt er wenigstens Fisch fürs Abendessen mit.«

Joe brachte in der Tat Fisch mit, als er am späten Nachmittag zurückkam, und die Kinder halfen ihm den Fang ins Haus zu tragen. »Sie hätten uns doch wirklich mal mitnehmen können, Joe«, sagte Dina. »Wir hätten auch gern mal beim Fischen geholfen.«

Zu ihrer großen Freude fuhr Joe am nächsten Tag wieder in die Stadt. »Er hat sich den ganzen Tag freigenommen«, erklärte Tante Polly. »Also müsst ihr ein paar von seinen Pflichten übernehmen. Wie wär's, wenn ihr Jungs gleich mal Wasser aus dem Brunnen holt?«

Philip und Jack gingen zum Brunnen und ließen den schweren Eimer hinab. Immer weiter rollte die Kette ab, bis der Eimer im Wasser landete.

Jack spähte über den Rand. »Sieht genauso aus wie diese Schächte auf der Toteninsel«, sagte er. »Na los, hoch mit dem Ding, Büschel, zieh!«

Nachdem sie alle Arbeiten erledigt hatten, die Tante

Polly ihnen aufgetragen hatte, vergewisserten sich die Kinder ein letztes Mal, dass das Auto wirklich nicht mehr im Schuppen stand, packten ein paar belegte Brote zusammen und hasteten dann zu Joes Boot hinunter.

Mit ein paar Handgriffen hatten sie das Tau gelöst, das Boot abgestoßen und waren hineingesprungen. Die Jungen setzten sich an die Ruder, doch sobald sie weit genug draußen auf dem Meer waren, zogen sie das Segel auf.

»Auf zur Toteninsel!«, rief Dina. »Ach, ist das klasse, dass wir diesmal mitfahren können!«

»Habt ihr die Taschenlampen mitgenommen?«, fragte Philip.

Lucy nickte. »Ja, die liegen da drüben neben dem Essen.«

»Die brauchen wir in den Schächten bestimmt«, sagte Philip aufgeregt. In Gedanken erlebte er schon unglaubliche Abenteuer. Wer wusste schon, was sie da unter der Erde erwarten würde, in diesen uralten Minenschächten, wo vielleicht heimlich nach Kupfer gesucht wurde?

Diesmal kamen sie mit Joes Boot noch besser zurecht, und mit Hilfe der frischen Brise schafften sie es in Rekordzeit zur Toteninsel, deren Spitze aus dem Dunstschleier herausragte.

»Da drüben ist der große Hügel«, rief Jack. »Runter mit dem Segel. Pass auf das Tau auf, Lucy.«

Im Handumdrehen war das Segel eingeholt. Die Jungen griffen wieder nach den Rudern und manövrierten das Boot vorsichtig durch die schmale Felslücke. Dem unter Wasser lauernden Stein konnten sie zwar auch diesmal nicht ganz ausweichen, aber er kratzte nur leicht am Bootsrumpf entlang, und kurz darauf dümpelten sie auch schon im ruhigen Wasser zwischen Felsgürtel und Insel.

Lucy atmete erleichtert auf. Bei dem heftigen Wellengang war ihr wieder übel geworden, aber jetzt, wo die Toteninsel nur noch einen Steinwurf entfernt war, ging es ihr schon sehr viel besser.

Am Ufer angekommen, zogen sie das Boot schnell auf den Sand hinauf. »So, und jetzt zu den Hügeln«, sagte Jack. »Wow, heute sind ja noch mehr Vögel hier als letztes Mal! So viele hab ich noch nie auf einem Haufen gesehen. Wenn ich bloß einen Riesenalk entdecken könnte!«

»Vielleicht sehe ich ja einen für dich«, sagte Lucy. »Philip, wo ist jetzt der komische grüne Bach? Und die Konservendosen? Irgendwo hier in der Nähe?«

»Du wirst sie gleich sehen«, antwortete Philip und stapfte voraus. »Wir müssen hier durch den schmalen Pass zwischen den Hügeln.«

Bald darauf hatten sie den grünlich schimmernden Bach erreicht. Jack blieb stehen und versuchte sich zu orientieren. »Moment mal. Wo genau war der große Schacht noch mal?«

Die Mädchen hatten schon einige der kleineren Schächte und die merkwürdigen Gebäude daneben entdeckt.

»Das müssen mal so kleine Förderhäuser gewesen sein«, erklärte Jack. »Ah, da ist ja der große Schacht!«

Alle vier kauerten sich an den Rand des Loches und spähten hinein. Die Leiter, die in die Tiefe führte, schien einwandfrei zu sein. »Bestimmt ist das der Schacht, den die Leute benutzen«, sagte Philip. »Es ist der einzige, dessen Leiter noch begehbar ist.«

»Nicht so laut«, flüsterte Jack. »Man kann nie wissen, wie weit der Schall getragen wird.«

»Wo sind jetzt diese Dosen, von denen ihr erzählt habt?«, fragte Lucy.

»Da drüben, unter dem Felsen.« Philip zeigte in die Richtung. »Ihr könnt ja mal hingehen und schauen.«

Er lenkte den Strahl seiner Taschenlampe in den Schacht,

konnte aber dennoch kaum etwas erkennen. Sah ziemlich finster und unheimlich aus da unten. Ob da wirklich Leute arbeiteten? Dann dürfen die uns jedenfalls nicht sehen, dachte Philip. Erwachsene haben es nicht gern, wenn Kinder ihre Nase in ihre Angelegenheiten stecken.

»Jack, da sind aber keine Dosen«, rief Lucy.

Philip schnaubte ungeduldig und ging dann zu den Mädchen, um ihnen den Konservenhaufen zu zeigen.

Verblüfft blieb er stehen. Der Platz unter der Felsnase war leer! Die Dosen waren verschwunden.

»Schau dir das mal an!«, rief Philip. Er hatte ganz vergessen, dass sie nur leise sprechen sollten. »Die Konservendosen sind weg! Wer kann sie bloß weggeräumt haben? Okay, jetzt haben wir unseren Beweis: Es sind tatsächlich Leute auf der Insel. Und sie müssen nach unserem letzten Besuch hier gewesen sein. Wow, jetzt wird's richtig geheimnisvoll!«

19. Kapitel

In den Tiefen des Kupferbergwerks

Lucy sah sich ängstlich um, als würde sie befürchten, dass gleich jemand hinter einem Felsen hervorspringen könnte. »Unheimlicher Gedanke, dass hier jemand ist, den wir nicht kennen«, sagte sie.

»Quatsch«, widersprach Jack. »Wenn, dann sind die Leute ja nicht hier oben, sondern im Bergwerk. Wie sieht's aus? Wollen wir mal runtersteigen und uns umschauen?«

Lucy gefiel die Vorstellung zwar überhaupt nicht, aber allein oben zu bleiben, während die anderen im Schacht verschwanden, fand sie noch viel gruseliger.

Philip breitete die unterirdische Karte von der Insel auf dem Boden aus und alle knieten sich davor. »Hier – der Schacht führt mitten ins Labyrinth aus Stollen und Gängen«, sagte Philip. »Sollen wir diesen Gang ausprobieren? Scheint eine Art Hauptstraße zu sein und führt direkt in den Bereich unterhalb des Meeresbodens.«

»Brrr.« Lucy schauderte, aber sie beschlossen einstimmig, Philips Vorschlag zu folgen.

»Kiki, falls du mitkommen willst, muss dir klar sein, dass du mucksmäuschenstill zu sein hast«, sagte Jack. »Sonst hören uns die Bergleute und die ganze Sache fliegt auf. Verstanden?«

»Ene mene mu«, krächzte die Papageiendame und kratzte sich am Kopf.

»Du dummer Vogel«, sagte Jack lachend. »Also, du weißt Bescheid: kein Kreischen, kein Pfeifen, nichts.«

Mit ernsten Gesichtern näherten sie sich dem Rand des Schachtes. Klar war das Abenteuer aufregend, aber auf einmal fanden sie es auch ganz schön angsteinflößend.

»Na los«, drängte Philip und setzte einen Fuß auf die oberste Leitersprosse. »Was kann uns schon groß passieren? Schließlich sind wir eigentlich nur hergekommen, um für Jack einen Riesenalk zu finden. Wenn die Männer, die hier arbeiten, Bills Freunde sind, müssen sie doch vernünftige Leute sein. Falls sie uns erwischen, können wir immer noch sagen, dass wir Freunde von Bill sind und nichts über ihre Kupfersuche verraten werden.«

Also machten sie sich an den Abstieg. Doch sie waren noch nicht einmal halb unten, da wünschten sie sich schon, sie hätten sich nie auf dieses Abenteuer eingelassen. Nie hätten sie sich vorstellen können, dass es *so* tief hinunterging! Es war, als würde man zum Mittelpunkt der Erde hinabsteigen, immer tiefer und tiefer in die Dunkelheit, die nur durch den Strahl der vier Taschenlampen erhellt wurde.

»Alles okay mit euch?«, fragte Philip irgendwann besorgt. »Wir müssten doch bald mal unten ankommen.«

»Mir tun schon die Arme weh«, jammerte Lucy, die Kleinste von allen.

»Mir auch«, sagte Jack. »Dieses ewige Festhalten an der Leiter! Ich hab sogar das Gefühl, als würde Kiki auf meiner Schulter eine Tonne wiegen. Lasst uns eine Pause machen.«

Sie blieben ein Weilchen stehen, um wieder Kraft zu sammeln, dann stiegen sie tapfer weiter nach unten.

Nach einer Weile stieß Philip einen erstickten Schrei aus. »Da! Ich sehe den Boden!«

Wenige Augenblicke später standen sie tatsächlich mit beiden Beinen auf dem Boden des Schachtes. Erschöpft setzte Lucy sich hin, während Philip den Strahl seiner Taschenlampe umherwandern ließ.

Sie befanden sich in einem breiten Stollen, dessen steinerne Wände und Decke im Licht der Lampen kupferrot schimmerten. Mehrere andere Abzweigungen gingen von dem Hauptschacht ab.

»Es bleibt dabei – wir gehen am besten diesen Hauptgang entlang«, sagte Philip.

Jack leuchtete in einen der kleineren Stollen. »He! Da ist die Decke eingestürzt. Hier könnten wir überhaupt nicht durch, selbst wenn wir wollten.«

»Hoffentlich fällt uns in *diesem* Gang nicht die Decke auf den Kopf«, seufzte Lucy mit einem besorgten Blick nach oben. An manchen Stellen war die Decke durch dicke Holzbalken abgestützt, aber ansonsten bestand sie aus massivem Gestein.

»Keine Sorge, es passiert schon nichts«, beruhigte Jack seine Schwester. »Ich finde es total aufregend, so tief unter der Erde zu sein, in einer uralten Kupfermine!«

»Komisch, dass die Luft hier so gut ist«, sagte Dina in Erinnerung an die muffige Luft in dem Geheimgang, der nach Felseneck führte.

»Stimmt. Die müssen hier eine gute Entlüftungsanlage haben«, sagte Philip und versuchte sich an das zu erinnern, was er mal über die Entlüftungsanlagen in Bergwerken gelesen hatte. »Das ist eine der allerersten Sachen, die geregelt werden müssen, bevor man unter Tage arbeiten kann: wie man frische Luft in die Gänge bekommt und wie man das Wasser ableitet, das sich eventuell sammeln und die Schächte überfluten könnte.«

»Also ich würde garantiert nicht in einem Bergwerk arbeiten wollen«, sagte Lucy. »Sind wir jetzt eigentlich schon unter dem Meeresboden?«

»Noch nicht«, antwortete Philip. »Ich würde sagen, wir haben etwa die Hälfte des Weges geschafft. He, was haben wir denn hier?«

Der Stollen öffnete sich auf einmal zu einer großen Höhle. An vielen Stellen war deutlich zu erkennen, dass die Wände mit Werkzeugen bearbeitet worden waren. Mit einem Freudenschrei stürzte Jack zu einer Ecke und hob etwas auf, das aussah wie ein kleiner Hammerkopf aus Bronze.

»Schaut mal her«, sagte er stolz zu den anderen. »Das muss ein Werkzeug sein, das die Bergleute früher benutzt haben. Aus Bronze – das ist eine Mischung aus Kupfer und Zinn. Wow, darum werden mich die Jungs aus meiner Klasse aber beneiden!«

Sofort machten sich auch die anderen auf die Suche. Und kurz darauf konnte Lucy einen hochinteressanten Fund präsentieren: kein altes Bronzewerkzeug, sondern einen strahlend gelben Bleistiftstummel.

»Wisst ihr, wem der gehört?« Lucys grüne Augen leuchteten im Schein der Taschenlampe wie die Augen einer Katze. »Bill Smugs! Ich hab mal gesehen, wie er sich damit etwas aufgeschrieben hat.«

»Dann muss er hier gewesen sein und den Bleistift verloren haben«, schlussfolgerte Philip. »Wir hatten also Recht! Er ist überhaupt kein Vogelkundler. Er wohnt bei uns an der Küste, weil seine Freunde hier arbeiten, und den Wagen und das Boot braucht er, um sie mit Lebensmitteln und so weiter zu versorgen. Echt fies von ihm, dass er uns nie ein Wort davon gesagt hat.«

»So was erzählt man doch nicht jedem«, sagte Dina. »Was meint ihr, wie der gucken würde, wenn er wüsste, dass wir ihm auf die Schliche gekommen sind! Ob er jetzt vielleicht auch gerade hier ist?«

»Natürlich nicht, du Dummi«, antwortete ihr Bruder. »Sein Boot war doch nicht am Ufer. Und anders als mit einem Boot kann man ja schlecht hierher kommen.«

»Da hast du Recht«, gab Dina zu. »Aber wenigstens hab ich jetzt keine Sorge mehr, die Bergleute zu treffen – jetzt, wo wir wissen, dass sie Freunde von Bill sind. Aber ich schlage trotzdem vor, dass wir uns nicht unbedingt zeigen. Vielleicht glauben sie, Kindern kann man sowieso nicht trauen, und sind sauer, weil wir sie entdeckt haben.«

Sie begannen die Höhle sorgfältig zu erforschen. Mehrere alte Holzbalken stützten die Decke, doch manche waren schon morsch und geknickt, sodass die Decke an etlichen Stellen einzubrechen drohte. Eine Steintreppe führte zu einer weiteren Höhle nach oben, deren Decke aber komplett eingestürzt war, sodass die Kinder nicht hineinkonnten.

»Wisst ihr, was ich glaube?«, sagte Jack auf einmal und drehte sich zu den anderen um. »Ich glaube, das Licht, das ich neulich in der Nacht gesehen habe, kam überhaupt nicht von einem Schiff. Es kam hier von der Insel. Die Bergleute haben signalisiert, dass ihnen die Lebensmittel ausgegangen sind und sie Nachschub brauchen. Und das zweite Licht kam von Bill und bedeutete, dass er ihnen bald etwas bringen würde.«

»Schon – aber das Licht kam doch von *unserem* Teil der Klippen, nicht von Bills Seite«, wandte Philip ein.

»Ich weiß, aber Bill ist sicher auch klar, dass man Lichtsignale von der Insel nur von unserem Kliff aus sehen kann«, sagte Jack. »Von Bills Hütte aus kann man nicht einmal dann etwas erkennen, wenn hier jemand auf den höchsten Hügel steigt und ein Riesenfeuer anmacht. Also ist Bill in der Nacht zu uns hochgeklettert und hat die Signale beantwortet.«

»Ich glaube, du hast Recht«, stimmte Philip ihm zu. »Der gute alte Bill muss damals hinter Felseneck herumgewandert sein. Joe hat seine Signale genauso gesehen wie du. Kein Wunder, dass Joe glaubt, da würden irgendwelche ›Gestalten‹ herumgeistern. Bestimmt hat er Bill schon öfter gehört und komische Lichter gesehen und wusste nicht, was das zu bedeuten hat.«

»Bill hat dann sicher so bald wie möglich wieder Lebensmittel hergebracht und dabei gleich die leeren Konservendosen beseitigt«, sagte Jack. »Das würde jedenfalls erklären, warum sie verschwunden sind. Ha, wenn der wüsste, dass wir die Einzigen sind, die sein Geheimnis herausgefunden haben!«

»Ich verstehe immer noch nicht, warum wir ihm nicht davon erzählen können«, sagte Lucy. »Es wäre ihm sicher lieber, wenn er es wüsste.«

»Na ja, vielleicht könnten wir ja ein paar Andeutungen fallen lassen«, schlug Philip vor. »Und wenn er draufkommt, dass wir Bescheid wissen, können wir uns in aller Ruhe über das Bergwerk unterhalten. Das wäre doch spannend!«

»Okay, so machen wir's«, entschied Jack. »So, und jetzt los, lasst uns ein Stück weitergehen. Diese Höhle hier kennen wir ja mittlerweile in- und auswendig.«

Nach einer Weile bog der Stollen plötzlich nach links ab und Philip erschrak. Er wusste von der Karte her, dass an der Stelle, wo der Gang eine Linkskurve machte, der Bereich unterhalb des Meeresbodens begann. Merkwürdige Vorstellung, dass man sozusagen trockenen Fußes unter Wasser herumspazierte!

»Was ist das für ein Lärm?«, fragte Dina.

Sie lauschten. Ein unaufhörliches, dumpfes Grollen drang an ihre Ohren.

»Vielleicht arbeiten die Bergleute mit irgendwelchen Maschinen?«, mutmaßte Philip. Dann fiel es ihm plötzlich wie Schuppen von den Augen. »Nein, das sind die Wellen, die über uns gegen die Felsen krachen!«

Eine Weile standen die Kinder still da und lauschten dem rhythmischen Brausen der Wellen.

Schließlich machten sie sich wieder auf den Weg durch den Hauptstollen und gingen an allen kleineren Durchgängen vorbei, die immer wieder seitlich abzweigten und vermutlich zu anderen Stollen führten.

»Wir müssen uns an den Hauptgang halten, sonst verlaufen wir uns noch«, sagte Philip. Bei dem Gedanken, dass sie sich verirren und ewig herumlaufen könnten, ohne den Einstiegsschacht wiederzufinden, wurde allen ziemlich unbehaglich.

Als sie nach einer Weile um eine Ecke bogen, erstrahlte vor ihnen plötzlich ein grelles weißes Licht. Es war eine Höhle, die von einer starken Lampe erhellt wurde. Verblüfft blieben die Kinder stehen.

Dann drang ein Geräusch an ihre Ohren – nicht mehr das dumpfe Dröhnen der Wellen, sondern ein Stampfen und Scheppern und Hämmern, das vorher nicht zu hören gewesen war.

»Ich hab's!«, flüsterte Jack aufgeregt. »Bestimmt ist hier in der Nähe die Stelle, wo die Bergleute arbeiten. Jetzt müssen wir vorsichtig sein. Vielleicht können wir sie ja gleich sehen – aber sie uns hoffentlich nicht!«

20. Kapitel

Unter der Erde gefangen

Die Kinder pressten sich eng an die Wand, blinzelten ins helle Licht und versuchten zu erkennen, was sich in der Höhle vor ihnen befand.

Da standen Kisten und Kartons, aber kein Mensch war zu sehen. Doch das merkwürdige Stampfen und Hämmern drang weiter zu ihnen herüber.

»Lasst uns lieber wieder zurückgehen«, murmelte Lucy ängstlich.

»Nein, wieso denn? Schaut mal, da drüben geht ein schmaler Gang ab«, flüsterte Philip und lenkte den Strahl seiner Taschenlampe in einen tiefen Tunnel ganz in der Nähe. »Wir kriechen da rein. Mal sehen, vielleicht führt er dahin, wo die Leute arbeiten.«

Vorsichtig schlichen sie durch den Tunnel. Er war so eng, dass sie sich an die Wände drücken mussten, um hindurchzukommen. Da stürzte auf einmal ein Steinbrocken von der Decke. Kiki erschrak so, dass sie heiser aufschrie und von Jacks Schulter aufflatterte.

»Komm wieder her, Kiki!«, zischte Jack, der Angst hatte, dass er sie sonst verlieren könnte.

Aber Kiki kam nicht. Also musste Jack sie suchen gehen. Langsam kroch er durch den Tunnel zurück und pfiff dabei immer wieder leise. Die anderen hatten gar nicht bemerkt, dass er umgekehrt war, und gingen langsam weiter.

Und plötzlich ging alles sehr schnell. Jemand kam den Kindern im Tunnel entgegen. Im Schein der Lampe, die er in der Hand hatte, entdeckte er die drei sofort. Ängstlich kauerten sie sich an die Wand und blinzelten in das grelle Licht.

»Na so was«, stieß der Mann mit tiefer, heiserer Stimme völlig verdattert hervor. »Jetzt schlägt's aber dreizehn!« Er hielt die Lampe hoch, um die Kinder besser sehen zu können. »Jake!«, rief er dann über die Schulter zurück. »Komm mal her! Wenn du siehst, was ich hier hab, fallen dir garantiert die Augen aus dem Kopf!«

Ein zweiter, groß gewachsener Mann tauchte hinter dem ersten im Schatten auf. »Was haben wir denn da?«, rief er, als er Dina, Lucy und Philip erblickte. »Kinder! Wie kommen die denn hierher? Ich glaub, ich träume!«

»Nein, du siehst schon richtig«, sagte der erste Mann. Als er sich wieder an die Kinder wandte, klang seine Stimme barsch und ungeduldig. »Raus damit, was habt ihr hier zu suchen? Mit wem seid ihr gekommen?«

»Wir sind allein«, antwortete Philip.

Der Mann begann lauthals zu lachen. »Das kannst du deiner Großmutter erzählen! Also noch mal: Wer hat euch hergebracht und warum?«

»Wir sind ganz allein gekommen, mit einem Boot«, sagte Lucy empört. »Wir haben die Lücke im Felsgürtel gefunden und wollten uns die Insel anschauen.«

»Und wieso seid ihr hier runtergestiefelt?«, fragte Jake und kam näher.

Jetzt, wo die Kinder ihn genauer erkennen konnten, gefiel er ihnen überhaupt nicht. Er trug eine schwarze Klappe über dem einen Auge und mit dem anderen blitzte er die drei Freunde wütend an. Seine Lippen waren so schmal, dass es beinahe aussah, als hätte er gar keine.

»Also«, drängte Jake. »Was wollt ihr hier?«

»Na ja ... wir haben die Schachtöffnung gefunden und wollten uns in dem alten Bergwerk umschauen«, stammelte Philip. »Keine Sorge, wir werden Sie nicht verraten.«

»Verraten? Was soll das denn heißen? Was wisst ihr überhaupt?«, polterte Jake barsch.

Philip schwieg. Er wusste nicht so recht, was er sagen sollte. Jake nickte dem ersten Mann zu, und der stellte sich hinter die Kinder. Jetzt konnten sie weder vor noch zurück.

Philip legte der vor Angst bibbernden Lucy einen Arm um die Schultern. Jetzt erst fiel ihm auf, dass Jack verschwunden war. Auch Lucy sah sich auf einmal suchend um, und als sie ihren Bruder nicht entdecken konnte, fing sie an zu weinen.

»Lucy, sag den Typen nichts davon, dass Jack verschwunden ist«, flüsterte Philip ihr zu. »Wenn sie uns gefangen nehmen, kann Jack rauslaufen und Hilfe holen. Sie dürfen nicht wissen, dass wir zu viert hier sind.«

»Was gibt's da zu flüstern?«, schrie Jake. »Jetzt hör mir mal gut zu, Junge. Du willst doch nicht, dass deinen Schwestern etwas passiert, oder? Also: Wenn ihr uns alles erzählt, was ihr wisst, lassen wir euch vielleicht laufen.«

Seine Stimme klang so bedrohlich, dass es Philip zum ersten Mal dämmerte, dass sie womöglich in großer Gefahr waren. Diese Männer würden ihr Geheimnis bestimmt nicht freiwillig mit ein paar Kindern teilen. Was, wenn sie ihn und die Mädchen hier unten einsperrten und verhungern ließen? Oder sie vielleicht sogar schlugen? Man konnte nie wissen, wozu die Kerle fähig waren. Ich muss versuchen vernünftig mit ihnen zu reden, beschloss Philip.

»Hören Sie«, begann er. »Wir wissen, für wen Sie arbeiten. Er ist ein Freund von uns. Und er wird verdammt sauer sein, wenn uns irgendwas passiert.«

»Ach ja?«, stieß Jake verächtlich hervor. »Und wer bitte ist dieser Freund von euch?«

»Bill Smugs«, antwortete Philip. Er war sicher, dass alles wieder in Ordnung kommen würde, sobald Bills Name fiel.

»Bill Smugs?«, wiederholte der Mann höhnisch. »Wer soll das denn sein? Nie von ihm gehört.«

»Aber Sie müssen ihn doch kennen«, beharrte Philip. »Er bringt Ihnen Lebensmittel und sendet Lichtsignale. Sein Boot kennen Sie doch bestimmt auch, die *Albatros*!«

Die zwei Männer starrten die Kinder durchdringend an. Dann begannen sie in einer fremden Sprache miteinander zu reden. Es sah so aus, als wären sie vollkommen überrascht.

»Bill Smugs ist nicht unser Freund«, verkündete Jake schließlich. »Hat er euch erzählt, er wäre mit uns befreundet?«

»Nein, das haben wir uns selber zusammengereimt«, antwortete Philip.

»Dann habt ihr's euch falsch zusammengereimt«, sagte der Mann. »So, und jetzt los. Wir bringen euch erst mal weg, bis wir entschieden haben, was mit euch werden soll. Das kommt davon, wenn ihr eure Nase in Sachen reinsteckt, die euch nichts angehen!«

Also sperren die uns tatsächlich hier unter der Erde ein!, dachte Philip ängstlich und wütend zugleich. Auch die Mädchen fürchteten sich sehr. Am schlimmsten fand es Lucy, dass ihr Bruder nicht bei ihr war.

Jake schubste die Kinder vor sich her durch einen schmalen Gang, der im rechten Winkel vom Tunnel wegführte. Als sie zu einer Tür kamen, schob Jake den Riegel auf und stieß die drei in die Höhle, die sich dahinter auftat. Ein paar

Bänke und ein kleiner Tisch standen im Raum. Jake stellte seine Lampe auf den Tisch.

»So, hier seid ihr fürs Erste gut aufgehoben«, sagte er mit einem höhnischen Grinsen. »In Sicherheit. Keine Sorge, ich lasse euch schon nicht verhungern.«

Damit verließ er den Raum und schlug die Tür hinter sich zu. Schweigend hörten die Kinder zu, wie er den Riegel wieder vorschob und davonstapfte. Lucy fing an zu weinen.

»So ein Pech!« Philip gab sich zuversichtlicher, als ihm zumute war. »Komm schon, Lucy, Kopf hoch.«

»Wieso kennen die Bill Smugs nicht?«, fragte Dina verwundert. »Er muss ihnen doch Essen bringen und das Kupfer wegschaffen, das sie hier finden.«

»Tja, langsam dämmert mir was«, sagte Philip. »Ich schätze mal, Bill hat uns nicht seinen richtigen Namen gesagt. Jetzt, wo ich's mir überlege ... Der Name klingt ja auch ziemlich ungewöhnlich.«

»Glaubst du, dass er in Wirklichkeit ganz anders heißt?«, rief Dina aus. »Dann ist es kein Wunder, dass die Typen hier mit dem Namen nichts anfangen konnten!«

»Und was machen wir jetzt?«, fragte Lucy. »Ich finde es grauenhaft, hier unter dem Meer eingesperrt zu sein.«

»Aber das ist doch ein aufregendes Abenteuer!«, versuchte Philip sie aufzumuntern.

»Ich hasse aufregende Abenteuer, wenn ich gerade mittendrin bin!«, antwortete Lucy.

Viel anders ging es den beiden anderen auch nicht. Nicht nur, dass sie selber Angst hatten, sie machten sich natürlich auch Sorgen um Jack.

»Wo steckt er bloß?«, überlegte Philip. »Hoffentlich geht's ihm gut. Dann kann er Hilfe holen und uns retten.«

Aber Jack ging es überhaupt nicht gut. Er war durch den Tunnel zurückgegangen, in einen Nebengang abgebogen, hatte Kiki schließlich gefunden, dann war er wieder umgekehrt – und plötzlich hatte er festgestellt, dass er sich verlaufen hatte. Er hatte keine Ahnung, dass die anderen gefangen worden waren. Leise murmelnd kauerte Kiki auf seiner Schulter.

Zu allem Überfluss konnte Jack sich auch nicht nach der Karte orientieren, weil Philip sie hatte. Also hatte Jack keine Chance, den Weg zurück zum Hauptstollen zu finden. Er probierte einen Gang nach dem anderen, bog hier ab, kehrte da zurück, bis er schließlich überhaupt nicht mehr wusste, wo er sich befand.

»Kiki, wir haben uns verlaufen«, sagte er erschöpft. Er schrie um Hilfe, so laut er konnte, und seine Stimme hallte in den alten Stollen wider. Auch Kiki krächzte aus voller Kehle, aber es kam keine Antwort. Nach einer Weile verstummte Jack.

Die drei Kinder in ihrem Höhlengefängnis redeten längst kein Wort mehr. Es gab nichts zu sagen und nichts, was sie tun konnten. Lucy legte die Arme auf den Tisch, bettete ihren Kopf darauf und schlief schließlich erschöpft ein. Dina und Philip streckten sich auf den Bänken aus, fanden aber keinen Schlaf.

»Philip, wir müssen hier raus«, flüsterte Dina voller Verzweiflung.

»Leichter gesagt als getan«, antwortete er. »Wie stellst du dir vor, dass wir aus einem Kupferbergwerk tief unter dem Meer entkommen können? Aus einer Höhle, die durch eine verriegelte Tür verschlossen ist?«

»Ich hab eine Idee«, flüsterte Dina.

Philip schnaubte. Er hatte Dinas Ideen noch nie besonders gut gefunden.

»Nein, hör zu«, sagte sie. »Es ist wirklich keine schlechte Idee.«

»Also gut, schieß los«, brummte Philip.

»Früher oder später wird Jake – oder der andere Kerl – uns was zu essen bringen«, sagte Dina. »Wenn er reinkommt, fangen wir alle an zu keuchen und zu stöhnen, was das Zeug hält.«

»Wozu soll das denn gut sein?«, fragte Philip verständnislos.

»Dann denkt er, die Luft hier drin ist so schlecht, dass wir nicht atmen können und kurz vorm Ersticken sind«, erklärte Dina. »Vielleicht lässt er uns dann in den Gang hinaus, damit wir ein bisschen Luft schnappen können. Dann trittst du gegen seine Lampe, dass sie ausgeht, und wir rennen davon, so schnell wir können.«

Philip setzte sich auf und starrte seine Schwester bewundernd an. »Also da hast du echt mal eine gute Idee gehabt«, sagte er. »Genial. Okay, wir müssen Lucy wecken und ihr davon erzählen. Sie muss ja mitspielen.«

Also weckten sie Lucy und erzählten ihr von dem Plan. Lucy war sofort Feuer und Flamme. Sie begann auf der Stelle zu keuchen und zu ächzen und hielt sich den Kopf. Das wirkte alles sehr glaubwürdig. Philip nickte zufrieden.

»Sehr gut«, sagte er. »Genauso machen wir es alle, wenn einer von den Typen kommt. Und in der Zwischenzeit sollten wir mal auf die Karte schauen und versuchen herauszufinden, wo wir sind. Dann wissen wir, in welche Richtung wir rennen müssen, wenn die Lampe aus ist.«

Er breitete die Karte auf dem Tisch aus und sie beugten sich darüber. »Okay«, sagte Philip schließlich. »Ich glaube, ich weiß, wo wir uns befinden. Hier ist die große Höhle, die so hell erleuchtet war, seht ihr? Hier ist der Tunnel, der davon wegführt, da der Gang, durch den wir geschubst wurden, und hier ist die kleine Höhle, in der wir eingesperrt sind. Also, sobald es finster ist, greift jede von euch nach meiner Hand. Wir müssen dicht zusammenbleiben. Ich führe euch zum Hauptstollen. Dann klettern wir hinaus, finden Jack und schauen zu, dass wir zum Boot kommen.«

»Alles klar!«, rief Dina.

Im selben Augenblick hörten sie, wie sich schwere Schritte der hölzernen Tür näherten.

21. Kapitel

Die Flucht gelingt – aber wo ist Jack?

Der Riegel wurde zurückgeschoben, die Tür ging auf und Jake erschien auf der Schwelle. Er hatte einen Blechteller mit Brötchen dabei, eine große, bereits offene Sardinendose und eine Kanne voll Wasser und stellte alles auf dem Tisch ab.

Doch plötzlich hielt er inne und stierte die Kinder verdutzt an. Philip würgte und kugelte von seiner Bank herunter. Dina keuchte ebenfalls und presste sich die Hände an die Schläfen, während Lucy entsetzlich stöhnte und so aussah, als müsste sie sich im nächsten Augenblick übergeben.

»Was ist denn hier los?«, fragte Jake.

»Luft! Wir brauchen Luft!«, japste Philip. »Wir können hier nicht atmen. Luft! Luft!«

Jetzt rollte Dina auch über den Boden. Jake riss sie hoch und schubste sie zusammen mit den anderen zur Tür und in den Gang hinaus. In der Höhle muss der Sauerstoff knapp geworden sein, dachte er.

Philip nahm allen Mut zusammen und taumelte gegen den Mann, als könnte er sich nicht auf den Beinen halten. Dabei trat er mit dem rechten Fuß so heftig gegen die Lampe in Jakes Hand, dass sie zu Boden fiel. Glas splitterte, das Licht erlosch und Jake schrie auf – und Philip tastete nach den Händen der beiden Mädchen. Als sie sich endlich alle gefunden hatten, schob Philip sie vor sich her, in einen

Gang, der nach links führte. Jake tastete hilflos in der Finsternis umher und begann nach dem anderen Mann zu brüllen.

»Olly! He, Olly, ich brauche eine Lampe, schnell! Diese verdammten Bälger haben mich ausgetrickst! Mach schon, Olly!«

Philip und die Mädchen hasteten mit wild klopfendem Herzen voran. Nach einer Weile wurden Jakes Rufe hinter ihnen immer leiser und verstummten schließlich ganz. Es dauerte nicht lange, bis sie den Hauptstollen gefunden hatten, durch den sie wenige Stunden zuvor heruntergekommen waren. Philip knipste seine Taschenlampe an. Ah, endlich wieder Licht!

»Gott sei Dank, wir sind in die richtige Richtung gelaufen«, sagte Philip und blieb stehen um zu lauschen. Doch außer dem Dröhnen der Wellen über ihren Köpfen war nichts zu hören. Er ließ den Strahl der Taschenlampe über die Wände gleiten. Ja, sie waren auf dem richtigen Weg.

»Können wir nicht eine kleine Pause einlegen?«, keuchte Lucy.

»Nein«, sagte Philip. »Die Typen haben sich bestimmt schnell eine neue Lampe besorgt und sind hinter uns her. Sie können sich ja denken, dass wir zum Schacht wollen. Na los, wir haben keine Zeit zu verlieren.«

Und weiter ging's. Doch nach einer Weile erklangen wieder Rufe hinter ihnen. Das bedeutete, dass die Männer ihnen weiter auf den Fersen waren – und sie holten auf! Zitternd rannten die Kinder weiter.

Endlich erreichten sie den großen Schacht. Er war so tief, dass sie den Einstieg hoch über ihren Köpfen nicht sehen konnten. Auch vom Tageslicht noch keine Spur.

»Rauf jetzt!«, raunte Philip. »Lucy, du zuerst. Beeil dich.«

Lucy machte sich an den Aufstieg, Dina folgte ihr und

Philip kam als Letzter. Die Stimmen der Verfolger waren jetzt noch lauter zu hören. Doch plötzlich verstummten sie vollkommen – was war passiert?

Etwas absolut Merkwürdiges war passiert. Die entfernten Rufe der Männer hatten Kiki, die mit Jack weiterhin orientierungslos durch das Labyrinth der Gänge irrte, in Aufregung versetzt, sodass sie zu kreischen angefangen hatte.

»Schuhe abputzen! Mach die Tür zu! Hihihi, Polly, setz den Kessel auf!«

Die Männer hörten die Schreie und dachten, sie kämen von den Kindern. »Sie haben sich verlaufen«, vermutete Jake und blieb stehen. »Sie wissen nicht, wie sie zum Schacht zurückkommen, und rufen jetzt um Hilfe.«

»Na, da können sie aber lange rufen«, sagte Olly. »Den Weg zum Schacht finden sie nie im Leben. Ich hab dir doch gesagt, dass sie es nicht schaffen. Komm, lass uns gehen. Sollen die Rotzlöffel doch hier unten verhungern.«

»Nein, das können wir nicht zulassen«, widersprach Jake. »Die werden doch bestimmt bald vermisst und dann werden Suchmannschaften hergeschickt. Wie sollen wir denen ein paar halb verhungerte Kinder erklären? Wir müssen sie finden. Die müssen in die Richtung gelaufen sein.«

Sie folgten den vermeintlichen Hilferufen durch den Hauptstollen. Wieder drang Kikis Stimme an ihr Ohr. »Schuhe abputzen, du Trottel, Schuhe abputzen!«

Verwundert starrten die Männer einander an, bevor sie wieder weiterrannten. Doch Jack und die mittlerweile verstummte Kiki bogen in einen Nebengang ein, an dem die Verfolger vorbeiliefen.

»Kann sie jetzt nicht mehr hören«, sagte Jake. »Wir gehen besser gleich zum Schacht. Vielleicht haben sie ja doch irgendwie hingefunden. Wir können es uns nicht leisten, sie entkommen zu lassen, bevor wir entschieden haben, was mit ihnen passieren soll.«

Also liefen sie zum Schacht und sahen hinauf. Ein Steinregen prasselte auf sie herab.

»Verdammt, sie sind tatsächlich schon auf dem Weg nach oben!«, brüllte Jake und begann sofort, die ersten Leitersprossen hinaufzuklettern.

Die drei Kinder waren unterdessen fast schon oben angekommen. Ihre Arme und Beine taten höllisch weh, aber schließlich schafften sie auch die letzten Meter, stürzten aus dem Schacht und ließen sich erschöpft zu Boden fallen. Doch Philip gönnte den Mädchen keine Sekunde Ruhepause.

»Die Kerle kommen uns bestimmt nach«, sagte er. »Wir haben keine Zeit zum Ausruhen. Los, weiter! Wir müssen zum Boot und ablegen, bevor sie uns einholen können.«

Auf der Insel wurde es langsam dunkel. Da mussten sie aber ganz schön lange unter der Erde gewesen sein! Philip und die Mädchen hasteten zurück an den Strand. Gott sei Dank, das Boot war noch da.

»Ich gehe aber nicht ohne Jack«, stieß Lucy hervor.

Philip schubste sie unnachgiebig ins Boot. »Wir müssen!«, rief er. »Komm schon. Wir schicken ihm so schnell wie möglich jemanden zu Hilfe. Ich fahre ja auch nicht gern ohne ihn weg, aber wir müssen uns retten. Allein können wir ihm sowieso nicht helfen.«

Dina griff nach dem einen Paar Ruder, Philip nach dem anderen. Wenige Augenblicke später steuerten sie das Boot durch den Kanal mit ruhigem Wasser in Richtung des Felsgürtels, an dem sich dröhnend die Wellen brachen. Jetzt in der Dämmerung wird es doppelt schwierig, die Lücke zu finden, dachte Philip.

Sie hörten Rufe von der Insel her, aber sie waren schon zu weit draußen, um die Männer zu sehen. Jake und Olly waren den Schacht hochgeklettert und auf der Suche nach einem Boot zum Ufer gerast. Doch da war kein Boot – und die Flut hatte alle Spuren weggewischt, wo das Boot im Sand gelegen hatte. Es war schon ziemlich unterspült gewesen, als die Kinder an den Strand gekommen waren, und sie hatten Glück gehabt, dass es nicht abgetrieben worden war.

»Kein Boot zu sehen«, sagte Olly. »Wie sind diese Gören bloß hergekommen? Eigenartig. Sie *müssen* doch mit einem Boot entkommen sein. Unter der Erde können sie unmöglich noch stecken. Heute Nacht signalisieren wir rüber, dass sie uns jemanden herschicken sollen. Wir müssen die anderen warnen, dass wir von ein paar Bälgern entdeckt worden sind.«

Langsam gingen sie zurück zum Schacht und kletterten hinunter. Sie hatten keine Ahnung, dass eines der Kinder immer noch durch die Gänge irrte.

In der Zwischenzeit hatten Dina, Lucy und Philip mit viel Glück die Felslücke gefunden. Es war vor allem Lucys scharfem Gehör zu verdanken gewesen, dass sie so problemlos hindurchgekommen waren. Sie hatte dem Dröhnen der Wellen gelauscht und an einer bestimmten Stelle gemerkt, dass es leiser wurde. Hier muss also die Lücke sein, hatte sie gedacht und das Boot sicher hindurchgesteuert. Zwar bekam es einen weiteren Kratzer am Rumpf, aber dafür gelangten sie heil aufs offene Meer.

Später wusste Philip gar nicht mehr so richtig, wie sie die Kraft aufgebracht hatten, das Segel zu setzen und nach Hause zu segeln. Aber es klappte. Als sie den Anlegeplatz erreichten, atmeten sie erleichtert auf. Ihre Knie zitterten, aber sie hatten es geschafft!

»Puh, wartet mal kurz, meine Beine fühlen sich an wie Wackelpudding«, sagte Dina.

Auch die anderen waren völlig am Ende ihrer Kräfte.

»Klasse, wie du uns aus dem Bergwerk geführt hast, Philip«, sagte Dina – und das war das größte Lob, das sie ihrem Bruder je gespendet hatte.

Nach einer kurzen Pause machten sie das Boot fest und gingen ins Haus. Tante Polly kam ihnen aufgelöst entgegen.

»Wo wart ihr so lange? Ich hab mir schreckliche Sorgen gemacht. Mir ist schon ganz schlecht vor Sorge.«

Sie war in der Tat ganz bleich und konnte sich kaum auf den Beinen halten. Philip stützte sie und führte sie vorsichtig zurück ins Haus, wo sie sich aufs Sofa fallen ließ.

»Arme Tante Polly«, sagte er. »Tut uns Leid, dass wir dich so aufgeregt haben. Dina, kannst du ihr mal ein Glas Wasser holen, bitte?«

Nach einer Weile behauptete Tante Polly, sie fühle sich schon besser, aber sie sah immer noch krank aus.

»Solche Aufregungen verträgt sie nicht«, flüsterte Dina Lucy zu. »Einmal, als Philip fast von den Klippen gestürzt wäre, war sie tagelang krank. Ich glaube, sie hat ein schwaches Herz. Ich bring sie jetzt lieber ins Bett.«

»Aber sag ihr nichts davon, dass Jack nicht da ist«, flüsterte Philip. »Sonst bekommt sie noch einen Herzanfall.«

Dina half ihrer Tante die Treppe hinauf, während Philip sich auf die Suche nach Joe machte. Aber Joe war noch nicht vom Einkaufen zurück. Gut!, dachte Philip. Dann hat er nicht gemerkt, dass das Boot fehlt.

»Was ist jetzt mit Jack?«, fragte Lucy verzweifelt. Ihre grünen Augen funkelten voller Sorge. »Wir müssen ihn doch retten!«

»Ich weiß«, erwiderte Philip. »Also, Tante Polly können wir nichts davon sagen, Onkel Jocelyn wäre uns keine Hilfe, und es Joe zu erzählen wäre der größte Fehler, den wir machen könnten. Bleibt wohl nur Bill Smugs.«

»Aber du hast doch gesagt, wir dürfen Bill nicht verraten, dass wir sein Geheimnis kennen«, wandte Lucy ein.

»Schon, aber jetzt stehen die Dinge anders. Jack ist allein auf der Insel. Bill muss seinen komischen Freunden sagen, dass Jack ein Freund von ihm ist, dann kann er rüberfahren und ihn holen. Mach dir keine Sorgen, Lucy, alles wird gut.«

»Gehen wir jetzt gleich zu Bill?«, fragte sie.

»Ja, sobald ich etwas gegessen habe«, antwortete Philip. »Aber ich geh besser allein, dann ist jemand hier, um Tante Polly abzulenken, falls sie wieder aufwacht.« Er hatte einen solchen Hunger, dass er meinte, ein ganzes Pferd verschlingen zu können. »Du solltest lieber auch etwas essen, du bist ja ganz bleich. He, Kopf hoch! Jack ist bestimmt bald bei uns.«

Dina kam wieder in die Küche und sie machten sich eilig etwas zu essen. Philips Schwester war auch der Meinung, dass es am besten war, zu Bill zu gehen, damit er Jack retten konnte, bevor die Männer auf der Insel ihn fanden.

»Sie sind vielleicht so sauer darüber, dass wir ihnen entkommen sind, dass sie Jack richtig in die Mangel nehmen«, gab Dina zu bedenken. Doch schon im nächsten Augenblick wünschte sie sich, sie hätte das nicht gesagt, denn Lucy sah zu Tode erschrocken aus.

»Bitte, geh jetzt zu Bill, Philip«, flehte sie. »Jetzt gleich. Wenn du nicht gehst, dann geh ich selber.«

»Nein, nein, ich geh ja schon«, sagte Philip und stand auf. »Dann bis nachher. Ich bin bald wieder da.«

Rasch stieg er den Klippenpfad hinauf. In der Ferne waren die Scheinwerfer von Joes herannahendem Wagen zu sehen und man hörte das Motorengeräusch, das immer lauter wurde. Philip rannte schneller, damit Joe ihn nicht zu Gesicht bekam.

Bill wird sich ganz schön wundern, wenn mitten in der Nacht plötzlich jemand an seine Tür klopft, dachte Philip.

Aber als er bei Bills Hütte ankam, erwartete ihn eine böse Überraschung: Bill war nicht da!

Und was soll ich jetzt tun?, fragte sich Philip.

22. Kapitel

Ein Gespräch mit Bill – und ein Schreck

Bestürzt ließ Philip sich auf einen Stuhl sinken. Nie im Leben hätte er damit gerechnet, dass Bill nicht zu Hause sein könnte! Denk nach, beschwor er sich, denk nach! Aber er war so erschöpft, dass er kaum einen klaren Gedanken fassen konnte. Was soll ich jetzt bloß tun? Immer wieder kreiste diese Frage in seinem Kopf.

Es war dunkel in der Hütte. Philip saß auf dem Stuhl und ließ die Arme zwischen den Knien baumeln. Doch auf einmal fiel ihm im hinteren Teil der Hütte etwas ins Auge.

Da war ein rotes Licht, das in der Finsternis aufleuchtete und dann gleich wieder erlosch. Immer wieder blinkte es auf, verschwand und kam erneut. Was mag das für ein Signal sein?, überlegte Philip. Dann stand er auf und ging auf das Licht zu.

Es kam von einem Glühlämpchen neben dem Radio. Philip schaute sich das Gerät näher an, drehte an mehreren Knöpfen herum und lauschte ein paar leisen Morsezeichen, die aus dem Radio drangen. Er beschloss das Ding genauer zu untersuchen – und entdeckte auf der Rückseite einen Telefonhörer, der so klein war, dass er in die Hosentasche gepasst hätte.

Philip hielt sich den Hörer ans Ohr. Es knackte, dann ertönte auf einmal eine Stimme: »Hier ist Y2«, sagte sie. »Hier ist Y2.«

Philip blinzelte verblüfft. »Hallo?«, sagte er zaghaft. »Wer ist da?«

Einen Augenblick herrschte Stille, als wäre Y2, wer auch immer dahinter stecken mochte, überrascht. Dann drang es leise an Philips Ohr: »Wer spricht da?«

»Ich heiße Philip Mannering«, antwortete er. »Ich wollte zu Bill Smugs, aber er ist nicht da.«

»Zu wem?«, fragte die Stimme.

»Bill Smugs. Aber er ist nicht da«, wiederholte Philip. »Wer sind Sie? Soll ich Bill etwas ausrichten? Er kommt bestimmt bald wieder.«

»Wie lange ist er schon weg?«, fragte Y2.

»Keine Ahnung. Moment, ich höre gerade jemanden kommen. Das muss Bill sein.« Erleichtert legte Philip den Hörer beiseite. Das Pfeifen und die Schritte, die er draußen hörte, kamen ihm bekannt vor.

Es war tatsächlich Bill. Als er die Hütte betrat und im Schein seiner Taschenlampe Philip erblickte, blieb er wie angewurzelt stehen und brachte kein Wort heraus.

»Oh, Bill!«, rief Philip. »Bin ich froh, dass Sie kommen! Schnell, da will Sie jemand am Telefon sprechen. Ein Y2 oder so.«

»Hast du mit ihm geredet?«, fragte Bill verwundert. Ohne eine Antwort abzuwarten, nahm er den winzigen Hörer in die Hand. »Ist da Y2? Hier ist L4.«

Die Stimme am anderen Ende der Leitung fragte offenbar, wer Philip gewesen sei.

»Ein Junge aus der Gegend«, erklärte Bill Smugs. »Was gibt's Neues?«

Danach sagte er nur noch: »Ja. Sicher. Ich gebe dann Bescheid. Danke. Nein, noch nichts. Bis dann.«

Schließlich drehte er sich zu Philip um. »Jetzt hör mir mal gut zu«, sagte er. »Wie kommst du dazu, dich an meinen Sachen zu schaffen zu machen, wenn ich nicht da bin?«

So streng hatte Bills Stimme noch nie geklungen, und Philip schauderte. Was würde Bill erst sagen, wenn er erfuhr, dass sie sein Geheimnis kannten? Dann würde er erst recht böse sein, dass sie sich in seine Angelegenheiten einmischten.

»Tut mir Leid«, sagte Philip kleinlaut. »Ich wollte meine Nase nicht in Sachen reinstecken, die mich nichts angehen.«

»Wieso kommst du mitten in der Nacht hierher?«, wollte Bill wissen.

»Gehört der Bleistift Ihnen?«, entgegnete Philip und holte den Stift aus der Tasche – in der Hoffnung, dass Bill sich dann erinnerte, wo er ihn verloren hatte, und sich zusammenreimen konnte, dass sie ihm auf die Spur gekommen waren.

Bill starrte den gelben Bleistiftstummel an. »Ja, das ist meiner. Aber du bist doch nicht um die Uhrzeit hergekommen, um mir meinen Stift zurückzugeben, oder? Also was soll das alles?«

»Aber nicht schimpfen, okay?«, bat Philip. »Es ist nämlich so: Wir kennen Ihr Geheimnis. Wir wissen, was Sie hier machen. Wir wissen, warum Sie zur Toteninsel rüberfahren. Wir wissen alles.«

Bill hörte ihm mit aufgerissenen Augen zu, als könnte er seinen Ohren nicht trauen. Dann kniff er die Augen zu und presste die Lippen aufeinander, sodass er einen Moment lang richtig bedrohlich aussah.

»Du wirst mir auf der Stelle erklären, was genau du damit meinst«, sagte er heiser. »Was für ein Geheimnis? Was wisst ihr?«

»Also«, begann Philip verzweifelt, »wir wissen, dass Sie

und Ihre Freunde im alten Bergwerk nach Kupfer suchen. Und wir wissen, dass Sie Ihr Auto und Ihr Boot dazu brauchen, um Ihren Freunden Lebensmittel rüberzuschaffen und um das Kupfer hierher zu bringen. Sie waren doch unten im Bergwerk und haben Ihre Freunde besucht. Wir wissen, dass Sie uns nicht Ihren richtigen Namen gesagt haben. Aber wir werden Sie auf keinen Fall verraten, ehrlich, Bill! Ich hoffe, Sie finden tonnenweise Kupfer da unten!«

Während Philip sprach, kehrte das alte schelmische Glitzern in Bills Augen zurück und sein Gesichtsausdruck war wieder ganz der alte. »Soso, das alles wisst ihr also?«, sagte er. »Und was wisst ihr noch? Wie seid *ihr* eigentlich auf die Toteninsel gekommen? Doch hoffentlich nicht mit meinem Boot?«

»Nein, nein.« Philip war erleichtert, dass Bill wieder so freundlich wirkte wie sonst. »Wir haben uns Joes Boot ausgeliehen, als er in die Stadt gefahren ist. Und dann sind wir den Schacht runtergeklettert und haben da unten Ihren Bleistift gefunden. Aber Ihre Freunde da, Bill ... Besonders nett sind die nicht gerade. Sie haben uns eingesperrt. Das war echt furchtbar. Und als wir Ihren Namen fallen ließen und sagten, dass wir Freunde von Ihnen sind, haben sie behauptet, sie würden Sie nicht kennen, und wollten uns nicht freilassen.«

»Ihr habt ihnen erzählt, dass ihr Freunde von Bill Smugs seid?«, fragte Bill.

Philip nickte.

»Was waren das für Männer? Wie viele?« Bills Stimme hatte wieder einen scharfen Unterton bekommen.

»Zwei. Der eine hieß Jake und der andere Olly«, berichtete Philip und Bill schrieb sich alles auf.

»Wie sahen sie aus?«, fragte er weiter.

»Aber Sie müssen sie doch kennen«, sagte Philip erstaunt. »Also, viel konnten wir da unten sowieso nicht sehen. Entweder es war zu dunkel oder wir waren von einem hellen Licht geblendet. Ich weiß nur, dass Jake groß und dunkelhaarig ist und eine Augenklappe trägt. Aber ich verstehe nicht …«

»Habt ihr sonst noch jemanden gesehen – oder etwas?«, fragte Bill Smugs.

Philip schüttelte den Kopf. »Nein. Wir haben nur ein paar andere Bergleute arbeiten hören. So ein lautes Hämmern und Stampfen. Die müssen in einem Teil des Bergwerks wieder Kupfer entdeckt haben. Gibt's da unten wirklich noch so viel Kupfer? Genug, dass Sie davon reich werden?«

»Hör mal, ich weiß immer noch nicht, warum du mitten in der Nacht hergekommen bist. Also raus mit der Sprache.«

»Ich bin gekommen, um Ihnen zu sagen, dass Dina und Lucy und ich diesen Typen entkommen konnten, aber Jack … und Kiki … die sind immer noch auf der Insel. Wir mussten sie zurücklassen und machen uns jetzt Sorgen. Er hat sich da unten anscheinend verlaufen und findet nicht mehr raus. Womöglich erwischen Ihre Freunde ihn und tun ihm was, weil sie sauer sind, dass wir ihnen dazwischengefunkt haben.«

»Jack ist immer noch auf der Insel!«, rief Bill entsetzt aus. »Im Bergwerk! Mein Gott, das ist ja furchtbar! Wieso sagst du das nicht gleich?«

Ärgerlich und besorgt stapfte er zum Radio, drehte an ein paar Knöpfen und begann dann zu Philips Verwunderung kurze, scharfe Sätze in einer fremden Sprache hervorzustoßen.

Das ist ein Funkgerät!, dämmerte es Philip. Mit wem spricht er denn jetzt? Hat er vielleicht einen Chef, der die ganze Kupferbergwerk-Geschichte von oben steuert? Hier geht's wohl um einen Riesenbatzen Geld. Mann, hoffentlich haben wir ihnen nichts kaputtgemacht. Aber wie sollen wir das getan haben? Bill braucht ja nur zur Insel zu fahren und seinen Freunden zu sagen, dass sie Jack freilassen sollen, dann ist alles wieder in Butter. Er müsste doch wissen, dass er uns vertrauen kann und dass wir ihn nicht verraten.

Bill wirbelte zu ihm herum. »Wir müssen sofort zum Boot«, sagte er.

Sie knipsten ihre Taschenlampen an und hasteten zu der Stelle, an der Bill sein Boot versteckt hielt. Bill schob es zum Meer – und schrie plötzlich so laut auf, dass Philip einen Riesenschreck bekam.

»Wer hat das getan?«

Bill leuchtete ins Boot, und da sah Philip zu seiner Bestürzung, dass jemand große Löcher in den Rumpf gehackt hatte, durch die schon Wasser hereinschwappte.

Mit grimmigem Gesicht schob Bill das Boot zurück an den Strand. »Hast du etwas damit zu tun?«, fragte er den Jungen.

»Natürlich nicht«, antwortete Philip. »Wer kann das gemacht haben? Das ist ja schrecklich!«

»Tja, das Boot ist jedenfalls nicht zu gebrauchen«, sagte Bill. »Aber wir müssen zur Toteninsel. Also gut, dann nehmen wir Joes Boot. Los! Aber er darf es auf keinen Fall mitkriegen. Es wissen sowieso schon zu viele Leute zu viel für meinen Geschmack.«

Hastig stürmten sie über die Klippen. Philip war mittlerweile so müde, dass er kaum mit Bill Schritt halten konnte. Endlich erreichten sie Felseneck, stiegen den Klippenpfad hinunter und liefen zu der Stelle, an der Joes Boot immer festgemacht war.

Doch zu ihrem Entsetzen mussten sie feststellen, dass es nicht da war. Das Boot war verschwunden!

23. Kapitel

Noch ein Geheimgang

Nachdem Philip gegangen war, konnten Lucy und Dina es kaum aushalten vor Aufregung.

»Wir sollten vielleicht Onkel Jocelyn Bescheid sagen, dass Tante Polly sich nicht wohl fühlt und ins Bett gegangen ist«, sagte Dina.

Sie marschierten zum Arbeitszimmer und klopften an die Tür. Ein Brummen antwortete ihnen. Sie betraten das Zimmer und erzählten Onkel Jocelyn von der Tante, doch er nickte nur abwesend.

Da fiel Dina etwas ein. »Onkel Jocelyn«, begann sie, »hast du vielleicht noch mehr Karten von der Toteninsel? Oder Bücher darüber?«

»Nein«, antwortete er. »Aber warte mal, ich glaube, ich hab da ein Buch über dieses Haus, über Felseneck. Ihr wisst doch, dass hier bis vor zwei-, dreihundert Jahren üble Sachen passiert sind, oder? Wenn ich mich recht erinnere, soll es sogar einen Geheimgang gegeben haben, der vom Strand zum Haus führte.«

»Ja, den gibt's immer noch«, sagte Dina. »Wir kennen ihn.«

Da horchte der Onkel sofort auf und ließ sich in aller Ausführlichkeit von dem Geheimgang berichten. »Meine Güte«, sagte er schließlich. »Ich dachte, der wäre längst eingestürzt. Diese durch den Stein gehauenen Gänge scheinen wirklich eine Ewigkeit zu halten. Aber der Geheimgang, der unter dem Meer zur Toteninsel führt, der muss schon lange überflutet sein.«

Die Mädchen starrten den alten Mann verblüfft an. »Onkel Jocelyn«, sagte Dina, als sie endlich ihre Sprache wiedergefunden hatte, »es gibt einen zweiten Geheimgang? Von hier bis zur Insel? Aber die ist doch so weit weg!«

»Trotzdem, es hat einen gegeben. In dem Buch steht auch was darüber. Wo hab ich es hingetan?«

Die Mädchen traten ungeduldig von einem Bein auf das andere, bis der Onkel das Buch endlich gefunden hatte. Dina riss es ihm regelrecht aus der Hand.

»Danke«, sagte sie und rauschte mit Lucy aus dem Zimmer, noch bevor der Onkel ihr verbieten konnte, das Buch mitzunehmen.

Aufgeregt rannten die Mädchen ins Wohnzimmer. Ein zweiter Geheimgang! Und er führte direkt zur Toteninsel! Aber was, wenn Onkel Jocelyn sich nun geirrt hatte und es gar keinen Tunnel gab?

»Nein, ich glaube nicht, dass Onkel Jocelyn sich irrt«, sagte Dina. »Ich weiß, dass die ganze Küste hier von Höhlen und Stollen regelrecht durchlöchert ist. Die Gegend ist dafür bekannt. Der Geheimgang führt bestimmt zu dem Teil des Bergwerks, der unter dem Meer liegt, und der ist ja ziemlich groß.«

Sie schlugen das Buch auf. Aber sie konnten die Schrift kaum entziffern, weil die Buchstaben so merkwürdig altertümlich und zum Großteil völlig verblasst waren. Also blätterten sie weiter auf der Suche nach Abbildungen oder Karten.

Das Buch enthielt ganz offensichtlich die Geschichte von Felseneck, die mehrere hundert Jahre umfasste. Ursprünglich war es wohl als Burg erbaut worden, die durch das Meer und die Klippen von beiden Seiten geschützt war.

Im Laufe der Zeit war es immer mehr verfallen, bis nur noch die wenigen Zimmer erhalten waren, in denen die Familie heute wohnte.

»Schau mal«, Dina zeigte auf eine alte Karte, »so hat Felseneck früher mal ausgesehen. Ganz schön beeindruckend, was? Guck dir mal die Türme an – und diese Riesenfassade!«

Ein paar Seiten weiter stießen die Mädchen auf eine Zeichnung, die ihnen irgendwie bekannt vorkam. Lucy schrie auf. »Ich weiß, was das ist! Der Geheimgang vom Keller zum Strand.«

Tatsächlich, das war's. Aufgeregt blätterten die Mädchen weiter. Vielleicht gab es darin ja doch eine Zeichnung von dem zweiten Geheimgang!

Aber außer ein paar weiteren Zeichnungen und Karten, die so verblichen waren, dass man kaum etwas erkennen konnte, fanden sie nichts mehr.

Dina seufzte enttäuscht. »Wenn ich bloß diese komische alte Schrift entziffern könnte! Dann könnte ich vielleicht herausfinden, ob diese verblassten Karten den zweiten Geheimgang zeigen. Mann, wenn wir den finden könnten! Da würden die Jungs aber Augen machen, was?«

Das erinnerte Lucy an ihren Bruder, und ihr Blick verfinsterte sich. Wo steckte Jack? War Philip mit Bill Smugs schon unterwegs, um ihn zu retten? Würden sie Jack bald heil nach Hause bringen?

Wie auf Bestellung drang Philips Stimme plötzlich vom Flur zu ihnen ins Wohnzimmer. Lucy sprang glücklich auf. Ob Jack schon wieder da war? Das wäre dann aber sehr schnell gegangen. Voller Hoffnung rannte sie zur Tür und riss sie auf.

Aber auf dem Flur waren nur Bill und Philip zu sehen, von Jack keine Spur.

»Wo ist Jack?«, rief Lucy. »Habt ihr ihn gerettet?«

»Jemand hat Bills Boot kaputtgeschlagen«, erzählte Philip und betrat das Wohnzimmer. »Also wollten wir mit Joes Boot rüberfahren, aber das ist nicht da. Wahrscheinlich ist Joe mal wieder zum Nachtfischen rausgefahren. Und wir sitzen fest und haben keine Ahnung, was wir tun sollen.«

Die Mädchen schwiegen betreten. Kein Boot! Wie sollten sie Jack dann retten? Lucy stiegen die Tränen in die Augen, als sie daran dachte, wie Jack vermutlich durch die endlosen dunklen Gänge irrte, immer diese wütenden Männer auf den Fersen. Ein Glück, dass wenigstens Kiki bei ihm war.

Da fiel es Dina plötzlich wieder ein. »Onkel Jocelyn hat uns gerade erzählt, es gäbe vielleicht einen zweiten Geheimgang. Der soll bis direkt zur Toteninsel führen, unter dem Meer hindurch. Von dem ersten Geheimgang hatte er auch schon gehört, war aber überrascht, dass er nicht längst eingestürzt ist. Was meinst du, Philip, ob der zweite Gang dann auch noch in Ordnung ist? Vielleicht ist er ja doch noch nicht überflutet, wie Onkel Jocelyn meinte.«

Bill schaute das Mädchen voller Interesse an, dann nahm er das Buch in die Hand, das Dina ihm reichte. »Ist das ein Buch über Felseneck?«

Dina nickte. »Ja. Da ist eine Zeichnung von unserem Geheimgang drin, also von dem zum Strand. Dann muss doch auch was über den zweiten Gang drinstehen. Aber wir sind aus den alten Karten und der komischen Schrift nicht schlau geworden.«

»Ich glaube, da kann ich helfen.« Bill schlug das Buch auf und sah es konzentriert durch, bis er plötzlich auf einer Seite innehielt und dann immer wieder zwischen zwei alten Karten hin- und herblätterte.

»Wie tief ist euer Brunnen eigentlich?«, fragte er dann.

»Der Brunnen?«, echote Philip verwundert. »Ähm … seeehr tief. Ich würde sagen, bestimmt so tief wie der Schacht auf der Insel. Bis unterhalb des Meeresspiegels auf jeden Fall, aber das Wasser ist trotzdem reines Süßwasser.«

»Schaut mal her«, sagte Bill und deutete auf die Zeichnung von einem Schacht, der tief in die Erde hineinführte. »Der Geheimgang zur Toteninsel beginnt auf dem Boden eures Brunnens. Eigentlich logisch. Um zum unter Wasser liegenden Bergwerksteil zu kommen, muss man erst mal unter den Meeresspiegel gelangen. Und der Brunnen ist der einzige Weg, der so tief runterführt.«

Der Brunnen, klar! Wieso waren sie nicht schon früher darauf gekommen?

»Aber auf dem Boden des Brunnens ist Wasser«, wandte Philip ein. »Da kann man doch schlecht durchschwimmen.«

»Nein, schau mal«, sagte Bill und zeigte wieder auf die Zeichnung. »Der Eingang zum geheimen Stollen liegt oberhalb des Süßwasserpegels, siehst du? Da müssen wohl ein paar Stufen sein, die in eine Schachtöffnung gehauen wurden. Die führen dann zu dem Gang. Bestimmt war das mal ein natürlicher Riss im Gestein, wie es sie hier zuhauf gibt, und der wurde dann vor langer Zeit zu einem richtigen Gang ausgeweitet.«

»Jetzt kapier ich alles!«, stieß Philip aufgeregt hervor. »Wahrscheinlich hat jemand, als der Brunnen gebohrt wurde, den Riss entdeckt und festgestellt, dass man ihn prima zu einem Durchgang ausbauen kann. Bill, können wir gleich runtersteigen und alles erkunden?«

»Nein, doch nicht jetzt mitten in der Nacht«, sagte Bill. »Für heute reicht's mit den Abenteuern. Wir brauchen alle erst mal ein bisschen Schlaf.«

»Aber … aber was ist mit Jack?«, stammelte Lucy.

»Heute Nacht können wir nichts für ihn tun«, antwortete Bill bedauernd. »Wenn er gefangen wurde, sitzt er sowieso fest, und wenn nicht, können wir ihn morgen da rausholen. Aber wir steigen garantiert nicht mitten in der Nacht in einen Brunnen runter, das steht fest. Philip, ich schlafe heute bei dir im Turmzimmer.«

Das hörte Philip nur zu gern. Es wäre ihm nicht ganz geheuer gewesen, allein im Turm zu übernachten. Obwohl die Mädchen beteuerten, dass sie gar nicht müde wären, wurden sie ebenfalls ins Bett geschickt, bevor Bill und Philip die Wendeltreppe zum Turmzimmer hinaufstiegen.

Philip zeigte Bill noch das Fenster, von dem aus man manchmal die Toteninsel sehen konnte, dann setzte er sich auf die Matratze, um sich die Schuhe auszuziehen. Doch er war so erledigt, dass er es nicht einmal schaffte, die Schnürsenkel aufzuknüpfen. Stattdessen sank er auf das Kissen, schloss die Augen und war in einer halben Sekunde eingeschlafen. Bill Smugs breitete lächelnd eine Decke über ihm aus und setzte sich dann nachdenklich ans Fenster.

Am Morgen würde sich herausstellen, ob es wirklich noch einen unterirdischen Weg von Felseneck auf die Insel gab. Aber Bill glaubte nicht so recht an die Geschichte von dem zweiten Geheimgang. Sicher, der erste Geheimgang war auch noch begehbar, aber der war ja auch viel kürzer, und ob ein Stollen dem jahrhundertelangen Druck der Wassermassen standhalten konnte? Ein winzig kleiner Riss im Gestein genügte, dass der Gang innerhalb kurzer Zeit überflutet und damit unpassierbar wurde.

Nach einer Weile streckte auch Bill sich neben Philip aus und schlief ein.

Philip war es schließlich, der ihn dann weckte, indem er ihn kräftig an den Schultern rüttelte.

»Bill, aufwachen, es ist schon hell draußen! Wir müssen schnell frühstücken und dann nach dem Geheimgang suchen!«

Die Mädchen waren auch schon unten in der Küche und machten gerade Spiegeleier mit Speck.

»Wo ist Joe?«, fragte Philip überrascht.

»Noch nicht vom Fischen zurück«, antwortete Dina und hob ein Spiegelei auf einen Teller. »Das hier ist für Sie, Bill. Du kannst auch eins haben, wenn du willst, Philip. Ich bin heilfroh, dass Joe noch nicht wieder da ist, sonst würde er sich ganz schön wundern, was Bill hier macht. Das käme ihm bestimmt verdächtig vor.«

»Aber er kann jeden Augenblick zurückkommen«, sagte Lucy. »Wir beeilen uns besser. Ich möchte nicht erleben, dass er am Brunnen steht und uns beobachtet, während wir uns unten auf die Suche machen.«

Hastig schlangen sie ihr Frühstück hinunter. Dina hatte Tante Polly und Onkel Jocelyn auch etwas zu essen gebracht und konnte berichten, dass es Tante Polly schon ein bisschen besser ging und sie später herunterkommen wollte. Onkel Jocelyn war dagegen gar nicht erst ins Bett gegangen.

»Er hat wirklich die ganze Nacht durchgearbeitet«, sagte Dina. »So – sind jetzt alle fertig? Dann los. Abspülen können wir später immer noch.«

Sie liefen auf den kleinen Hinterhof hinaus, der direkt an das aufragende Kliff grenzte. Bill beugte sich über den Brunnenrand und starrte in die Tiefe.

»Müssen wir uns im Eimer abseilen?«, fragte Philip.

»Unmöglich, dafür ist er doch viel zu klein«, sagte Dina. »Da würde ja nicht mal Lucy reinpassen.«

»Wenn der Brunnen wirklich der einzige Zugang zum Geheimtunnel ist«, sagte Bill und holte seine große Taschenlampe heraus, »dann müsste es auch eine Leiter geben. Ich kann mir nicht vorstellen, dass die Leute ständig im Eimer rauf- und runtergekommen sind.«

»Aber es gibt hier keine Leiter«, wandte Philip ein. »Sonst hätte ich sie doch längst gesehen.«

Bill ließ den Strahl seiner Taschenlampe langsam über die Wände des Brunnens wandern. »Stimmt«, sagte er. »Eine Leiter gibt's nicht, aber seht ihr die Eisenbügel, die aus der Wand ragen? Die kann man wie eine Leiter benutzen. Man hält sich mit den Händen fest und tastet mit den Füßen immer nach der nächsten Sprosse.«

»Ja!«, rief Philip. »Das ist die Lösung. So können wir Jack retten. Los, Bill, gehen wir runter, wir dürfen keine Zeit mehr verlieren.«

»Also gut«, sagte Bill. »Ich geh als Erster, du kommst dann gleich hinterher, Philip. Dina, du und Lucy, ihr bleibt hier und passt wegen Joe auf.«

24. Kapitel

Abenteuer unter dem Meer

Aber selbst Bill konnte den ersten Eisenbügel nicht erreichen, und so musste Philip ein Seil holen, das sie an einem Metallpfosten in der Nähe des Brunnens festbanden. Bill umklammerte das Seil und ließ sich so weit in den Schacht hinabgleiten, dass er mit dem Fuß die erste Sprosse ertasten konnte.

»So, jetzt geht's«, sagte er. »Lass mich erst ein paar Meter weiter runtergehen, dann kannst du nachkommen, Philip. Und pass bitte auf, dass du nicht ausrutschst.«

Die Mädchen wären auch gern mitgegangen, vor allem Lucy, die alles getan hätte, um ihrem Bruder zu helfen.

Besorgt sahen die Mädchen zu, wie Bill und Philip in der Finsternis des Brunnenschachtes verschwanden.

»Na komm«, sagte Dina schließlich zu ihrer Freundin, »wir gucken mal nach Tante Polly. Merkwürdig, dass Joe immer noch nicht da ist.«

Doch während sie zum Haus zurücktrotteten, waren sie in Gedanken immer noch bei Bill und Philip.

Die beiden kamen langsam, aber sicher voran, denn die Eisenbügel steckten fest in der steinernen Brunnenwand. Auf Dauer war der Abstieg aber schon sehr anstrengend. Zum Glück gab es von Zeit zu Zeit kleine Nischen, in denen sie sich ausruhen konnten. Als Bill die erste erreichte, brauchte er ein paar Augenblicke um zu erkennen, wozu sie gut war. Es war eine in den Stein gehauene Öffnung, die gerade groß genug war, dass man sich hineinkauern und kurz rasten konnte. Nach ein paar Minuten begann er wieder hinunterzusteigen, während sich nun Philip in der Nische ausruhte. Langsam tastete sich Bill eine Sprosse nach der anderen in die Tiefe vor.

Der Abstieg kam ihnen vor wie eine Ewigkeit. In der Tat brauchten die beiden fast eine Stunde. Sie nutzten jede Ruhenische, waren aber ziemlich erschöpft, als im Strahl aus Bills Taschenlampe, die er sich unter den Gürtel geklemmt hatte, unter ihnen plötzlich der dunkle Wasserspiegel sichtbar wurde. Sie waren unten!

»Wir haben es geschafft!«, rief Bill zu Philip hoch. »Ich schau mich mal nach dem Eingang um.«

Er hatte ihn schnell entdeckt – ein rundes Loch klaffte seitlich in der Brunnenwand. Bill schlüpfte in den glitschigen, muffigen Tunnel. Komisch, dass es hier unten immer noch genug Sauerstoff gibt, dachte er. Der Luftzug, den man auf dem ganzen Weg nach unten spürt, muss von einem Lüftungssystem stammen.

Er wartete darauf, dass auch Philip den Gang betrat, dann machten sie sich zusammen auf den Weg über die wohl ungewöhnlichste Straße der Welt, tief unterhalb des Meeres. Zunächst war der Tunnel ganz schmal und führte über ein paar Stufen leicht nach oben, und die beiden mussten sich ducken um voranzukommen. Doch nach einer Weile wurde der Gang breiter und höher.

Dann führte der Tunnel plötzlich wieder nach unten. An den steilsten Stellen waren zwar grobe Stufen ins Gestein gehauen worden, damit man nicht abrutschte, aber die waren so glitschig, dass selbst eine Bergziege sie hinuntergeschlittert wäre. Nach ein paar Schritten setzte sich Bill unsanft auf den Hosenboden – und Philip folgte ihm einen Augenblick später.

»He, nimm den Fuß von meinem Hals«, brummte Bill und versuchte sich wieder aufzurappeln.

Sie setzten ihren Weg fort. Bald darauf führte der Gang nicht mehr nach unten, sondern war ganz eben. Überall um sie herum war nur der kahle Stein zu sehen – keine Erde, kein Sand, kein Kalk, nur blanker Fels, in dem hier und da ein Quarzpünktchen schwach glimmte.

Ein paarmal wurde der Tunnel so eng, dass sie Mühe hatten, weiterzukommen. »Ein Glück, dass wir nicht zu dick sind«, keuchte Philip und quetschte sich hindurch. »Bill, meinen Sie, dass der Fels mit der Zeit durch sein eigenes Gewicht immer weiter zusammengedrückt wurde, oder war der Tunnel schon immer so eng?«

»Ich glaube, er war schon immer so«, antwortete Bill. »Das wird einfach ein natürlicher Riss im Gestein unterhalb des Meeres sein. Ein erstaunliches Naturphänomen, aber in anderen Teilen der Welt gibt's so was auch. Hier in der Gegend gibt es allerdings besonders viele solcher Risse.«

Es war ziemlich heiß im Gang. An manchen Stellen war die Luft ganz schlecht, als gäbe es unter der Erde richtige luftleere Löcher, und Philip fiel das Atmen schwer. Aber er gab nicht auf.

Zwei-, dreimal mussten sie sich eine Weile ausruhen, denn der Weg war schrecklich anstrengend. Manchmal führte der Tunnel ein gutes Stück geradeaus, dann wieder spielte er verrückt und bog ein paarmal im rechten Winkel ab, nur um gleich wieder schnurgerade weiterzugehen.

Wie lange die Batterie in meiner Taschenlampe wohl mitmacht?, fragte sich Philip besorgt. Was, wenn Bills Lampe auch plötzlich ausgeht und wir in dieser völligen Finsternis festsitzen?

»Mach dir keine Sorgen«, beruhigte Bill ihn.

»Was meinen Sie, wie weit wir schon sind?«, fragte Philip. »Bei der Hälfte vielleicht?«

»Kann man schlecht sagen«, antwortete Bill. »Aber hallo, was ist denn das?«

Er lenkte den Strahl seiner Lampe nach vorne, wo sich ein Steinhaufen türmte. »Sieht so aus, als wäre da einiges von der Decke runtergekommen«, sagte Bill. »Tja, das war's dann wohl. Ohne Werkzeug kriegen wir das Zeug nie weg um zu sehen, ob der Tunnel dahinter weitergeht.«

Aber zu ihrer großen Erleichterung war der Steinhaufen doch nicht so groß wie zunächst angenommen, und mit vereinten Kräften gelang es ihnen, den größten Brocken beiseite zu räumen, sodass sie ihren Weg fortsetzen konnten.

Eine Weile gingen sie schweigend weiter, dann sagte Philip plötzlich: »He, die Farbe des Gesteins verändert sich. Sehen Sie, der Fels ist nicht mehr schwarz, sondern grünlich. Heißt das, wir nähern uns langsam dem Bergwerk?«

»Ja, vermutlich«, antwortete Bill. »Na, das baut mich jetzt wieder auf. Ich weiß ja nicht genau, wie lange wir schon unterwegs sind – mir kommt es jedenfalls vor wie eine Ewigkeit –, aber es wird höchste Zeit, dass wir zur Insel kommen.«

»Ein Glück, dass wir vorher gefrühstückt haben«, sagte Philip. »Aber so langsam kriege ich trotzdem wieder Hunger. Ich wünschte, wir hätten uns etwas zu essen mitgenommen.«

»Ich hab jede Menge Schokolade dabei«, sagte Bill. »Willst du gleich ein Stück? Hoffentlich ist sie nicht geschmolzen. Bei den Temperaturen hier würde mich das nicht wundern.«

Aber die Schokolade war nicht geschmolzen, sondern nur ein bisschen aufgeweicht. Es war Zartbitterschokolade, aber Philip war so hungrig, dass er sie trotzdem ganz köstlich fand. Gestärkt machten sich die beiden wieder auf den Weg durch den schlüpfrigen, von kupferfarbenen Adern durchzogenen Steintunnel.

»Sag mal, hast du zufällig die Karte dabei?«, fragte Bill. »Ich hab ganz vergessen, dir zu sagen, dass du sie mitnehmen sollst. Wir werden sie bestimmt bald brauchen.«

»Na klar, ich hab sie in der Tasche«, antwortete Philip. »Schauen Sie mal, der Gang wird ja plötzlich so breit!«

Tatsächlich – der Tunnel mündete auf einmal in einen großen Raum.

»So, wir sind da. Endlich«, flüsterte Bill. »Denk daran: Von jetzt an müssen wir ganz leise sein. Wir müssen Jack finden, und zwar möglichst, ohne dass es jemand merkt.«

Philip runzelte verwundert die Stirn. »Aber wieso können Sie denn nicht einfach dahin gehen, wo Ihre Freunde arbeiten, und sie fragen, wo Sprossel ist? Ich verstehe nicht, was diese ganze Heimlichtuerei soll.«

»Ich hab da so meine Gründe«, antwortete Bill. »Vertrau mir. So, und jetzt gib mir bitte mal die Karte.«

Philip holte die Karte aus der Tasche. Bill breitete sie auf einem großen flachen Felsbrocken aus, richtete das Licht seiner Taschenlampe darauf und beugte sich konzentriert darüber.

»Hier«, sagte er. »Da sind wir, genau am Ende der Bergbauarbeiten. Ich glaube, hier ist der Anfang des Unterseebereichs, aber ich bin mir nicht ganz sicher. Zeig mir doch mal, durch welchen Tunnel ihr vom Schacht bis hierher gegangen seid.«

»Also«, begann Philip. »Hier ist der Schacht, den wir runtergeklettert sind. Das ist der Haupttunnel, an den wir uns gehalten haben, und das ist die Höhle mit dem hellen Licht. Ich glaube, ungefähr hier haben wir das Hämmern und Stampfen gehört.«

»Sehr gut«, murmelte Bill zufrieden. »Jetzt hab ich eine ziemlich genaue Vorstellung davon, wo wir langgehen müssen, um zu diesem Hauptstollen zu gelangen. Unterwegs halten wir nach Jack Ausschau. Vielleicht können wir ihn irgendwo sehen – oder hören. Na los, aber ... pscht, ja?«

Vorsichtig gingen sie weiter zum Hauptgang, von dem mehrere kleinere Seitenstollen abzweigten. Bill deckte mit der Hand seine Taschenlampe ab, sodass nur wenig Licht hindurchsickerte. Noch waren sie nicht bei der Höhle angekommen, wo die Kinder das helle Licht gesehen und das Hämmern gehört hatten, aber weit konnte es nicht mehr sein, das wussten sie beide.

»Pst!«, zischte Bill plötzlich und blieb so abrupt stehen, dass Philip von hinten gegen ihn prallte. »Ich hab was gehört. Klang wie Schritte.«

Atemlos lauschten die beiden. Merkwürdiges Gefühl, so im Dunkeln zu stehen, über dem Kopf das dumpfe Rauschen der Wassermassen, die sich über dem steinigen Meeresboden hin- und herwälzten.

Auf einmal meinte Philip auch etwas gehört zu haben – ein Fuß, der einen Kieselstein losgetreten hatte?

Dann wieder völliges Schweigen. Also gingen Bill und Philip lautlos weiter, doch schon nach wenigen Schritten drang wieder ein Geräusch an ihre Ohren, und diesmal klang es viel näher. Bill war sich sogar sicher, dass er jemanden atmen gehört hatte. Er hielt selbst die Luft an und lauschte angestrengt.

Aber vielleicht hielt der Mensch, der sich in der Nähe versteckte, auch die Luft an, denn nun war nicht einmal mehr der leiseste Hauch eines Geräusches zu hören. Seltsam, dachte Bill. Dann ging er weiter, Philip auf den Fersen.

Bei dem ersten merkwürdigen Laut hatten Bill und Philip ihre Taschenlampen ausgeschaltet. Und so bogen sie in völliger Dunkelheit um die nächste Ecke. Bill tastete sich an der Wand entlang – und spürte plötzlich eine fremde Hand! Jemand kam ihnen von vorn entgegen! Schreie wurden ausgestoßen, dann spürte Philip plötzlich, wie Bill vor ihm mit jemandem heftig zu ringen begann.

25. Kapitel

Ein ungewöhnlicher Fund

Und was war in der Zwischenzeit mit Jack und Kiki passiert?

Jack hatte keine Ahnung, dass die anderen entkommen waren – um genau zu sein, hatte er auch keine Ahnung, dass sie überhaupt gefangen genommen worden waren.

Immer noch irrte Jack ratlos umher, während Kiki sich ängstlich in seine Schulter krallte. Er lief durch unzählige Tunnel und geriet immer tiefer in Bereiche des Bergwerks, die seit langer Zeit kein Mensch mehr betreten hatte. Jack hatte Angst, dass seine Taschenlampe den Geist aufgeben könnte. Er hatte Angst, dass ihm die Felsdecke auf den Kopf fallen könnte. Er hatte vor einer Menge Sachen Angst.

Vielleicht komme ich hier nie wieder raus, dachte er. Ich hab keine Ahnung, wo ich mich befinde.

Auf einmal tat sich über seinem Kopf eine große Öffnung in der Decke auf. Das muss ein anderer Schacht sein, dachte er und sein Herz begann vor Aufregung zu hämmern. Klar, auf der Insel gibt's ja jede Menge davon. Gott sei Dank, jetzt kann ich endlich wieder an die frische Luft raufklettern.

Aber zu seiner großen Enttäuschung konnte er weder eine Leiter noch ein Seil noch sonst irgendeine Möglichkeit entdecken, wie er hätte hinaufgelangen können.

Es war einfach schrecklich, zu wissen, dass nur ein kleines Stück über einem die Sonne schien, man aber keine Chance hatte, dieses kleine Stück zu überwinden.

Tränen stiegen Jack in die Augen. Ich darf jetzt nicht weinen, schalt er sich selbst. Das bringt nichts.

Kiki schaute ihn an, den Kopf zur Seite geneigt. »Setz den Wasserkessel auf«, krächzte sie mitfühlend.

Das munterte Jack auf. »Na, du bist mir vielleicht eine«, sagte er lachend. »Okay, wo gehen wir jetzt hin? Womöglich sind wir die ganze Zeit im Kreis herumgerannt, ohne es zu ahnen. Aber nein, Moment mal, wenn da ein Schacht ist ... Die Schächte sind doch alle auf der Insel, wir müssen also den Bereich unter dem Meer verlassen haben. Wenn ich mich recht erinnere, sind alle Schächte durch einen mehr oder weniger geraden Tunnel verbunden. Am besten gehe ich mal hier lang, vielleicht komme ich ja irgendwie zum Hauptschacht und kann da hoch.«

Mit neu erwachten Kräften kämpfte er sich weiter, kam aber kurz darauf an eine Stelle, wo ihm der Weg durch herabgestürzte Steintrümmer versperrt war. Also musste er umkehren und einen zweiten Gang probieren. Doch auch diesmal stieß er wenige Minuten später auf ein unüberwindbares Hindernis. Das war ja zum Verzweifeln!

Kiki war vom langen Herumirren durch das dunkle Labyrinth völlig erschöpft und gähnte lautstark.

»Halt dir die Hand vor den Mund«, schimpfte sie selbst mit sich. »Wie oft hab ich dir schon gesagt, dass du die Tür zumachen sollst? Lang lebe die Königin von England!«

»Jetzt hast du mich mit deinem Gähnen angesteckt«, sagte Jack und setzte sich auf den Boden. »Wie wär's mit einer kleinen Pause, Kiki? Ich bin vollkommen erledigt.«

Er lehnte sich mit dem Rücken gegen die Felswand und schloss die Augen. Keine drei Sekunden später fiel er in einen leichten Schlaf, der fast zwei Stunden dauerte. Als er wieder aufwachte, wusste er im ersten Moment nicht, wo er war, und als es ihm einfiel, rappelte er sich hastig auf, Kiki immer noch auf der Schulter.

Keine Panik, redete er sich selbst gut zu. Ich muss einfach weitergehen. Früher oder später komme ich bestimmt irgendwo raus.

Die Männer, die in diesem Augenblick hinter Philip und den Mädchen her waren, hörte Jack im Gegensatz zu Kiki überhaupt nicht. Die Papageiendame stieß ein schrilles Kreischen hervor, während Jack nichts ahnend in einen s-förmigen Gang einbog. Er hatte keine Ahnung, wie nah der größte Schacht war. Doch kurz darauf erreichte er den Hauptstollen und blieb wie angewurzelt stehen.

Ja, das muss der Hauptstollen sein!, dachte er. Wenn ich bloß eine bessere Taschenlampe hätte! Hoffentlich geht die mir nicht aus. Es kommt mir vor, als hätte sie schon mal kräftiger geleuchtet.

Er betrat den Hauptgang und stieß schon nach wenigen Metern auf ein paar grob in den Stein gehauene Stufen, die nach oben führten. Vorsichtig stieg er hinauf und kam zu einem neuen Tunnel, der zu einer anderen Anlage des Bergwerks zu führen schien. Plötzlich stolperte Jack und prallte gegen die Wand. Ein Stein löste sich von oben und polterte zu Boden. Jack richtete den Lichtstrahl hinauf – hoffentlich krachte jetzt nicht die Decke auf ihn runter!

Aber er konnte keinen Riss in der Decke sehen. Stattdessen streifte der Strahl seiner Taschenlampe etwas, das kupferrot schimmerte – eine Art großer, unförmiger Stein. Doch im nächsten Augenblick erkannte er schon, was es war: kein Stein, sondern ein riesiges Kupfernugget!

Mit zitternden Händen hob er das Nugget vorsichtig von der natürlichen Steinnische herunter, die durch einen kleinen Riss im Fels entstanden war. Hatte jemand den Kupferklumpen vor langer Zeit hier versteckt? Oder hatte ihn einer von den Männern hier abgelegt, die derzeit im Bergwerk arbeiteten? Oder lag er schon seit Urzeiten hier, ein echtes Nugget aus den Tiefen der Erde? Jack schüttelte unsicher den Kopf.

Der Klumpen war schwer, aber er konnte ihn tragen. Ein Kupfernugget! Immer wieder murmelte Jack das Wort vor sich hin. Das war ja fast so gut, als hätte er einen Riesenalk entdeckt – na ja, nicht ganz, aber fast. Die anderen würden vielleicht Augen machen!

Den Kupferklumpen in den Händen, stapfte er zurück zum Hauptstollen. Da er wegen des schweren Nuggets die Taschenlampe nicht auch noch halten konnte, musste er sie unter seinen Gürtel klemmen, wodurch das Vorwärtskommen noch schwerer wurde, weil der Lichtstrahl jetzt nach unten statt nach vorne gerichtet war.

In der Ferne hörte er plötzlich ein Geräusch, das wie Hämmern klang. Vermutlich näherte er sich der Stelle, wo gearbeitet wurde. Vielleicht sind Philip und die Mädchen dann auch nicht mehr weit, dachte Jack hoffnungsvoll.

Langsam schlich er weiter. Als er um eine Ecke bog, stand er auf einmal wieder vor der grell erleuchteten Höhle. Beim letzten Mal war sie menschenleer gewesen, aber diesmal sah er mehrere Männer, die sich an den Kisten in der Höhle zu schaffen machten. Neugierig spähte Jack um die Ecke.

Dann bin ich jetzt in demselben Gang wie damals, als Kiki weggeflogen ist und ich hinter ihr hergerannt bin, dachte er. Ich würde ja zu gern wissen, wo die anderen sind. Wenn ich mich hier hinter diesem Felsen verstecke, kann mich bestimmt keiner sehen.

Kiki sagte keinen Ton. Nach so langer Zeit in der Dunkelheit hatte sie Angst vor dem gleißend hellen Licht.

Die Kisten und Schachteln in der Höhle enthielten Konserven, Fleisch- und Obstkonserven. Bei ihrem Anblick lief Jack, der seit Ewigkeiten nichts mehr gegessen hatte, das Wasser im Mund zusammen. Die Männer machten ein paar Dosen auf, schütteten den Inhalt auf mehrere Blechteller und begannen zu essen. Dabei unterhielten sie sich so leise, dass Jack kein Wort verstehen konnte. Er hatte solchen Hunger, dass er am liebsten rausgerannt wäre und die Männer um einen Happen angefleht hätte.

Aber besonders sympathisch sahen die Männer nicht gerade aus. Außer lockeren Hosen, die am Bauch von einem Gürtel zusammengehalten wurden, trugen sie keine Kleidung. Es war so heiß in der Höhle, dass Jack am liebsten auch seinen Pullover ausgezogen hätte, doch bei dem Gedanken an Kikis Krallen auf seiner nackten Schulter überlegte er es sich dann doch anders.

Schließlich beendeten die Männer ihre Mahlzeit und verschwanden durch einen Tunnel am anderen Ende der Höhle. Wenige Augenblicke später setzte das Hämmern wieder ein.

Vorsichtig kroch Jack in die hell erleuchtete Höhle. Das Licht kam von drei großen Lampen, die von der Decke baumelten. Jack guckte in die offenen Konservendosen. In einer war noch ein Häppchen Fleisch übrig, in einer anderen ein paar Ananasstückchen. Hastig schob er sich alles in den Mund. Noch nie im Leben hatte ihm etwas so gut geschmeckt.

Ich muss zu dem Tunnel, in den die Männer gegangen sind, beschloss er. Es würde aufregend werden, sich anzuschauen, wie in einer Kupfermine gearbeitet wurde. Ob sie wohl Spitzhacken benutzten? Oder Sprengstoff? Womit machten sie diesen Krach? Es klang, als liefen da riesige Maschinen.

Langsam schlich Jack in den Tunnel. Zu seiner Überraschung tat sich vor ihm wieder eine Höhle auf, und was er da erblickte, ließ ihn erschrocken zusammenzucken. Etwa ein Dutzend Männer machte sich an mehreren Geräten zu schaffen, die klapperten und schepperten und stampften und einen Höllenlärm erzeugten, der von den Höhlenwänden widerhallte.

Was sind das denn für Dinger?, wunderte sich Jack. Und wie haben sie die bloß hier runtergebracht? Ah, wahrscheinlich in Teilen, und die haben sie hier unten zusammengebaut. Mann, ist das ein Krach!

Fasziniert starrte er zu ihnen hin. Waren das Maschinen zur Gewinnung von Kupfer? Jack erinnerte sich, einmal gelesen zu haben, dass man manche Metalle nur gewinnen konnte, wenn man sie aus dem Gestein herausschmolz. Dann ist die Sache klar, dachte er: Das Kupfer kommt hier in Adern vor. Mein Nugget scheint eine Ausnahme zu sein.

Einer der Männer wischte sich über die Stirn und kam langsam auf Jacks Versteck zu. Der Junge stürzte davon, kauerte sich in eine Nische und wartete, bis der Mann an ihm vorbeigegangen war. Wenige Augenblicke später kam der Mann wieder zurück, in der Hand einen Krug mit Wasser. Jack hielt den Atem an und lehnte sich erschöpft gegen die Mauer.

Aber plötzlich gab das, was er für die Wand gehalten hatte, hinter ihm nach und er taumelte. Es war eine dicke hölzerne Tür, die zu einem steinernen Verlies führte – ganz ähnlich der Zelle, in der die anderen eingesperrt worden waren.

Als er Schritte hörte, betrat Jack eilig den Raum und machte die Tür hinter sich zu. Die Schritte tappten vorbei und entfernten sich wieder. Jack knipste seine Taschenlampe an und sah sich in der kleinen Steinhöhle um.

Da waren Unmengen von druckfrischen Papierstückchen, alle von der gleichen Farbe und Größe, alle zu dicken Bündeln zusammengeschnürt. Jack sah genauer hin – und erstarrte.

Das war Geld! Bündelweise Fünf- und Zehn- und Hundert-Pfund-Noten, alle fein säuberlich übereinander gestapelt. Ein richtiges Vermögen, das einen über Nacht zum Millionär machen konnte.

Ich glaub, ich träume, dachte Jack und rieb sich die Augen. Das gibt's doch nicht! Wahrscheinlich wache ich gleich auf und lache über den merkwürdigen Traum. Kann doch nicht sein, dass ich einen unterirdischen Schatz entdeckt habe! Puh, ich sollte jetzt wirklich lieber aufwachen.

26. Kapitel

Schlechte Zeiten – und eine überraschende Begegnung

Aber Jack wachte nicht auf – und zwar aus dem einfachen Grund, weil das Ganze überhaupt kein Traum war.

Er war hellwach und die riesigen Geldstapel vor seiner Nase waren Wirklichkeit. Wie kam der Schatz hier in diese Höhle? Wem gehörte das Geld? Warum hatte der Besitzer es nicht auf die Bank gebracht wie jeder normale Mensch?

Vielleicht finden die Männer hier Unmengen von Kupfer, verkaufen es heimlich und lagern das Geld dafür in dieser Höhle, überlegte Jack. Er war so in den Anblick des Vermögens vertieft, dass er gar nicht hörte, wie jemand an die Tür kam.

Der Mann, der die Tür aufriss und die Höhle betrat, erschrak aber noch mehr als Jack selbst. Einen Augenblick starrte er den Jungen an. Dann gab er sich einen Ruck, packte Jack und schleifte ihn aus der Höhle und in den Raum, wo die schweren Maschinen arbeiteten.

»Alle mal herhören!«, brüllte der Mann. »Schaut mal, wen ich im Lagerraum erwischt hab!«

Die Maschinen wurden auf der Stelle abgeschaltet. Die Männer versammelten sich um Jack und den Kerl, der ihn geschnappt hatte. Dann trat einer vor. Es war Jake.

Er funkelte Jack mit dem einen Auge finster an, und die Augenklappe, die sein anderes Auge bedeckte, ließ ihn nur noch angsteinflößender erscheinen.

»Wo sind die anderen?«, donnerte Jake. »Raus mit der Sprache! Wer ist noch bei dir? Was hast du hier unten zu suchen? Was weißt du alles?«

Jack hielt sein Kupfernugget umklammert, sah sich nach Kiki um, die eingeschüchtert zur Höhlendecke hinaufgeflattert war, und versuchte nachzudenken, was er am besten antworten sollte. Er hatte Angst, dass die Männer ihm den Kupferklumpen sofort wegnehmen würden, aber zu seiner Überraschung beachteten sie seinen Fund überhaupt nicht.

»Ich weiß nicht, wo die anderen sind«, brachte Jack schließlich heraus. »Wir sind gemeinsam auf die Insel gekommen, zwei Mädchen und zwei Jungs, aber ich hab die anderen aus den Augen verloren.«

»Wer war noch dabei?«, bohrte Jake. »Ihr seid doch nicht ohne Erwachsene hierher gekommen.«

»Doch, sind wir«, beharrte Jack. »Wem gehört eigentlich das ganze Geld in der Höhle?«

Die um ihn versammelten Männer gaben dunkle, bedrohliche Laute von sich, und Jack sah unbehaglich in die Runde. Jake starrte seine Kumpel durchdringend an.

»Hier ist was faul«, sagte er und die anderen nickten. Er wandte sich wieder an Jack. »Jetzt hör mal gut zu«, zischte er. »Du weißt doch viel mehr, als du uns gesagt hast. Du hast was von den anderen aufgeschnappt, stimmt's? Also rück gefälligst raus damit, sonst siehst du womöglich nie wieder das Licht der Sonne. Kapiert?«

O ja, Jack hatte alles kapiert. Er begann zu zittern. Kiki stieß einen Schrei aus, der die Männer zusammenzucken ließ.

»Ich hab keine Ahnung, wovon Sie reden«, sagte Jack verzweifelt. »Wir wissen nur, dass jemand die Kupfermine wieder in Betrieb genommen hat und dass Bill Smugs mit seinem Boot Lebensmittel auf die Insel bringt. Ehrlich, mehr weiß ich nicht.«

»Bill Smugs«, wiederholte Jake. »Von dem haben die anderen Kinder auch gesprochen. Wer ist dieser Bill Smugs?«

Jack sah ihn verdutzt an. »Ist das etwa nicht sein richtiger Name?«, fragte er.

»Was ist sein richtiger Name?«, polterte Jake so bedrohlich, dass Jack erschrocken sein Nugget fallen ließ. Er dachte, der Mann würde ihn schlagen. Der Kupferklumpen fiel Jake auf den Stiefel. Der Mann bückte sich und hob den Stein auf.

»Was schleppst du da für einen Stein mit dir rum?«, fragte er neugierig. »Seid ihr völlig übergeschnappt? Ein Papagei, ein schwerer Stein, Bill Smugs, die Kupfermine … Was soll der ganze Blödsinn?«

»Ich glaube, der Kleine weiß doch mehr, als er sagen will«, mischte sich Olly ein und stellte sich neben Jake. »Wie wär's, wenn wir ihn ein, zwei Tage ohne Wasser und Essen irgendwo einsperren? Das bringt ihn sicher zum Reden. Oder vielleicht wirkt eine anständige Tracht Prügel Wunder …«

Jack wurde blass, wollte sich aber nicht anmerken lassen, dass er Angst hatte. »Ich weiß nicht mehr, als ich Ihnen schon gesagt hab«, versicherte er. »Was *könnte* ich denn überhaupt wissen? Was ist das Geheimnis?«

»Bring ihn weg«, entschied Jake barsch. »Er wird schon reden, wenn er halb am Verhungern ist.«

Olly packte den Jungen, schubste ihn gnadenlos aus der Höhle hinaus und führte ihn zu derselben Zelle, in der die anderen drei Kinder auch schon eingesperrt gewesen waren. Als er Jack hineinstieß, stürzte Kiki sich auf ihn und hackte mit ihrem gebogenen Schnabel auf sein Gesicht ein. Olly riss schützend die Hände hoch, sodass die Taschenlampe herunterfiel und ausging. Jack packte die Gelegenheit beim Schopf.

Blitzschnell und lautlos schlich er sich aus der Kammer und kauerte sich draußen im Gang nieder. Kiki, die nicht sehen konnte, wo er war, flatterte in die finstere Zelle und hockte sich dort auf den Tisch.

»Oje, oje, schade, schade, jammerschade«, krächzte sie laut. Wumm!, krachte die Zellentür ins Schloss. Olly, der meinte, Jacks Stimme gehört zu haben, und der auch gar keine Ahnung hatte, dass Kiki sprechen konnte, hatte die Papageiendame eingesperrt.

Hastig drehte er den Schlüssel im Schloss.

Als Olly sich gerade wegdrehte, kam Jake angeschossen. »Hast du ihn eingeschlossen?«, fragte er und richtete den Strahl seiner Lampe auf die Zellentür.

»Ja«, antwortete Olly. »Jetzt hockt er dadrin und brabbelt irgendeinen Unsinn vor sich hin. Ich glaube, der ist verrückt geworden. Hör doch mal.«

Die beiden Männer lauschten. Deutlich drang Kikis Geschrei durch die Holztür nach draußen. »Schade, schade, jammerschade!«

»Der kann sich aber schön selber bemitleiden, was?«, sagte Jake und stieß ein Lachen hervor, dass Jacks Herz vor Entsetzen einen Sprung machte. »Bald wird er noch viel mehr Grund haben, sich Leid zu tun.«

Damit stapften die beiden Männer davon und bald darauf war wieder das Stampfen und Hämmern der Maschinen zu hören. Jack stand vorsichtig auf. Kiki hatte ihn vor einer scheußlichen Tortur gerettet – die gute Kiki! Jack ging zur Tür, um den Vogel herauszuholen. Doch der Schlüssel war weg. Einer der Männer musste ihn mitgenommen haben. Also war Kiki gefangen und würde in der Zelle ausharren müssen, bis jemand sie befreien konnte.

Aber wenigstens war Jack selbst frei. Irgendwas ist an diesem ganzen Unternehmen hier faul, dachte er. Mit dem Geld stimmt was nicht und mit den komischen Maschinen auch nicht. Diese finsteren Typen können doch unmöglich Bills Freunde sein. Da waren wir wohl auf der falschen Fährte.

Vorsichtig schlich er den Gang entlang – im Dunkeln, da er es nicht wagte, seine Taschenlampe anzuknipsen. Wenn er bloß den Hauptschacht finden und rausklettern könnte! Vielleicht waren die anderen ja schon draußen und warteten auf ihn? Oder waren sie zurückgefahren und hatten ihn allein gelassen? Welche Tageszeit war es überhaupt?

Jack taumelte durch einen Tunnel nach dem anderen. Jetzt, wo Kiki nicht mehr bei ihm war, fühlte er sich furchtbar einsam und verlassen. Er wollte endlich wieder mit einem netten Menschen sprechen. Er wollte seine Freunde wiedersehen.

Nach einer Weile war er so erschöpft, dass er einfach nicht mehr weitergehen konnte. Verzweifelt rollte er sich in einer kleinen Felsnische zusammen, machte die Augen zu und fiel in einen unruhigen Schlaf. Kiki, die ihr Herrchen genauso vermisste wie er sie, war in ihrem Gefängnis schließlich auch eingeschlafen, nachdem sie all ihre Wut und Angst in die Welt hinausgekrächzt hatte.

Als Jack nach mehreren Stunden wieder aufwachte, waren seine Beine von dem unbequemen Liegen ganz steif. Wie immer griff er sich an die Schulter, an die Stelle, wo sonst immer Kiki saß – aber der Vogel war nicht da. Nur weil Kiki so reden konnte wie ein Mensch, war Jack frei.

Er wusste zu viel. Er wusste von dem vielen Geld, von den merkwürdigen Maschinen, die aus irgendeinem unheimlichen Grund tief unter der Erde versteckt arbeiteten.

Er wusste, dass die Männer gefährlich waren. Wenn sie dachten, dass jemand hinter ihr Geheimnis gekommen sein könnte – was auch immer dieses Geheimnis war –, würden sie vor keiner Grausamkeit zurückschrecken.

Ich muss hier raus. Ich *muss* nach oben und jemandem erzählen, was ich weiß, überlegte Jack. Vielleicht sollte ich zur Polizei gehen. Ich würde ja gern zu Bill gehen, jetzt, wo ich nicht mehr glaube, dass er mit diesen scheußlichen Typen hier etwas zu tun hat, aber ich weiß nicht recht …

Also setzte er seine scheinbar endlose Wanderung durch das Gängelabyrinth fort. Immer wieder lief er durch lange, gewundene Tunnel – mit einer Taschenlampe, deren Licht immer schwächer wurde.

Und dann ging die Lampe plötzlich ganz aus. Jack schlug vorsichtig mit der Hand dagegen. Nichts. Er schraubte den Deckel auf. Keine Chance, die Batterie war leer.

Jack bekam es richtig mit der Angst zu tun. Jetzt blieb ihm nur noch zu hoffen, dass er den Hauptschacht durch Zufall fand. Aber die Wahrscheinlichkeit war schon sehr, sehr gering.

Langsam schlich er weiter. Mit der einen Hand hielt er das Kupfernugget umklammert, mit der anderen tastete er die Wände um sich ab. Auf einmal hörte er etwas. Er blieb stehen und lauschte. Nein, da war wohl doch nichts gewesen.

Wieder ging er ein paar Schritte vorwärts – und wieder hielt er inne. Er hatte das Gefühl, als wären Menschen in seiner Nähe. Da atmete doch jemand, oder nicht? Er lauschte angestrengt, konnte aber nichts hören. Vielleicht hält der andere ja auch die Luft an und lauscht, überlegte er.

Wie in Zeitlupe kroch er vorwärts – und prallte plötzlich gegen jemanden. War das Jake? Oder Olly? Verzweifelt wand Jack sich im Griff seines Gegners. Das Kupfernugget fiel ihm aus der Hand und auf den Fuß.

»Aua, meine Zehen!«, stöhnte Jack.

Überraschtes Schweigen. Dann knipste jemand eine Taschenlampe an und eine Stimme rief: »Das ist ja Jack!«

»Sprossel!«, schrie Philip, rannte zu Jack und klopfte ihm glücklich auf die Schulter. »Was für ein Glück, dass wir uns gefunden haben!«

»Büschel! Bill!« Jacks Stimme überschlug sich vor Erleichterung und Freude. Nach so vielen einsamen Stunden in der Dunkelheit war es die reinste Wohltat, endlich wieder vertraute Stimmen zu hören und freundliche Gesichter zu sehen. Bill klopfte ihm auf den Rücken. »Schön, dass wir dich gefunden haben, Jack. Ich wette, du hast uns eine Menge zu erzählen.«

»Allerdings.« Jack holte sein Taschentuch heraus und schnäuzte sich. »Wo sind die Mädchen?«

»Zu Hause«, antwortete Philip. »Du warst gestern plötzlich verschwunden. Wir wurden gefangen genommen, aber wir konnten fliehen, sind den Hauptschacht hochgeklettert, zum Boot gestürzt und in der Dämmerung nach Felseneck gesegelt. Dann hab ich Bill zu Hilfe geholt, und hier sind wir. Wir wollten schon früher kommen, mit Bills Boot, aber jemand hatte es kaputtgeschlagen, und Joes Boot war verschwunden.«

»Und wie seid ihr dann hergekommen?«, fragte Jack verwundert.

»Zwischen Felseneck und der Toteninsel gibt's einen unterirdischen Geheimgang«, erklärte Philip. »Da staunst du, was? Wir haben ihn in einem alten Buch über Felseneck entdeckt. Hat ewig gedauert, bis wir hier waren. Aber wir haben es geschafft.«

Jack war verblüfft, von dem zweiten Geheimtunnel zu

hören, und löcherte die beiden mit Fragen darüber. Aber irgendwann hielt Bill Ruhe gebietend die Hand hoch. »Jack«, sagte er, »das hier ist viel wichtiger, als du denkst. Kommt, wir setzen uns erst mal hin. Ich hab da so eine Ahnung, dass du mir helfen kannst, ein großes Geheimnis aufzuklären.«

27. Kapitel

So einiges klärt sich auf

»Ich muss euch wirklich ein paar seltsame Sachen erzählen«, begann Jack. »Ratet mal, was ich entdeckt hab! Eine Höhle, bis oben hin voll mit Geld. Banknotenstapel vom Boden bis zur Decke. Das muss ein Vermögen sein! Unglaublich.«

»Aah«, machte Bill Smugs zufrieden. »Das sind wirklich interessante Neuigkeiten. Sehr gut, Jack!«

»Dann hab ich riesige Maschinen gesehen, an denen die Männer arbeiten«, fuhr der Junge fort und freute sich, dass Bill ihm so aufmerksam zuhörte. »Ich dachte, die wären zum Rausschmelzen des Kupfers, aber die Dinger sehen eher aus wie Druckerpressen.«

»Aha!«, stieß Bill noch zufriedener hervor. »Großartig. Jack, damit hast du ein Rätsel gelöst, das die Regierung und die Polizei seit fünf Jahren beschäftigt.«

»Was denn für ein Rätsel?«, fragte Jack.

»Ich kann's mir schon denken«, sagte Philip. »Bill, mit den Maschinen drucken die Typen sicher Falschgeld, stimmt's? Und die Banknoten, die Jack entdeckt hat, sind die druckfrischen Blüten. Die werden erst hier gelagert und dann zum Festland rübergekarrt und dort in Umlauf gebracht.«

»Du hast es erfasst«, sagte Bill. »Seit Jahren sind wir schon hinter der Bande her. Aber wir konnten einfach nicht herausfinden, wo sie ihre illegale Druckerei installiert hat und wo ständig das viele Falschgeld herkam. Die Blüten sind übrigens ganz hervorragend gemacht, nur Experten können den Unterschied zu echtem Geld erkennen.«

»Dann fördern die hier also gar kein Kupfer!«, rief Jack aus. »Mensch, da waren wir ja völlig schief gewickelt. Hier im Bergwerk können die Kerle ihre Maschinen in aller Ruhe laufen lassen. Schlau, echt schlau, muss ich sagen.«

»Allerdings«, sagte Bill. »Sie brauchten nur noch einen Verbindungsmann – jemand, der ihnen Lebensmittel und so weiter auf die Insel bringt und die Blüten zu ihrem Boss schafft, wer auch immer der Boss sein mag. Dieser Verbindungsmann war die einzige Schwachstelle – er hat uns auf die richtige Spur gebracht.«

»Wer ist es?«, fragte Jack neugierig. »Kennen wir ihn?«

»Aber sicher doch«, antwortete Bill. »Ich dachte, das hättet ihr längst rausgefunden. Joe.«

»Joe?!«, schrien die beiden Jungen. Plötzlich passten alle Puzzleteilchen zusammen. »Na klar. Joe hat ein Boot und er konnte jederzeit zur Insel und zurück. Er brauchte ja nur zu sagen, dass er zum Fischen rausfährt«, schlussfolgerte Philip. »Er konnte sogar nachts aufs Meer. Die Lichtzeichen, die Jack in der Nacht gesehen hat, kamen von den Männern auf der Insel. Und Joe signalisierte von den Klippen zurück.«

»Genau«, sagte Jack. »Und immer wenn er zum Einkaufen gefahren ist, hat er einen Batzen Geld für den Boss dabeigehabt. Kein Wunder, dass er uns nie mitnehmen wollte, weder mit dem Auto noch mit dem Boot. Er hatte Angst, wir könnten ihm draufkommen.«

»Weißt du noch, die Kisten und Kartons, die er im hinteren Keller versteckt hat?«, erinnerte ihn Philip. »Wetten, dass die überhaupt nicht Tante Polly gehören? Das sind bestimmt Joes gelagerte Lebensmittel für die Männer auf der Insel.«

»Und mit seinen Geschichten von irgendwelchen ›Gestalten‹, die angeblich nachts auf den Klippen herumspuken, wollte er uns bloß davon abhalten, bei Nacht rauszugehen und durch Zufall herauszufinden, was er da treibt«, sagte Jack. »Mann, jetzt passt alles zusammen, was?«

»Sieht so aus«, sagte Bill belustigt.

»Aber warum sind *Sie* eigentlich in diese halb verfallene Hütte gezogen?«, fragte Jack auf einmal. »Sie sind doch nicht wirklich ein begeisterter Vogelkundler, oder?«

»Natürlich nicht«, antwortete Bill lachend. »Als ich das behauptete, hab ich nicht damit gerechnet, in dir einem echten Vogelkenner zu begegnen. Ein paarmal hättest du mich fast auffliegen lassen. Ich musste ganz schön viel über Vögel nachlesen, damit du mir nicht draufkommst, wie wenig ich über sie weiß, Jack. War echt komisch. Ich konnte euch ja nicht verraten, dass ich von der Polizei bin und auf Joe angesetzt war.«

»Seit wann wussten Sie, dass Joe Dreck am Stecken hat?«, fragte Philip.

»Na ja, er ist für die Polizei längst kein unbeschriebenes Blatt mehr«, erzählte Bill. »Er war vorher schon einige Male durch Geldfälschungsgeschichten aufgefallen und wir hatten uns nur überlegt, ob er womöglich etwas mit den neuen Blüten zu tun haben könnte, die ständig wie aus dem Nichts auftauchten. Wir dachten, es wäre gut, ihn im Auge zu behalten – sobald wir ihn mal aufgestöbert hatten, was gar nicht so einfach war, weil er sich verdammt gut getarnt hat. Seit fünf Jahren arbeitet er schon bei deiner Tante, Philip, und keiner hätte vermutet, was für eine düstere Vergangenheit er hat. Aber eines Tages hat einer meiner Kollegen ihn zufällig in der Stadt gesehen und herausgefunden, wo er angestellt ist. Also bin ich diesen Sommer hergekommen, um ihn zu beobachten.«

»Mann, da haben Sie aber in ein hübsches Wespennest reingestochen«, sagte Jack. »Aber wir haben doch auch ein bisschen mitgeholfen, oder?«

Bill nickte. »Nicht nur ein bisschen, sondern ganz ordentlich. Durch euch hab ich erfahren, dass Joe tatsächlich der gesuchte Verbindungsmann ist, weil er ständig zur Toteninsel fährt. Also bin ich eines Tages selber zur Insel gefahren und hab mich mal im Bergwerk umgesehen. Aber *ich* hab nichts gefunden, was darauf hingewiesen hätte, dass da Männer am Werk wären, die Falschgeld herstellen.«

»Und *wir* haben was gefunden«, sagte Jack stolz. »Wie geht's jetzt weiter?«

»Tja«, sagte Bill, »ich hab gestern per Funk mit meinen Vorgesetzten gesprochen. Ich hab ihnen erzählt, dass ich langsam begreife, was hier vor sich geht, und dass ich zur Toteninsel will, um jemanden zu retten. Sie haben versprochen, alles Weitere zu erledigen.«

»Was denn genau?«, fragte Jack aufgeregt.

»Keine Ahnung, das werde ich erst erfahren, wenn ich wieder mit ihnen rede. So, und jetzt sollten wir lieber ganz schnell von hier verschwinden. Wir gehen durch den Geheimgang zurück.«

»Wahrscheinlich hat Joe Ihr Boot kaputtgemacht«, vermutete Philip. »Er muss irgendwas geahnt haben. Ich glaube, er wusste, dass wir mit Ihnen befreundet sind.«

»Schlauer Ganove, dieser Joe«, sagte Bill, stand auf und reckte sich. »Tut so, als wäre er dumm, dabei ist er so gerissen. Na los, auf geht's.«

»Bill, ich muss Kiki holen«, fiel Jack ein. »Ich kann sie doch nicht hier lassen. Die Typen bringen sie bestimmt um, wenn sie nicht verhungert oder vor Angst stirbt.«

»Nein, unmöglich«, sagte Bill energisch. »Wir haben jetzt Wichtigeres zu tun.«

»Bitte, Bill!«, flehte auch Philip, der wusste, wie viel Kiki Jack bedeutete. »Wir müssen doch nur mit Hilfe der Karte den Hauptstollen finden und uns zu den Höhlen schleichen. Jack weiß, in welcher Zelle Kiki gefangen gehalten wird. Es scheint derselbe Raum zu sein, in den sie auch mich und die Mädchen eingesperrt hatten.«

Bill gab nach. »Also gut, aber wir müssen schnell machen. Und denkt dran: keinen Ton. Die Kerle dürfen uns auf keinen Fall entdecken.«

Hastig breiteten sie die Karte aus, orientierten sich, wo sie sich befanden und wo sie hinmussten, und machten sich dann auf den Weg. Es dauerte nicht lange, da hatten sie den Hauptstollen erreicht.

Nach einer Weile war das Hämmern und Stampfen zu hören.

Als sie nur noch wenige Schritte von der Zellentür entfernt waren, hinter der Kiki auf ihre Rettung wartete, ertönten plötzlich Stimmen. Eilig drückten sich die drei an die Wand und trauten sich kaum zu atmen.

»Das ist Jake«, flüsterte Philip Bill ins Ohr.

Insgesamt waren es drei Männer, die vor der Zellentür stehen blieben und verständnislos lauschten. Eine schrille Stimme drang aus dem Raum.

»Nicht schniefen, hab ich gesagt! Wo ist dein Taschentuch? Wie oft hab ich dir schon gesagt, dass du dir die Schuhe abputzen sollst? Arme alte Kiki, arme alte Kiki! Setz den Wasserkessel auf!«

»Der Junge muss verrückt geworden sein«, sagte Jake zu seinen Begleitern. Offenbar dachten sie immer noch, sie hätten Jack in die Zelle gesperrt.

»Wusch, und weg ist das Wiesel«, verkündete Kiki volltönend und pfiff dann wie eine Dampflok, die durch einen Tunnel braust.

»Vollkommen plemplem«, sagte Olly und schüttelte den Kopf.

Doch dann war ein heiseres Krächzen zu hören und der dritte Mann sagte: »Quatsch, das ist ein Papagei. Der Junge hat seinen Papagei mit reingenommen.«

»Mach mal die Tür auf«, sagte Olly. Jake steckte den Schlüssel ins Schloss, drehte ihn herum und drückte die Tür auf. Kiki flatterte mit einem markerschütternden Kreischen heraus, während die Männer in den Raum leuchteten.

Die Zelle war leer. Jake wirbelte wutentbrannt zu Olly herum. »Du Idiot! Du hast den Papagei eingesperrt und den Jungen entkommen lassen. Dafür würde ich dich am liebsten umbringen.«

Olly starrte in den leeren Raum. »Na ja«, stammelte er. »Der Bengel verläuft sich bestimmt im Bergwerk und kommt nie wieder raus. Geschieht ihm ganz recht.«

»Wir sind so was von bescheuert, Olly«, sagte Jake verbittert. »Erst tricksen uns die drei Kinder aus und jetzt auch noch der Junge.«

Sie ließen die Tür offen und machten sich in Richtung der hell erleuchteten Arbeitshöhle davon.

Jack zuckte zusammen, als Kiki ihm auf die Schulter flatterte und gurrend den Schnabel an seiner Wange rieb. Überglücklich knabberte sie an seinem Ohrläppchen und machte leise Schmatzgeräusche, die an Küsschen erinnern sollten. Jack kraulte sie genauso glücklich am Kopf.

»Aber jetzt lasst uns endlich von hier verschwinden«, drängte Bill leise.

Hastig verließen sie den Hauptstollen und stapften, das Licht der Taschenlampen nach vorn gerichtet, durch das

Bergwerk voran. Sie waren noch nicht weit gekommen, als sie auf einmal Schritte hörten.

»Da muss jemand vom Haupttunnel herkommen«, raunte Jack. Schnell knipsten sie die Lampen aus und warteten. Die schweren Schritte näherten sich, begleitet von einem gleißend hellen Licht, hinter dem der Mann nicht zu erkennen war. Die drei versuchten sich in eine dunkle Nische zu drängen, aber da stolperte Jack, fiel hin und Kiki kreischte ohrenbetäubend.

Der Lichtstrahl der Taschenlampe blendete sie und eine tiefe Stimme drang aus der Dunkelheit zu ihnen herüber: »Stehen bleiben oder ich schieße!«

Bill bedeutete den Jungen, dem Befehl zu folgen. Die Stimme klang so, als sei mit dem Mann nicht zu spaßen.

Blinzelnd richteten sich die drei im Gang auf. Jack und Philip kam die Stimme irgendwie bekannt vor, doch so auf die Schnelle konnten sie sie nicht einordnen.

Aber dann traf die Erkenntnis sie wie der Blitz. Natürlich!

»Das ist Joe!«, schrie Jack. »Joe, was machen Sie denn hier?«

»Genau dasselbe würde ich gern von euch wissen«, antwortete Joe eisig. Er richtete den Lichtstrahl auf Bills Gesicht. »Soso, Sie sind auch da«, sagte er. »Hat anscheinend nicht viel genützt, dass ich Ihr Boot kaputtgeschlagen hab. Sie haben also den Geheimgang unter dem Meer entdeckt, was? Ihr haltet euch wohl alle für mächtig schlau, hm? Tja, jetzt stehen euch schwere Zeiten bevor, kann ich euch flüstern. Sehr schwere Zeiten.«

28. Kapitel

Wieder gefangen

Der Revolver in Joes Hand blitzte im gleißenden Licht auf. Bill fluchte innerlich. Joe war ein gerissener Kerl, den konnte man nicht so leicht austricksen wie Jake.

»Umdrehen, Hände über den Kopf und vorwärts!«, befahl Joe. »Aha, dieser dämliche Vogel ist auch da. Dem bin ich ja noch was schuldig, das werde ich gleich mal erledigen.«

Jack wusste, was das bedeutete: Er wollte Kiki erschießen! In seiner Verzweiflung stieß er die Papageiendame so heftig in die Luft, dass sie empört kreischend hochflatterte. »Flieg weg, Kiki!«, schrie Jack. »Flieg weg!«

Kiki verschwand in der Finsternis. Irgendein Instinkt schien sie davor zu warnen, wieder in Joes Nähe zu kommen. Also folgte sie ihrem Herrchen und seinen Begleitern in sicherem Abstand, immer darauf bedacht, lautlos wie eine Fledermaus zu fliegen und für Joe unsichtbar zu bleiben.

Bald darauf waren die drei in der bereits vertrauten Zelle eingesperrt. Joe schloss eigenhändig ab und stapfte davon, um Jake Bescheid zu geben.

»Wir sitzen ganz schön in der Tinte«, sagte Bill. »Hätte ich doch bloß nicht zugestimmt, dass wir den Papagei holen! Jetzt sind wir in größter Gefahr und diese Ganoven werden entkommen und ihr Falschgeld übers ganze Land verteilen! Und wir können nichts dagegen tun.«

»Tut mir Leid, dass ich Sie gebeten habe, Kiki zu retten«, sagte Jack kleinlaut.

»Schon gut, ich bin ja selber schuld«, antwortete Bill und zündete sich eine Zigarette an. »Puh, hier ist es aber heiß!«

Nach einiger Zeit, die den Gefangenen wie eine Ewigkeit vorkam, wurde die Tür aufgerissen und Joe kam herein, gefolgt von Jake, Olly und drei weiteren Männern.

»Wir wollten uns nur verabschieden«, sagte Joe und seine Augen funkelten böse im Licht der Grubenlampe. »Wir sind hier fertig. Bill Smugs, der tapfere Polizist, ist zu spät gekommen. Wir haben mehr Blüten, als wir im Leben ausgeben können.«

»Soso, dann macht ihr hier alles dicht?«, sagte Bill leise. »Zerschlagt die Maschinen, um eure Spuren zu verwischen, räumt das Lager leer und nehmt euer ganzes Falschgeld mit. Aber so leicht kommt ihr nicht davon. Irgendwann wird jemand die Maschinen finden, ob sie nun zerstört sind oder nicht, und …«

»Niemand wird jemals etwas finden, Bill Smugs«, unterbrach ihn Joe höhnisch. »Und wenn die gesamte Polizei anrückt – sie werden nichts finden, was sie auf unsere Spur bringt.«

»Wieso?«, fragte Bill verständnislos.

»Weil wir das Bergwerk fluten«, erklärte Joe grinsend. »Ja, Sie Schlaumeier, innerhalb kürzester Zeit wird hier jeder Tunnel, jeder Gang, jede Höhle voll Wasser sein. Dann sind die Druckerpressen weg und überhaupt alle Spuren unserer Arbeit. Ihr werdet dann allerdings auch weg sein, fürchte ich.«

»Ihr könnt uns doch nicht hier ersaufen lassen!«, rief Bill entsetzt aus. »Nehmt wenigstens die Jungs mit nach oben!«

»Bedaure, wir nehmen keinen von euch mit«, lehnte Joe

in gespielt höflichem Ton ab. »Ihr wärt uns da oben bloß im Weg.«

»So grausam könnt ihr doch nicht sein!«, brüllte Bill. »Die beiden sind doch noch Kinder!«

»Ich befolge nur meine Anweisungen«, gab Joe zurück. So brutal und rücksichtslos, wie er jetzt war, kam er den Jungen wie ein vollkommen fremder Mensch vor, sie erkannten ihn kaum wieder.

»Und wie, bitte, wollt ihr das Bergwerk fluten?«, fragte Bill.

»Kinderspiel«, antwortete Joe. »Wir haben im Geheimgang nach Felseneck Sprengstoff deponiert, direkt unter dem Meer. Sobald wir oben in Sicherheit sind, lassen wir das Zeug hochgehen. Der Sprengstoff wird ein hübsches Loch in die Decke des Tunnels reißen – und dann rauscht das Wasser herein. Sie können sich selber ausrechnen, wie schnell alles überflutet sein wird. Ich fürchte, das wird für euch nicht lustig.«

Jack wollte aufstehen und sich vor Joe aufbauen, um ihm zu zeigen, dass er keine Angst hatte, aber seine Beine verweigerten ihm den Dienst. Er hatte Angst, höllische Angst, genau wie Philip. Nur Bill blieb äußerlich ruhig und lachte Joe ins Gesicht.

»Na, dann tut, was ihr nicht lassen könnt«, höhnte er. »Aber so billig, wie ihr euch das vorstellt, kommt ihr trotzdem nicht davon. Die Polizei weiß mehr über eure Bande und ihre Drahtzieher, als ihr denkt.«

Einer der Männer flüsterte Joe etwas zu, und der nickte. Entsetzt malten sich die Jungen aus, wie die Wassermassen nach der Sprengung jeden Winkel überschwemmen und sie ertränken würden.

»Na dann, adios!«, sagte Joe mit einem hämischen Grinsen.

»Auf Wiedersehen«, antwortete Bill eisig.

Die Jungen brachten keinen Ton heraus, nur Kiki, die sich im Gang versteckt hielt, kicherte wie wahnsinnig.

»Ich hätte dem Vogel ja zu gern mit bloßen Händen den Hals umgedreht«, sagte Joe, bevor er mit den anderen Kerlen die Zelle verließ, die Tür hinter sich zuschlug und absperrte.

Wenige Augenblicke später waren die sich entfernenden Schritte verstummt. Bill sah Philip und Jack eindringlich an.

»Kopf hoch«, versuchte er sie aufzumuntern. »Noch ist nicht alles verloren. Wir geben den Banditen einen kleinen Vorsprung, dann mache ich die Tür auf.«

»Wie wollen Sie sie denn aufkriegen?«, fragte Jack.

»Ach, es gibt da Mittel und Wege ...«, antwortete Bill lächelnd und holte eine Sammlung unterschiedlichster Feilen, Dietriche und schmaler Schlüssel aus der Tasche. Konzentriert machte er sich am Schloss zu schaffen, und keine zwei Minuten später schwang die Tür auf.

»So, jetzt ab zum Schacht«, sagte Bill. »Na los, bevor es zu spät ist.«

Sie hasteten den Hauptstollen entlang auf den größten Schacht zu. Obwohl sie sich wirklich beeilten, dauerte es doch eine Weile, bis sie dort ankamen.

Gerade als sie den Schacht erreicht hatten und nach oben schauten, wo ein winziges Pünktchen Tageslicht zu sehen war, erzitterte das Bergwerk unter einer gewaltigen Explosion ganz tief unten im Bauch der Erde. Unheimlich hallte das Dröhnen in allen Gängen wider.

»Joe hat also nicht gelogen«, sagte Bill bitter. »Sie haben den Tunnel wirklich gesprengt. Jetzt wird bald nichts mehr übrig sein vom Bergwerk.«

»Auf geht's«, drängte Philip. »Ich kann es kaum erwarten, endlich wieder die Sonne zu sehen und frische Luft zu atmen.«

»Ich muss mir das Nugget irgendwie umbinden«, sagte Jack, der seinen Kupferklumpen tapfer bis hierher geschleppt hatte. »Was ... was ist los, Bill?«, fragte er erschrocken, als Bill plötzlich einen entsetzten Schrei ausstieß.

»Da«, sagte Bill und leuchtete die untersten Meter der Schachtwand an. »Die haben das untere Ende der Leiter weggehackt, nachdem sie hochgeklettert sind, damit wir nicht raufkönnen.«

Verzweifelt starrten sie zu den zerschlagenen Sprossen hoch. Kiki stieß einen ohrenbetäubenden Schrei aus.

»Vielleicht finden wir in der großen Höhle eine Leiter – wo die ganzen Kisten und Lebensmittelvorräte herumstehen«, sagte Jack. »Ich glaube, ich hab da mal eine gesehen. Sollen wir schnell nachschauen? Mehr als die unteren Sprossen haben die Typen bestimmt nicht kaputtgemacht, weil sie dachten, weiter nach oben kommen wir sowieso nicht.«

»Bist du sicher, dass in der Höhle eine Leiter war?«, fragte Philip. »Ich kann mich nicht erinnern, eine gesehen zu haben.«

»Es ist unsere einzige Chance«, entschied Bill. »Los, wir gehen zurück und schauen nach.«

Aber sie kamen gar nicht erst bis zur Höhle. Sie hatten nur wenige Schritte durch den Hauptstollen gemacht, da blieben sie wie vom Donner gerührt stehen. Etwas wälzte sich auf sie zu, etwas Riesiges, Schwarzes, Bedrohliches.

»Das Wasser ist schon da!«, brüllte Bill. »Zurück! Wir müssen wieder in den höher gelegenen Bereich des Bergwerks. Mein Gott, das ganze Meer scheint ja hier reinzuströmen!«

Das Gurgeln des Wassers, das in die Gänge sickerte, war

jetzt nicht mehr zu überhören. Es klang wie ein gieriges Monster und selbst Bill bekam es mit der Angst zu tun. Hastig rannten die drei zum Hauptschacht. Er lag ein Stück höher als der Rest des Bergwerks, aber über kurz oder lang würde das Wasser auch hierher kommen.

»Das Wasser wird erst Halt machen, wenn es die Höhe des Meeresspiegels erreicht hat«, sagte Bill. »Und wir sind hier weit unterhalb des Meeresspiegels. Der Schacht wird mindestens bis auf halbe Höhe überflutet werden.«

»Dann werden wir alle ertrinken«, sagte Jack mit zitternder Stimme.

»Könnt ihr schwimmen?«, fragte Bill. »Na klar könnt ihr. Hört zu, jetzt haben wir nur noch eine Chance: Wenn das Wasser den Schacht erreicht und höher steigt, müssen wir mit nach oben schwimmen. Wir müssen ganz ruhig bleiben, dann erreichen wir vielleicht die Leitersprossen, die noch heil sind, und können rausklettern. Meint ihr, ihr schafft das?«

»Ja«, antworteten die Jungen und sahen nervös den Tunnel entlang. In der Ferne glitzerte das schwarze Wasser im Licht von Bills Taschenlampe.

»Das ist das Ende des Bergwerks, nicht wahr?«, murmelte Philip. »Hier kann niemand mehr runter.«

»Na ja, Kupfer gibt's hier sowieso keins mehr«, antwortete Bill. »Dass Jack ein Nugget gefunden hat, war ein großer Glücksfall. Wahrscheinlich hat ein Bergmann das Ding vor langer Zeit versteckt und vergessen, wo er es versteckt hatte. Und viele Jahre später stolpert Jack durch Zufall darüber – unglaublich.«

»Ich muss es mitnehmen«, sagte Jack. »Unbedingt. Aber es ist zu schwer, ich kann es nicht festhalten und gleichzeitig schwimmen, das weiß ich.«

Bill zog sich Pullover und Unterhemd aus, wickelte den

Kupferklumpen in sein Unterhemd und schnürte ein Stück Seil darum. Dann schlüpfte er wieder in seinen Pullover und hängte sich das Nugget um den Hals.

»Ziemlich schwer«, sagte er. »Aber es wird schon gehen. Du passt auf Kiki auf, ich auf das Kupfer.«

»Danke«, flüsterte Jack. »Sind Sie sicher, dass es Sie im Wasser nicht runterzieht?«

»Ganz sicher.«

»Das Wasser kommt näher«, verkündete Philip. »Schaut mal.«

Tatsächlich – unaufhaltsam näherte es sich Meter um Meter.

»Brrr, ist das schwarz.« Jack lief ein eisiger Schauer über den Rücken. »Im Dunkeln sieht Wasser besonders unheimlich aus.«

»Wird noch ein Weilchen dauern, bis es den Schacht erreicht«, sagte Bill. »Wir setzen uns besser hin und ruhen uns aus, solange wir noch können.«

Sie kauerten sich auf den Boden. Philips Maus flitzte aus seinem Ärmel und setzte sich schnüffelnd auf die Hinterbeine. Als Kiki sie sah, stieß sie einen schrillen Schrei aus. »Schuhe abputzen, hab ich gesagt!«, kreischte sie.

»Jetzt hör auf, Woffly zu erschrecken«, sagte Philip und steckte die Maus zurück in den Ärmel.

Gebannt starrten die drei den Wassermassen entgegen, die sich gurgelnd und schmatzend durch den Gang vorwärts schoben.

»Muss ein ganz schön großes Loch in der Decke des Unterseetunnels sein«, sagte Philip. »Bill, meinen Sie, das Wasser fließt auch in die andere Richtung, nach Felseneck, und versalzt uns das Brunnenwasser?«

»Tja, kann schon sein«, antwortete Bill nachdenklich. »Der Brunnen liegt natürlich auch tiefer als der Meeresspiegel. Üble Geschichte. Das heißt, dass ihr auf Felseneck kein Trinkwasser mehr haben werdet.«

»Das Wasser kommt«, rief Jack und starrte auf eine Welle, die ihm bis vor die Füße schwappte. »Kiki, krall dich an meiner Schulter fest und sei ruhig. Igitt, ist das Wasser kalt!«

Langsam standen die drei auf und sahen zu, wie es ihnen an den Knöcheln emporkroch ... zu den Knien ... zu den Oberschenkeln ... Ungeduldig warteten sie auf den Augenblick, wo sie zu schwimmen beginnen würden.

»Ich bin schon völlig durchgefroren«, sagte Philip. »Ich glaube, in meinem ganzen Leben bin ich noch nie in so eisigem Wasser gewesen.«

»Das Meer wärmt sich nur schwer auf«, antwortete Bill. »Und weil es hier drin so heiß ist, kommt es uns jetzt doppelt so kalt vor.«

Das Wasser schwappte ihnen über den Bauch und schließlich reichte es ihnen bis zu den Schultern.

»Lang lebe die Königin von England!«, kreischte Kiki entsetzt und starrte auf die schwarze Wasseroberfläche.

Wenige Augenblicke später trieben die drei Freunde obenauf und gaben sich alle Mühe, den Kopf über Wasser zu halten.

»Es ist so eng hier«, keuchte Jack. »Wir stoßen ständig aneinander.«

Sie hatten wirklich kaum Platz, Beine und Arme zu bewegen. Immer weiter stieg das Wasser. Bill hatte sich Philips Taschenlampe zwischen die Zähne geklemmt, um rechtzeitig zu sehen, ab welcher Höhe die Leitersprossen wieder zu benutzen waren.

Nach einer Weile nahm er die Taschenlampe aus dem Mund. »Endlich«, stieß er hervor. »Ab hier ist die Leiter wieder in Ordnung. Ich helfe euch rauf. Du zuerst, Jack, und pass auf Kiki auf. Sie scheint zu Tode erschrocken zu sein.«

Jack strampelte mühsam zu der Seite, wo die Leiter war. Bill leuchtete ihm den Weg. Schließlich gelang es Jack, eine Sprosse zu packen, und er hievte sich hoch. Als er ein paar Meter nach oben geklettert war, folgte ihm Philip. Bill machte sich als Letzter an die mühsame Klettertour. Es war nicht einfach gewesen, mit dem schweren Kupferklumpen um den Hals über Wasser zu bleiben, aber er hatte es geschafft.

Der Weg nach oben schien endlos zu sein. Die nassen, schweren Kleider klebten ihnen unangenehm am Körper, aber nach einer Weile hörten die drei auf zu zittern, weil das Klettern sie aufwärmte. Kiki brabbelte Jack unverständliche Worte ins Ohr. Dieser Abschnitt des Abenteuers war wirklich überhaupt nicht nach ihrem Geschmack.

Philips Maus gefiel das Ganze auch nicht. Verzweifelt hatte sie sich, als sie im Wasser gewesen waren, an Philips Ohr geklammert, und jetzt suchte sie in den nassen Kleidern vergeblich nach einem trockenen Plätzchen, wohin sie sich verziehen konnte.

»Wir sind gleich da!«, schrie Jack schließlich. »Ist nicht mehr weit.«

Das waren gute Neuigkeiten! Zu wissen, dass sie es bald geschafft hatten, verlieh ihnen ungeahnte neue Kräfte.

Jack kletterte als Erster aus dem Schacht. Kiki flog mit einem glücklichen Schrei von seiner Schulter. Jack richtete sich auf – und erstarrte. Ein Mann saß nur wenige Schritte neben dem Schacht und hielt einen Revolver in der Hand.

»Hände hoch!«, befahl er. »Und kein Wort zu den anderen. Schön stehen bleiben. Hände hoch, hab ich gesagt!«

29. Kapitel

Ende gut, alles gut

Jack hob die Hände, starr vor Entsetzen. Waren sie nur entkommen, um gleich wieder gefangen genommen zu werden? Er traute sich nicht, die anderen durch einen Schrei zu warnen.

Als Philip herauskletterte, wurde er auf die gleiche unfreundliche Art empfangen. Erschrocken blieb er mit erhobenen Händen stehen. Der Mann mit dem Revolver wartete schweigend, die Waffe auf die beiden Jungen gerichtet.

Schließlich kam Bill, mit dem Rücken zu dem Mann, aus dem Schacht gekrochen.

»Hände hoch! Keine Bewegung!«

Bill wirbelte mit erhobenen Händen herum, aber als er den Mann erkannte, ließ er die Arme sinken und grinste. »Schon gut, Sam«, sagte er. »Steck die Waffe weg.«

Sam stieß einen überraschten Schrei aus, klemmte sich den Revolver unter den Gürtel und reichte Bill die Hand. »Du bist das! Ich bin hier geblieben, für den Fall, dass noch mehr von den Kerlen rauskommen würden. Hab ja nicht ahnen können, dass *du* hier auftauchst.«

Die Jungen starrten mit offenem Mund von einem zum anderen. Was hatte das alles zu bedeuten?

»Oh, ihr seid wohl schön erschrocken, was?«, sagte Bill. »Das ist Sam, ein Kollege von der Polizei und ein guter Freund von mir. He, Sam, schön dich zu sehen. Was ist hier passiert?«

»Komm mit und schau's dir selbst an«, antwortete der stämmige Sam lächelnd und begleitete die drei durch den Hügelpass zum Ufer.

Und dort bot sich den Geretteten ein wirklich interessanter Anblick. Alle Männer aus dem Bergwerk standen da mit finsterer Miene in einer Reihe. Auch Joe war dabei. Zwei Polizisten hatten die Männer entwaffnet und bewachten sie mit gezücktem Revolver.

Joe starrte die drei verdattert an. Also waren die Jungen und ihr Freund doch entkommen! Wie in aller Welt hatten sie es geschafft, erst aus einer abgesperrten Zelle rauszukommen und dann aus einer überfluteten Mine, durch einen Schacht, dessen Leiter unten komplett zerhackt war?

»Wie haben Sie sie erwischt?«, fragte Jack. Kiki, die ihren Erzfeind Joe auch erkannt hatte und wusste, dass er ihr nichts mehr anhaben konnte, kreiste schreiend und krächzend über seinem Kopf.

Sam grinste. »Bill Cunningham«, er deutete mit dem Kopf auf Bill, »hat uns letzte Nacht per Funk einiges mitgeteilt. Den Rest haben wir uns zusammengereimt und am Ende beschlossen, dass wir besser so schnell wie möglich herkommen sollten. Da haben wir Joes Boot auf der Insel entdeckt und darin Spuren eines übereilten Aufbruchs: jede Menge Falschgeldstapel und andere interessante Sachen.«

»Aber wie sind Sie so schnell hergekommen?«, fragte Philip. »In dem Küstenabschnitt hier gibt es nicht so viele Boote.«

»Ach, wir haben schon ein paar eigene Motorboote«, erklärte der Polizist. »Zwei davon haben wir uns geschnappt und sind mit Höchstgeschwindigkeit entlang der Küste hierher gebraust. Da drüben liegen sie.«

Die Jungs drehten sich in die angezeigte Richtung – und

tatsächlich, zwei große, schnittige Motorboote dümpelten nahe der Bucht im Wasser. Joes Boot lag direkt daneben.

»Sobald uns klar war, dass die Bande hier ihre Zelte abbrechen und mit den Blüten abhauen wollte, haben wir beschlossen, die Gelegenheit beim Schopf zu packen«, fuhr Sam lächelnd fort. »Also haben wir neben jedem Schacht einen Mann postiert – wir wussten ja nicht, wo die Kerle auftauchen würden –, und als die Herrschaften der Reihe nach rausgeklettert sind, brauchten wir sie nur noch einzusammeln.«

»Genau wie uns«, sagte Jack lachend. »Und wie geht's jetzt weiter?«

»Bill Cunningham ist hier der eigentlich Zuständige, er hat die Aktion geleitet«, erzählte Sam und wandte sich fragend an Bill.

Der sah die beiden Jungen entschuldigend an. »Tut mir Leid, dass ich euch einen falschen Namen genannt habe«, sagte er. »Aber mein richtiger Name ist einfach zu bekannt. Die Gefahr, dass ich bei der Sache auffliege, wäre zu groß gewesen. Also hab ich mich Bill Smugs genannt.«

»Und für uns werden Sie immer Bill Smugs bleiben«, sagte Philip.

»Meinetwegen, ich hab nichts dagegen«, antwortete Bill grinsend. »So, wie wär's jetzt, wenn wir diese feinen Herren in die Motorboote verfrachten?«

Die Polizisten führten die grimmig dreinblickenden Männer zu den Booten. Jake trug immer noch seine Augenklappe, aber er starrte Kiki schon mit einem Auge so bösartig an, dass Jack sie ängstlich zu sich rief. Wenn Blicke töten könnten, dachte er, dann wäre die arme Kiki längst tot. Wahrscheinlich denkt Jake, ohne Kiki, die Olly versehentlich an meiner Stelle eingesperrt hat, wären er und seine Kumpane nie gefasst worden.

»Ich würde sagen, wir fahren mit Joes Boot nach Hause«, schlug Bill den Jungen vor. »Wir lassen die Motorboote vorausfahren und dann legen wir auch ab. He, Sam, ihr haltet dann auf Felseneck zu, ja? Da gibt's einen prima Anlegeplatz.«

»Alles klar«, antwortete Sam. Wenige Augenblicke später schossen die Motorboote lautstark dröhnend über das Wasser. Bill und die Kinder folgten mit Joes Boot. Alle drei Boote schafften es problemlos durch die Lücke im Felsgürtel der Toteninsel.

»Ende gut, alles gut«, sagte Bill, als sie das Segel setzten und Kurs auf Felseneck nahmen. »Puh, es hat schon ein paar Situationen gegeben, da hab ich gedacht, jetzt ist alles aus.«

Die Jungen waren auch mehr als erleichtert. Philip dachte an die Mädchen zu Hause, die sich bestimmt schon Sorgen machten.

»Mann, hab ich einen Hunger!«, rief Jack. »Ich hab seit einer Ewigkeit nichts Richtiges mehr zwischen die Kiemen gekriegt.«

»Wir sind ja bald da und dann kannst du futtern, was das Zeug hält«, sagte Bill.

Die Mädchen und Tante Polly hörten das Dröhnen der Bootsmotoren schon lange, bevor die Boote das Ufer erreichten. Neugierig rannten sie hinaus – und sahen zu ihrer Verblüffung, wie zwei große Motorboote voller Männer und Joes Boot auf Felseneck zuhielten.

»Was ist denn hier los?«, fragte Tante Polly, die immer noch ziemlich blass aussah. »Meine Güte, diese ganze Aufregung ist bestimmt nicht gut für mein Herz.«

Schließlich machten die Motorboote an dem kleinen Anlegeplatz fest. Die Mädchen rannten hinunter und standen plötzlich Joe Auge in Auge gegenüber. Ängstlich hielten sie nach ihren Brüdern Ausschau.

»Hallo, ihr zwei!«, rief Sam. »Ihr sucht wohl Bill und die zwei Jungs? Sie kommen gleich mit Joes Boot nach. Gibt's hier zufällig ein Telefon?«

»Na klar«, antwortete Dina. »Aber was sind das eigentlich für Männer? Und wieso ist Joe dabei?«

»Wir erklären euch gleich alles«, sagte der Polizist und stieg aus dem Boot. »Aber zuerst muss ich telefonieren. Zeigst du mir bitte, wo der Apparat ist?«

Und so rief Sam bei seiner Dienststelle an und bestellte mehrere Wagen nach Felseneck, die die Gefangenen abholen sollten. Tante Polly hörte dem Gespräch mit wild pochendem Herzen zu. Was hatte das alles zu bedeuten?

Aber nachdem Bill und die Jungen mit dem Segelboot angekommen waren und ihr die ganze Geschichte erzählt hatten, wurde ihr alles klar. Entsetzt ließ sie sich auf die Couch sinken, als sie erfuhr, was für ein brutaler Verbrecher Joe war.

»Unheimlich gerissen, der Kerl«, sagte Bill. »Aber diesmal haben wir ihn geschnappt – und das haben wir diesen vier cleveren Kindern zu verdanken.«

»Echt komisch«, sagte Jack. »Wir sind auf die Toteninsel gefahren, um einen Riesenalk zu finden – und stattdessen finden wir eine Verbrecherbande, die im Bergwerk Falschgeld druckt!«

»Wenn ich gewusst hätte, dass ihr so gefährliche Sachen macht, hätte ich euch den ganzen Tag im Haus eingesperrt«, sagte Tante Polly streng.

Alle lachten und Kiki flatterte kichernd auf Tante Pollys Schulter. »Oh, böses Mädchen, böses Mädchen, Polly!«, krächzte sie.

Die Wagen, die die Männer abholen sollten, kamen gerade an, als Bill und die Kinder bei einem gigantischen Festmahl saßen. Rasch wurden Joe und seine Kumpane in die Autos verfrachtet und abtransportiert.

Sam verabschiedete sich von Tante Polly und den Kindern. »Gute Arbeit, Bill«, sagte er, bevor er ging. »Und ihr Kinder habt euch auch ein dickes Lob verdient.«

Sam blieb nicht der Einzige, der Dina, Lucy, Philip und Jack ausgiebig lobte. Die nächsten Tage waren für die vier Freunde so ereignisreich, dass sie nachts vor lauter Aufregung kaum schlafen konnten.

Als Erstes wurden sie in die Stadt gefahren und mussten auf der Polizeizentrale vor mehreren ernsthaft dreinblickenden Männern ihre Aussage machen.

»Das sind hohe Tiere«, flüsterte Bill ihnen zu. »Richtig hohe Tiere. Jack, hast du dein Foto von den Konservendosen dabei? Joe leugnet, dass er jemals Lebensmittel auf die Insel gekarrt habe, und wir haben im Keller von Felseneck ein paar leere Dosen gefunden, die wir mit Hilfe deines Schnappschusses vielleicht identifizieren können.«

Also wurde sogar das Foto zu einem nützlichen »belastenden Beweisstück gegen die Verdächtigen«, wie Bill es nannte.

Jacks Kupfernugget stieß ebenfalls auf großes Interesse. Zu Jacks Enttäuschung stellte es sich jedoch als vollkommen wertlos heraus – aber als Erinnerungsstück an das aufregende Abenteuer war es für ihn trotzdem von unschätzbarem Wert.

»Ich nehme es mit in die Schule und schenke es dem Schulmuseum«, beschloss er. »Die anderen Jungs werden ganz schön neidisch sein. Schließlich verirrt man sich nicht alle Tage in einem Bergwerk und findet einen versteckten Kupferklumpen! Schade nur, dass ich ihn nicht teuer verkaufen kann. Ich hätte das Geld gern unter uns aufgeteilt.«

»Ja, das wäre toll gewesen«, sagte Lucy. »Damit hätten Dina und Philip ihr Schulgeld bezahlen können, sodass ihre Tante und ihre Mutter mal eine Weile nicht mehr so schwer arbeiten müssten. Echt schade.«

Doch am Ende spielte es überhaupt keine Rolle mehr, dass Jacks Nugget wertlos war, denn eines Tages flatterte den Kindern ganz unerwartet ein ziemlicher Geldsegen ins Haus. Für Informationen, die zur Ergreifung der Geldfälscher führen konnten, war nämlich eine Belohnung ausgesetzt worden, und Bill überließ den Kindern gern die ganze Summe.

Als Philips und Dinas Mutter von dem aufregenden Abenteuer ihrer Kinder und dem überraschenden Ausgang der Geschichte erfuhr, kam sie sofort nach Felseneck. Jack und Lucy mochten die freundliche, fröhliche, warmherzige Frau auf Anhieb.

»Schade, dass eure Mutter nicht genug Geld hat, um ein Haus zu kaufen, in dem ihr zusammenleben könnt«, sagte Jack.

»Doch, genau so wird's werden«, antwortete Dina mit glänzenden Augen. »Durch die Belohnung kann Mum sich endlich leisten, weniger zu arbeiten und ein Haus für uns alle drei einzurichten. He, Sprossel, wie wär's, wenn du und Lucy von jetzt an auch bei uns leben würdet? Zu eurem verknöcherten alten Onkel und der grässlichen Haushälterin wollt ihr doch sicher nicht zurück, oder?«

»Oh!«, stieß Lucy hervor und ihre grünen Augen funkelten wie zwei Sterne. Begeistert fiel sie Dina und Philip um den Hals. »Nichts lieber als das! Das wäre ein Spaß! Aber meint ihr, eure Mutter will uns überhaupt haben?«

»Aber klar doch«, antwortete Dina. »Wir haben sie

schon gefragt. Sie hat gesagt, wenn sie mit zwei Kindern zurechtkommt, wird sie auch mit vier Kindern fertig.«

»Und was ist mit Kiki?«, fragte Jack besorgt.

»Die kommt natürlich auch mit, ist doch logisch!«, rief Philip.

»Aber was wird aus Tante Polly und Onkel Jocelyn?«, fragte Jack weiter. »Eure Tante tut mir echt Leid – sie muss in diesem verfallenen Haus wohnen bleiben, sich um euren Onkel kümmern und sich abrackern. Aber Onkel Jocelyn wird Felseneck wohl nicht verlassen wollen?«

»Tja, das wird er aber müssen«, sagte Dina. »Und wisst ihr, warum? Weil das Brunnenwasser durch das eingedrungene Meerwasser ungenießbar geworden ist. Die Reparatur würde ein Vermögen kosten. Also musste Onkel Jocelyn wählen: entweder hier bleiben und verdursten oder aus Felseneck weggehen und woanders leben.«

Alle lachten. »Also hat Joe unabsichtlich doch noch was Gutes bewirkt, als er das Bergwerk in die Luft gesprengt hat«, sagte Philip. »Jetzt, wo Onkel Jocelyn eingewilligt hat, wegzuziehen, darf Tante Polly sich endlich ihren Traum erfüllen und in einem hübschen kleinen Haus leben statt in dieser Ruine. Und sie braucht auch keinen Joe mehr, weil nicht mehr so viele Arbeiten anfallen.«

»Brrr, dieser schreckliche Kerl!«, stieß Lucy hervor und schüttelte sich. »Ich bin heilfroh, dass er die nächsten Jahre im Gefängnis sitzt. Bis der wieder rausdarf, bin ich längst erwachsen, und dann hab ich keine Angst mehr vor ihm.«

Kurz darauf kam Bill zu Besuch – und brachte eine Kiste Limonade mit, weil man doch das Brunnenwasser nicht mehr trinken konnte. Die Kinder freuten sich – jetzt konnten sie zu jeder Mahlzeit Limonade haben. Für Tante Polly und Mrs Mannering brachte Bill eine riesige Thermosflasche mit heißem Tee mit.

»Huch!«, stieß Philips Mutter hervor – und wurde sofort von Kiki nachgeahmt –, »das ist ja vielleicht ein Riesending! Vielen Dank, Bill, so eine große Thermoskanne hab ich ja noch nie gesehen.«

Bill blieb zum Abendessen auf Felseneck. Es wurde ein wunderbar fröhliches Essen – am lautesten war das Gelächter, als Philips Maus ihm aus dem Ärmel kroch und quer über den Tisch auf Dinas Teller zukrabbelte.

Lucy blickte glücklich in die Runde. Von jetzt an würden sie und Jack mit einer lieben Ersatzmutter und zwei netten Ersatzgeschwistern zusammenleben. Alles hatte sich zum Guten gewandt. Was für ein Glück, dass sie und Jack wenige Wochen zuvor aus Mr Roys Ferienschule weggelaufen und mit Philip nach Felseneck gekommen waren!

»Puh, das war vielleicht ein Abenteuer!«, seufzte sie. »Aber jetzt bin ich froh, dass alles vorbei ist. Wenn man mittendrin ist, sind Abenteuer einfach *zu* aufregend.«

»Ach Quatsch«, widersprach ihr Bruder. »Wenn man mittendrin ist, das ist doch das Beste an einem Abenteuer! Ich find's schade, dass alles vorbei ist.«

»Schade, schade, jammerschade!«, krächzte Kiki, die wie üblich das letzte Wort haben musste. »Schuhe abputzen und Tür zu! Setz den Wasserkessel auf! Lang lebe die Königin von England!«